SUSAN
SONTAG

桑塔格
作品集

重　生

Journals & Notebooks
1947-1963

蘇珊·桑塔格
Susan Sontag

懷蘇珊・桑塔格——文明的守護與重生
文／陳耀成

「我是一個書店迷。不知為何，我從來對圖書館不太熱衷。從兒時開始，我就想擁有自己的書。九歲時我開始買書。當然閱讀就更早開始。我母親儲著許多書，許多好書。每逢耶誕或我的生日，她送給我的禮物都是那些被認為適合兒童閱讀的經典作，例如史瑞夫特（Swift）、蘭伯（Lamb）、霍桑（Hawthorne）、艾葛特（Alcott），布朗特（Brontes）姊妹、史提文遜（Stevenson）等。一直以來依稀總是書本——而不是我身旁的人——才是我的世界。書本是人藉以創造自我的工具，而記憶之中，我是生來就有創造自我的念頭。我很肯定吾生將與母親或我認識的人都不一樣。而書本是通往他方的傑出的護照。每本書都是一張飛氈。我倒已說過我母親擁有許多書，大部分我已在童年閱畢。影響我最深的是八歲時讀到的雨果的《悲慘世界》（Les

Misérables）。那是一段轉化吾生的經歷。我發現如何在一本書內——母親擁有的版本一套六冊——存活一段長時間。我發現了社會的不公與義理，也發現了，可否說，這厚甸甸的世界。不久之後，我開始買書，零用錢都花在書上，十歲之後就更甚，因為發現了《現代圖書館》叢書。我愛上了這系列，這些偉麗的經典。我要做的事就是閱畢這系列，即是說，一本一本買回家中。無法想像把自己心愛的書還給圖書館。我要看到它們駐足我臥室的書架上。它們是我的守護者，我的友人。」[1]

若桑塔格視她心愛的書為她的守護者。她在過去半個世紀所散發的偶像光芒，部分也源自她這「守護者」，甚或「衛道者」的角色——珍重、捍衛西方的高文化、對社會、政治、文化恆常機敏地發出不平之鳴。我不懷疑，若桑塔格今天依然健在的話，她將會參加美國華會支援〇八憲章及劉曉波的聯署。

桑塔格聲沉影寂後的美國文化圈的確空虛蒼白了一點。我當然期望能讀到我與她訪談（〈反後現代主義及其他〉）時，她提及的以日本為背景的小說，而與萬千讀者一樣，我們依然極度依賴她的品味，她的推薦。[2] 布雷希特曾說：「需要英雄的年代是悲哀的。」可否說，「需

---

1 以上蘇珊・桑塔格的一席話載於蓮・調曼（Lynne Tillman）一九九九年出版的書《書局》，講述紐約市著名的「圖書公司」（Books & Co.）的生死大業。(Lynne Tillman, Bookstore: *The Life and Times of Jeannette Watson and Books & Co.*, New York: Houghton Mifflin Harcourt, 1999) 說是生死「大業」是因為九〇年代初彷彿是全球文化加速企業化的分水嶺。愛書人開辦的獨立書店在社會中日乏立錐之地。美國社會較明顯的反應似是《電子情書》（*You've Got Mail*）這部電影。但文化的危機、商業競爭的創痛只提供了一個「傲慢與偏見」式的浪漫喜劇布局。一些有識者曾經對該片很不滿意：被吞噬的獨立書店這一小魚對連鎖書店這大魚的抗拒，只是「偏見」而已？

2 我最近才閱畢她曾盛讚的英國作家彭莉羅畢，費茲哲羅（Penelope Fitzgerald）的歷史小說《藍花》（*The Blue Flower*）的確是傑作。

要守護者的文化也是悲哀的」？我想文化這千里馬本身，永遠由守護者的伯樂締造。如同張愛玲打撈出《海上花》一樣，桑塔格的推介總有一份穿越浮華及濫俗傳統的權威感。也許不管創作者人生是坎坷慘澹、或生榮死哀，文化命脈的確恆常帶點哀愁。然而桑塔格傳遞的是文化守護者的廣大的熱情，令讀者嚮往去看與看重她的推薦，還有她的評論及創作——二者在她手中兩相輝映，兼具伯樂的狂喜與千里馬的執著凌厲。

早慧的天才

蘇珊·桑塔格——近代美國少數最重要的作家及公眾知識分子之一——於一九三三年在紐約市出生，但卻是在中國受孕，因為父親當時住在天津，經營皮草生意。也是在天津，桑塔格五歲時，她父親患肺病殞命。

早熟的桑塔格小時候夢想步居里夫人後塵，希望做科學家。到七、八歲時卻發現她對文學的狂熱興趣。她十五歲中學畢業，三年後於芝加哥大學畢業。在芝大，她與社會學家菲利普·瑞夫（Philip Rieff）閃電結婚。兒子大衛於一九五二年出生。

大衛·瑞夫今天也是頗負文名的紀實作家，出版了有關邁阿密、洛杉磯及波士尼亞的幾種著作。桑塔格在她的書內好幾處提到她兒子，在〈戰爭與攝影〉文中甚至直接引述：「我們可能透過敘事去理解，但卻憑著攝影去記憶。」

歐洲文化的影響

許多人把桑塔格——雖不至像伍迪·艾倫般——與紐約連結起

來，因為很容易碰到她在音樂、歌劇、朗誦會上出現。她可以跪在卡內基音樂廳地上與現代舞名宿康寧漢（Merce Cunningham）聊天，或於戲院最前數排座椅上大吃爆米花。她的著作《火山情人》（*The Volcano Lover*）的序幕是紐約的跳蚤市場，接著故事才躍入十八世紀的義大利南部。桑塔格彷彿直承紐約猶太文學（並非指題材上）的傳統。然而有一次談話中，她是這樣向我說：「我其實不太喜歡這個國家（美國），我可以住在許多地方，例如巴黎。除了紐約，我想不出哪個美國城市我願意住下來。紐約是這麼一個大都會！單只皇后區，據說已有上百的族裔各自說著自己的語言。我住在紐約，也是因為想接近我兒子……」

她於一九五七年從哈佛大學取得哲學碩士學位（三十六年後，她獲哈佛頒發榮譽博士），並得到一筆獎金遊學歐洲。她在巴黎住了一段時間，一九五八年回國向菲利普·瑞夫要求離婚。

歐洲文化對桑塔格非常重要——她相信是與其歐洲（波蘭）猶太移民背景有關。精通法語的她也經常出入巴黎。此外她「精通義大利及西班牙文」。據她自己陳述，中學時讀托馬斯·曼的《魔山》（*The Magic Mountain/Der Zauberberg*），英譯本並沒有譯出書中本來以法文寫的一章，桑塔格就去買了一本法英字典，開始自修法語。可以說泰半因她的推介，法國大文評家羅蘭·巴特（Roland Barthes）及以法語寫作的羅馬尼亞哲學家斯奧朗（E. M. Cioran）的全集才得以英譯面世。也有人揣測是因為她在八〇年代寫的一篇〈心智的激情〉（Mind as Passion），推介了德語作家伊利亞斯·卡內提（Elias Canetti），令他翌年得諾貝爾獎。

桑塔格的「崇歐傾向」也受到批評諷刺。有人形容她是「間中寫

英文的美國作家」。小說家約翰・厄普戴克（John Updike）甚至揶揄她為「我們非常璀璨的法國前衛文化的隨從」。

　　一九五九年與夫離異之後，桑塔格攜著幼子移居紐約，教書及賣文維生。她開始於當時文壇重鎮《宗派評論》（*Partisan Review*）——這雜誌也曾發表過夏濟安的短篇——揚名立萬，被視為新近的瑪麗・麥卡錫（Mary McCarthy）——早她一輩的才女。桑塔格後來說，在一個派對上麥卡錫碰到她，打量之後，就冷言道：「妳就是那個模仿我的人！」但桑塔格聲言，她對麥卡錫的作品全無興趣（見桑塔格〈虛構的藝術〉一文）。

文化評論和小說大放異彩

　　一九六三年，桑塔格的第一本小說《恩人》（*The Benefactor*）出版。這不算她的成名作，然而已獲得名哲學家漢娜・鄂蘭（Hanneh Arendt）的激賞，讚美她為一位富於創意、師承法國文學的重要作家。

　　終於令桑塔格聲名鵲起的是她的評論。從法國結構主義人類學到日本科幻片到當代流行音樂，她筆鋒所及都得風氣之先，充滿睿智、卓見。一九六四年發表的〈關於「坎普」的札記〉（*Notes on Camp*）——追溯一個源自同性戀社群、進而滲入普及文化的感性——傳誦一時，三十多年後仍被美國新聞學會列為二十世紀一百篇最重要的文獻之一。

　　無疑，一九六六年結集的《反詮釋》（*Against Interpretation and Other Essays*）令她名噪一時，該書迅即成為大學校院經典。但她當然不是絕對地反對詮釋，只是反對當時兩大詮釋流派——馬克思派以階級和經濟基礎來判斷作品；另外就是佛洛伊德的心理分析被濫

用。她認為自己是保護現實，因為作品本身也是現實，不應該讓詮釋——特別是壞的詮釋——破壞人與作品之間失去溝通。桑塔格被譽為「美國最聰明的女人」、「美國文壇的黑夫人」。當然，她那優雅、夠「酷」的外貌（曾經一度，她的標記是額上的一綹白髮）也是她成為傳媒聞人的原因之一。此外，有人形容她是美國前衛藝壇的娜妲麗華（Natalie Wood，《西城故事》女主角）。

六、七〇年代之間，幾乎每部桑塔格文集都是一宗出版盛事。一九六九年《激進意志之風格》（*Styles of Radical Will*）面世，收錄了〈寂靜之美學〉、〈色情之想像〉，及（談法國新浪潮猛將）〈高達〉等重要文章。一九七七年的《論攝影》（*On Photography*）是探討攝影美學、影像文明及近代消費文化的先鋒作品，榮獲國家書評人評論組首獎。一九七八年的《疾病的隱喻》（*Illness as Metaphor*）肇自一九七五年間她與乳癌搏鬥的經驗。此書日後被女性國家書會列為七十五本「改變了世界的女性著述」之一。

電影與舞台劇多所著墨

七、八〇年代的桑塔格也拍電影及導演舞台劇，包括於一九八五年為米蘭・昆德拉的《傑克及其主人》（*Jacques and His Master*）在哈佛大學劇場執導世界首演。她曾把普契尼（Puccini）的歌劇《托斯卡》（*Tosca*）和《西部的黃金女郎》（*La Fanciulla Del West*）都寫進她的《火山情人》和《在美國》裡面。見諸評論的還有德布西（Debussy）和華格納的歌劇（輯於《重點所在》文集內）。很自然，她也喜歡前衛歌劇（avant-garde opera），其中她似乎特別欣賞捷克作曲家楊納傑克（Janacek）的《馬克羅普洛斯案件》（*The Makopoulos Case*），她曾

經說過希望導演這齣歌劇劇中一個三百多歲的女人。

她拍過四部電影，《食人生番二重奏》（*Duet for Cannibals*, 1969）、《卡爾兄弟》（*Brother Carl*, 1971）、《許諾的土地》（*Promised Lands*, 1974）《無導之旅》（*Unguided Tour*, 1983），她不是重要的電影導演，可能她在寫作方面很早已成名，所以沒有機會在電影事業上發展。不過，我認為《食人生番二重奏》太概念化，太接近法國反小說，但徒有姿態而已；《卡爾兄弟》戲劇性元素不夠，演員再努力也徒然。但我非常喜歡《無導之旅》，這部電影根據她一個同名短篇小說改編，而其思維、文字與電影感的結合，可以歸類於高達的「電影散文」（Film Essay）傳統。彷彿是桑塔格在電影方面甫找到方向，又沒有繼續下去，明顯地，若她長期當導演，她會像高達，甚於柏格曼。

回想起來，我在〈反後現代主義及其他〉中沒有紀錄她對法國小說《情人》作者，又兼為導演的莒哈絲（Marguerite Duras）的反感，大家都知道桑塔格喜愛艱深的作品，電影差不多愈長愈好──像她推介的西伯堡（Syberberg）的《希特拉》（*Hitler, a Film from Germany*）和法斯賓達（Fassbinder）的《柏林亞歷山大廣場》（*Berlin Alexanderplatz*）。她又一早提倡冗悶的美學（aesthetics of boredom），只差沒有人說是她捧紅所有「悶藝電影」的師祖。但她當時跟我埋怨莒哈絲的電影很「沉悶」，我也覺得莒哈絲的一些電影不太成功。無疑，《廣島之戀》是傑作，但莒哈絲是編劇，不是導演。莒哈絲自己執導的《印度之歌》（*India Song*）卻公認是對電影藝術有深刻革新性的作品。我當時對桑塔格說我喜歡《印度之歌》。桑塔格只悻然一句：「人人都捧《印度之歌》。」我當時感到她的一點「同行相妒」的好勝心。她當然有她人性的一面。

熱愛生命的人

一九八○年出版了《土星座下》（*Under the Sign of Saturn*）文集之後，桑塔格多寫短文。一九八六年發表的短篇小說〈現世浮生〉（*The Way We Live Now*）又被譽為愛滋病文學中的一項傑作。凌厲的愛滋瘟疫終於令她在一九八九年發表論文〈愛滋病及其隱喻〉（*AIDS and Its Metaphors*）。此文可說是《疾病的隱喻》的延伸。日後〈愛滋病及其隱喻〉一文也收輯於《疾病的隱喻》一書，合為增訂本（一九九○）。在《疾病的隱喻》中，她對疾病的看法也是走在時代前端，在七十年代不但化療未普及，而且人們對癌症抱有歧視，女人對自己患有乳癌更有羞愧的感覺。她在本書中，就是要掃除通俗文化對疾病的美化、醜化、神話化……，人們應該用最恰當的醫療方法去醫治疾病。她的《旁觀他人之痛苦》，批評當代法國的理論，例如尚‧布希亞（Jean Baudrillard）派的社會景觀學說（society as spectacle），或影像謀殺現實的學說。她認為這些人對現實是紆尊降貴，不可以說電視上的新聞只是影像、媒體對於生活在優越環境中的人是影像，但對於那些活在當中身受其害的人卻是最迫切的現實。我認為她這「保護現實」的風格是一致的，因為她正如任何重要的批評家一樣，都要令人對作品或社會現象有新鮮的角度和感受。

桑塔格其實一直自視為小說家，《恩人》之後，在一九六七年出版了第二本小說《死亡工具套》（*Death Kit*）。中間拍了四部電影之後，相隔了二十五年後才出版了第三本小說──長篇的《火山情人》（一九九二），以十八世紀義大利南部的那不勒斯革命為背景。這本小說又竟然登入暢銷書榜，成為她最雅俗共賞的作品。評家把她與法語

歷史小說宗師瑪格麗特・尤瑟娜（Marguerite Yourcenter, 1903-1987）相提並論。

九〇年代末期，桑塔格第二度患上癌病，而她又重新克服病魔。在病榻之間，她完成了長篇小說《在美國》（*In America*）。雖然毀譽參半，此書依然獲得二〇〇〇年美國國家書卷獎。次年，桑塔格獲頒耶路撒冷獎，表揚其終身文學成就。她的文集《重點所在》（*Where the Stress Falls*）也是這年出版，收集她八、九〇年代的文章。桑塔格近年仍不竭推介她眼中受冷落的重要作家：例如十九世紀巴西小說家馬察道・迪・亞西士（Machado de Assis）被她追封為拉丁美洲第一文宗，阿根廷的一代宗師波赫士（Borges）在她的名單上退居亞軍。她讚美的東歐作者包括已故的塞爾維亞小說家丹尼路・紀區（Danilo Kis）及波蘭的韋托・剛布魯維奇（Witold Gombrowicz）；瑞士的羅勃・華西（Robert Walser）；以及二〇〇二年前於車禍喪生的德語文壇彗星史堡特（W. G. Sebald）。此外，桑也悉力推薦以一部傑作而享身後名的蘇聯小說家李歐納・柴波欽（Leonid Tsypkin，《杜思妥也夫斯基的夏天》〔*Summer in Baden-Baden*〕的作者）和墨西哥的璜・魯佛（Juan Rulfo，其小說《柏杜魯・巴拿毛》〔*Pedro Paramo*〕直接啟迪《百年孤寂》的誕生）。而年近七旬的她依然熟悉當代世界電影，予楊德昌、侯孝賢等亞洲導演評論上的支持。

獨立敢言

除了未得諾貝爾獎之外，桑塔格是當代文壇最受推崇的作家及評論家。做為美國少數最觸目的公眾知識分子，她的言行更受注目。早在六〇年代，桑塔格已積極投入反越戰運動。她曾探訪河內及古巴，

並撰文講述其旅遊經驗。一九七三年參觀文革末期的中國，但除了她早期寫成的、帶自傳成分的短篇小說〈中國之旅的計畫〉（Project for a trip to China）之外，未正式發表過文章披露其旅華經歷。她於〈反後現代主義及其他〉訪談中講述其中國之行的觀感，是頗為稀罕的記載。

桑塔格一直對中國的人權狀況相當關注。魏京生再度被捕之時，她曾參與聲援的紐約記者會。其講話後來發表於《紐約書評》雜誌。她也是海外華文文學人文雜誌《傾向》的編輯顧問之一。《傾向》主編貝嶺二○○一年回中國時曾受短期扣留，桑塔格亦於八個國家的報刊內撰文喚起公眾關注。貝嶺與筆者的某次談話中表示：他相信自己迅即被釋，與桑塔格的聲援有直接關係。

桑關注人權的紀錄絕對難以非議；近如二○○二年初伊朗女導演塔緬力・米蘭妮（Tahmineh Milani）因為影片觸及回教國家內的女性處境而有被判死刑的可能。我把網上的一份抗議連署傳去，桑塔格也立刻把自己的名字加上去。

一九八七至一九八九年之間，桑曾是美國筆會主席。她的名字不斷出現在抗議政治迫害藝術家的連署名單上。但她自己的政治言論也觸怒了左翼的自由派陣營，例如一九八二年在一個支持波蘭團結工聯的座談會上，她形容共產主義為「披上人面的法西斯主義」。一九九三年她支持柯林頓轟炸科索夫（Kosovo）的文章，也令和平主義者咬牙切齒。

〈在塞拉耶佛等待果陀〉記載了她與危城同甘共苦的經歷，反應著她主張美國軍隊干預的實際體驗。[3] 二○○一年她獲頒耶路撒冷獎又

---

3 劫後餘生的塞拉耶佛有個廣場及她曾使用過的劇院，於年前以她之名命名，以示倖存者對這位路見不平的美國訪客的悼念。

引起以色列裡外的爭論。首先，有人認為她不應該去以色列接受這個所謂「社會中的個人自由」獎項，因為以色列正在無情地鎮壓巴勒斯坦西岸。但桑指出，這基本上是一個文學獎，過去的得主包括昆德拉及美國小說家德利洛（Don DeLillo）等。駁斥西方批評家之同時，親往耶路撒冷接受獎項的桑塔格，又竟然在講辭中力陳：「……集體責任這一信條，用做集體懲罰的邏輯依據，絕不是正當理由，無論是軍事上或道德上。我指的是對平民使用不成比例的武器……我還認為，除非以色列人停止移居巴勒斯坦土地，並盡快拆掉這些移居點和撤走集結在那裡保護移居點的軍隊，否則這裡不會有和平。」

會場頓時噓聲四起，甚至有些觀眾立刻離場，而以色列的主流媒介則大為震怒。整件事件也許顯示這位女猶太作家對以色列 —— 她曾於一九七四年拍攝了有關以巴衝突的紀錄片《許諾的土地》——愛之深責之切的態度。

美國國內的保守勢力對這位曾發表〈河內之行〉（Trip to Hanoi，收錄於《激進意志之風格》），又為古巴革命海報集寫序的女作家一直極不信任，雖然桑塔格後來的反共及主戰（拯救波士尼亞）的言論曾令右派一度釋然。但九一一紐約恐怖襲擊事件之後，桑塔格在《紐約客》的一篇短文卻掀起巨波。（輯於桑塔格歿後出版的文集《同時》，即將由麥田出版）文中她催促美國反省其中東政策，又指出傳媒把劫機自盡的恐怖分子形容為「儒夫」其實罔顧現實。為此，桑塔格招來無數責備，甚至被罵「叛國賊」。即是說，她有時主戰，有時反戰，有時罵左派，有時罵右派。所以有些人說她是流動箭靶（moving target），令左右兩派都抨擊她的言論。在她去世後，我發現美國左右兩派都各用自己的方法去演繹她的言論，例如早期克里斯多福·希欽

斯（Chritopher Hitchens）的悼念文章，讚美她的反共言論，也特別強調她在《魔鬼詩篇》事件上的努力，藉以顯示她對狂熱的極端回教主權的抗拒——當然這是右派的看法。但從另一角度來看，桑塔格終生反對美國帝國主義，在我跟她的訪談中，她透露自己在蘇聯入侵捷克之前的數年，曾經相信反大美的共產政制，但之後便再沒有幻想。她甚至在八〇年代，形容共產主義為「披上人面的法西斯主義」，當時引起很多左派人士反感。然而在她最後的一批文章裡，有一篇為當年托洛斯基的盟友，小說家維多‧西區（Victor Serge）的小說《杜拿耶夫同志血案》（*The Case of Comrade Tulayev*）的新版本寫序。她重評西方知識分子與共產主義之間的這一段複雜、痛苦的歷史，是她最動人，最鋒銳的文章之一。

　　無可否認，桑塔格是「明星」作家，過去四十年來掌握著時代的脈搏，言行觸動著國際事件的敏感神經。雖然有批評家指責她善於自我宣傳，自捧為當世聖人及西方的良心。但她的創作及言論不斷挑戰我們對世局的反應。

　　（陳耀成，導演及文化評論家，曾編譯三本蘇珊‧桑塔格著作）

序言

蘇珊‧桑塔格的冀盼與《重生》
文／陳耀成

　　過去一年，中美兩大才女──張愛玲與蘇珊‧桑塔格──都有遺作面世。又不約而同地，出版的決定都「身不由己」。張愛玲在《色，戒》中，把傳統父系文化的口頭禪──「生是他的人，死是他的鬼。」創造了一個令人毛骨悚然的戲劇性收梢。在這全球的傳媒時代，名人即使不是「生是公眾的人」，死也淪為「公眾的鬼」。（麥可‧傑克遜是最近的例子）

　　我們與作家的關係複雜一點，因為她們的片言隻字，出版與否都觸及所謂「文學價值」的爭論，毋庸置疑，當代的趨勢是突破作家「自畫像」的防線。《小團圓》填補了不只是〈對照記〉中的──也是張愛玲創作生涯中的──重大空白，但張生前早已發表了好一些自傳文字。令人詫異的是儘管桑塔格生前對所謂「自傳」嗤之以鼻，她

原來留下了大批日記、筆記簿。《重生》（*Reborn*）是三部曲出版計劃的第一部，發表一九四七至一九六三年，桑塔格十四至三十一歲時的筆記選段。我是於二〇〇二年對這些筆記簿略有所聞。報上說，加大羅省分校（UCLA）圖書館以一百一〇萬美元購入桑塔格的創作資料庫。我不禁致電給她，查詢此舉對版權（那時我正編譯她的文集）及研究她作品的影響。她很和悅地說，除了她仍保留一些筆記簿外，一切都交給了 UCLA。「但你要查閱些什麼的話，當然沒有問題，只要你告訴我們。」

現今桑塔格兒子，《重生》的編輯，大衛·瑞夫（David Rieff）在序中披露，原來桑塔格一生遺下了百多本我首次聽到她在電話中提及的筆記簿──她自稱為「日記」。但她因為直到最後仍自信可以第三度戰勝癌魔，沒有留下如何整理身後出版計劃的片言隻字。而筆記簿的擁有權於桑塔格駕鶴西歸後移交 UCLA，瑞夫說「那等於任何人都可以查閱整理。」與其讓旁人，他感到不如讓自己去侵犯母親的私隱。《重生》誕生，不免予人一份「奉子完婚」的印象，瑞夫的序因而與他憶述母親之死的作品《泳過死亡之海》一樣，立刻展現了某種難言的張力。他說，把母親生前諱言的「同性戀傾向及野心」向世人展示，是讓她被世人「評判」（judge）。

先不談同性戀，桑塔格怎麼樣的「野心」會被人責難？這早熟早慧的才女在十二歲已開始寫日誌。但這批早稿已顯然遺失。書中第一則寫於她十四歲時，宣布了她的信念：「世上沒有神或人有來生；世上最值得渴求的事是人有忠於自己的自由，即誠信……」末段談桑心目中的社會主義式的「理想國」──不但藝術獲資助，國家還照顧著老殘疾，及不論胎中是合法還是非法愛情結晶的懷孕女人。

少女桑塔格「求知的野心」，我們只能敬佩（或敬畏）。十五歲的她已沉浸在紀德（Gide）的書中，但她稱讚他的日記而貶抑他的小說。她亦已讀遍大部分的托馬斯‧曼（Mann），而聲言《魔山》是她看過的最優秀的小說……那是直至她二十歲時，某天，她在書店翻看的卡夫卡的短篇忽爾予她「牙痛」般的震撼，相較之下「喬伊斯太笨拙，紀德太甜、曼太空洞、太虛張聲勢，只有普魯斯特幾乎是等量齊觀……」

她也許是逞一時之快寫下這種近乎「武斷」的話。（這始終仍是一則少女日記！）但及笄之前的桑塔格，在聽莫札特、巴哈、讀但丁和亨利‧詹姆士，並深被《浮士德》感動。她大概熟悉歌德的名言：「人若不能享用（西方）三千年的文明，將只能活於黑暗之中，沒有歷史，逐天苟存。」

她是從小本能地踏上吸納這三千年高文化的征途。一開始，她已心無旁鶩，胸懷自信，張愛玲的「我的天才夢」、「出名要趁早」這類自嘲的話在桑的筆下，一律欠奉。她也許不知道她將成為某些人心目中，美國「第一位也是最後一位的知識分子明星」，但盛年的桑塔格，那犀利、毫無懼意、歉意的語調，扼要、清晰、曼妙地抑揚頓挫的文筆，是在青春期的日記內已露端倪。

日記自然反映了桑的履歷。她從小手不釋卷，曾經令繼父警告她：看書太多，嫁不出去！但這軼事來自瑞夫轉述。早年的日記內，繼父、妹妹只是個側影，唯獨對母親有頗深的依戀。這女神童十六歲進入加大柏克萊分校讀了一個學期，然後轉往芝加哥大學。《重生》中最令人屏息的簡析是她結婚生子的過程。

在一九五〇年十一月，桑十八歲時，她提起「獲得一個好機會」

為一位名為菲利普‧瑞夫的社會學講師做研究助理。一個月後，她寫：「昨晚，或者是這（週末）凌晨？——我和菲利普‧瑞夫訂婚了」翌年一月，她寫：「我下嫁菲利普是完全自覺於害怕我那朝向自我毀滅的意志。」

大衛在日記中第一次出場是在三年之後，桑塔格是透過兩歲的兒子觀察人性：「忽然，我明白為什麼兒子大衛會激烈地拒絕某些東西＋卻又同時要那個東西。對孩童來說，生命完全以自我為中心，他們沒有念頭要言行合一，這種要求是對欲望加以侷限。」

桑這一小段的描寫是否目光直射數十年後，她兒子編自己日記時的心情？瑞夫提起的母親可能被「評判」的「野心」，其實是否下意識地指涉一個女人叛逆相夫教子「天職」以追求創作事業的野心？他在序中形容自己看這些日記時的痛苦，我們一個程度上可以理解。例如三年後，二十六歲的桑塔格與菲利普分居，拿了一個獎學金，先赴牛津，再往巴黎遊學兩年。她在一則日記寫：儘管自己疼愛兒子，但看不見時也並不很懷念。

然而大衛身為編輯的刪選決定彷彿露出了伊狄帕斯情意結，而讀者察覺他面對的不只是母親私隱的難題，也是家族私隱的夢魘。正因為這些日記已是公開資料。學者丹尼爾‧霍洛維茨（Daniel Horowitz）發現大衛把桑塔格婚前的矛盾心境都省略不表。[1]原來桑於十五歲發現自己的同性戀傾向後，不免有「從良」的衝動。在芝大，她終於與多名異性發生關係。而一九五〇年秋，她突聞母親的經濟拮据，顧慮自己的學業前途。結婚於她有利益的計算！

---

1 Daniel Horowitz, 'I am alive... I am beautiful ... what else is there?' *The Chronicle of Higher Education*, Vol 55, #17, (December 19, 2008) Page B16 (http://chronicle.com/article/I-am-alive-I-am/13536)

這解釋了《重生》中的一則筆記，描述桑於一個夢中，夢到一個男人。「他」很老——菲利普三十歲——而夢中的「他」年近七旬。「我與他一起生活是因為他有錢！」桑在夢中向自己宣布。

讀者應能諒解，沒有許多人需要像大衛‧瑞夫般要決定，應否向世人披露自己的母親並不想念自己，或她是因為經濟難關才下嫁自己的父親。然而這些現實的磨難賦與我們更全面的桑塔格的人性圖像，她並非一出母胎就全副武裝，遨遊古今地揮動彩筆，不！揮之不去的卻只是蕭伯納《心碎的屋子》（*The Heartbreak House*）中的結論，「心智本是很昂貴的優裕。」年輕的桑塔格的處境只反映了大部分現代女性無法超越的關卡，即張愛玲的感嘆：「既要謀生，也要謀愛。」但往往謀愛也是謀生的唯一途徑。

桑塔格在《旁觀他人之痛苦》中提起吳爾芙夫人的《三枚金幣》（*Three Guineas*），以強調男女之間，對戰爭的態度與感應可能有基本的區別。但桑塔格不可能不熟悉吳爾芙的女權主義的經典作《自己的房間》（*A Room of One's Own*）。擁有自己書房的女人才具備經濟及文化上的獨立，才有機會發展天賦的才情。

我們可以推想，某個程度上，是桑塔格的這些挫折或令她後來寫出舞台劇《床上的愛麗絲》（*Alice in Bed*），及借一位殉道的葡國女詩人之口，在《火山情人》末章痛譴千年的父系文化。

雖然經濟因素之外，還有「從良」的衝動令她結婚，然而人生是這麼複雜，桑塔格也一度承認對丈夫的肉體的愛，縱使可能只是片刻的、過渡的。若異性戀的婚姻始終並非她的救贖的話，《重生》的讀者也會頹然發現同性戀也只是桑塔格的煉獄而已。儘管桑的優雅威儀令她成為近代文化的偶像面譜，但從三藩市到巴黎到紐約，她的女伴都

不約而同地揶揄、奚落、甚至嘲笑她的「床技」不足。

奧尼爾曾說：「人生來是破裂的，我們各自終身修補。」桑塔格彷彿一早已宿命地接受了靈慾分歧的苦澀裂痕。但《重生》不只是一本動人的「苦戀日誌」。裡面有許多單子：新的字、未看或重讀的大書，看過的（有時一天兩三部）電影，藝術與哲學的思維。許多的意念將導致她三十四歲時（下一冊筆記集中）「反詮釋」的出版，令她一夜之間躍為文化巨星。然而難忘的是十六歲的桑所寫的這一段：

「我想要嘗試所有事情……想找出一種方式來評估經驗——想知道什麼會讓我愉悅或痛苦？我該謹慎，別妄加排斥痛苦經驗——也該期待處處有歡愉，並設法追尋，因為，歡愉的確無處不在！我應該全然投入……所有具意義的事！現在我唯一放棄的是放棄和退縮的權力：不再只接受千篇一律與知性的觀念。我活著……我美麗……除此之外，哪還有些什麼？」

這是越過歲月、生死的不滅的冀盼，讀者欣見更多的《重生》呢喃，桑塔格愛與思的糾纏，蒼涼的，奮進的意志。

（陳耀成，導演及文化評論家，曾編譯三本蘇珊・桑塔格著作）

目錄
contents

一

我經常想，活著的談到逝者，最蠢的一句話就是「他／她一定會想這麼做。」這種話充其量不過是揣測，而更多時候是為了表現自己的傲慢，即使用意良善。總之，沒人可以真正知道逝者的想法。不論如何看待蘇珊・桑塔格的日記選集三冊中的第一冊《重生》的出版，唯一確定的是，這不是一本她會出版的書——事實上打從一開始寫這些日記，她就沒打算出版。付梓出版與內容挑選，全由我一人決定。雖然現在沒有審查制度，不過冒險出版這本書可能引發的文學風險及道德傷害自不待言。在此提醒讀者。

我未曾想過做此決定，但我母親死前沒留下遺言交代如何處置她的書稿、散落各地或未竟的作品。這似乎不像她的作風，畢竟她非常謹慎地對待自己的作品。就算對自己作品的譯出語言僅皮毛涉獵，她也會費盡辛勞堅持親力親為，對世界各地的出版社和雜誌社也有自己

深思熟慮且堅決果斷的意見。她患有致命性的「骨髓發育不良症候群」（Myelodysplastic syndrome），但最終奪走她性命的是血癌。直到二〇〇四年十二月二十八日臨終前幾個禮拜，她都還相信自己撐得過去。所以那段期間她不像臣服於死神魔掌的人開始交代後事，反而談起自己出院後要返回工作，以及想著手撰寫的東西，絲毫沒提萬一哪天無法親自看顧自己的書稿時，希望別人如何照顧她的作品。

對我而言，她有百分之百的權利死得其願。在她與死神搏鬥的過程中，她對後代子孫沒任何連累或虧欠，更遑論我。不過，她生前的一些決定顯然造成始料未及的結果，其中最重要的一項結果造成我必須全權負責她身後遺留作品的出版事宜。以她辭世兩年後所付梓的論文集《同時：隨筆與演說》（*At the Same Time*）來說，出版此書的相關決策相對上來說容易得多。若她健在，此書重新出版前肯定會進行大幅修改，但很確定的是，她在世期間這些內容要不已付梓，就是以演講的方式公開發表過，由此可推論她出版《同時：隨筆與演說》的意願顯而易見。

然而，日記全然不是這麼回事。日記裡的字字句句都是她為自己而寫，從少女時期到臨終前幾年持續不斷，雖然最後幾年她對電腦和電子郵件的著迷減輕了她寫日記的興趣。她從未准許日記裡的隻字片語曝光，也不像有些人會把內容念給朋友聽。不過，她的摯友多半知道有這些日記存在，也了解她這個習慣：把全寫滿的札記放進臥房的大衣櫥內，並排在之前寫滿的札記旁邊，連同其他私人物品，譬如家人照片和童年紀念物一併珍藏。

二〇〇四年春天她臨終病重前，衣櫥裡的札記累計達上百。她辭世後一年，我和她最後一任助理安・強普（Anne Jump）及密友保

羅・迪洛納爾多（Paolo Dilonardo）整理遺物時，又找到另外一些。其實我對札記裡的內容印象模糊，唯一和母親談及這些，是在她第一次病重時，那時她還未燃起自己能戰勝血癌病魔的信心，不相信自己能如同前兩次一樣熬過癌症摧殘。那次交談裡，她悄聲說過這麼一句話：「你知道我的日記放在哪裡。」但完全沒提及希望我如何處置。

雖然我不能百分之百肯定，不過我傾向如此相信：若能全照我所願，我很可能會等許久許久之後才出版這些日記，也或許永遠不會出版。有幾次我甚至想把它們燒毀，不過想歸想，沒真的動手做，畢竟這一本本日記都不屬於我。她身體還硬朗時，曾將手稿文件賣給加州大學位於洛杉磯的圖書館，雙方的協議是一旦她亡故，這些日記就必須連同她的手稿和書籍送到該館保存。母親簽訂的合約裡沒有限制該館對資料的取得範圍，由此我很快明白這份合約已替我做出決定：就算我沒把日記整理出來公諸於世，別人也會這麼做。而由身為兒子的我，來著手進行日記出版事宜，應該會比較妥當。

雖然如此，我仍惴惶不安。若說這些日記具有自我揭露的意義或許過度低估，因為我挑選出來的內容有許多甚至揭露我母親極端的個人看法。她是個很堅持己見，勇於批評的人。這些日記充分暴露她這種個性，而這種暴露不可避免地會引發讀者對她的議論。另外的兩難在於，我母親絕不是一個喜歡揭露私事的人，至少晚年的她確實如此。她尤其會盡力避開對她同性戀傾向與強烈企圖心的任何討論，雖然她從未正面否認她具有這樣的傾向。所以，我決定出版日記絕對會侵犯到她的隱私。但除了將她的日記公開出版，沒有其他方式可以公平地描述我母親這個人。

不過話說回來，這些日記記載了她年少時期對於自己性欲的探

索、十六歲時加州大學柏克萊分校念大一時的初期性實驗，以及年輕時兩段轟轟烈烈的感情。第一段是和海芮葉特·索默·茲沃鈴（Harriet Sohmers Zwerling）。我母親上加州大學那年與她初識，一九五七年兩人在巴黎同居。第二段是和劇作家瑪莉雅·艾琳·佛妮絲（Maria Irene Fornes），兩人相識於她定居巴黎那一年（佛妮絲和海芮葉特曾是戀人）。我母親返回美國後和我父親離婚，搬到紐約曼哈頓區，之後就和艾琳於一九五九年至一九六三年間交往同居。

決定要出版她的日記後，我理所當然會將一些內容拿掉。這些不予公開的部分，包括可能會讓我母親受到某種異樣眼光的內容，或是過於露骨的性愛情事，要不就是會冒犯到某些人的文字，雖然我已經把這些人的真名刪除。我挑選內容的原則是根據直覺，只留下能坦率呈現出蘇珊·桑塔格年輕面貌，如實反映出那個具強烈自我意識，堅決活出自我的年輕女孩。而這就是她日記裡最教人讚歎佩服的地方。我借用她一本早期日記的封面上所出現的詞，把這本書取名為《重生》的理由正是如此。而這兩個字也象徵著我母親從幼年起所追尋的道路。

在她那年代，沒有哪位美國作家能像我母親與歐洲有如此深的聯繫。我們很難想像她會像名作家約翰·厄普戴克（John Updike）初入文壇時，說自己有整個家鄉「（賓州的）虛靈頓鎮（Shillington）」可以寫那樣，說自己有「整個土桑市（Tucson）」或「整個雪曼橡市（Sherman Oaks）的故事可以訴說」[1]。我們更不可能想像她會像她那時代的許多猶太裔美國作家，從童年或出生背景的社會與種族脈絡中尋找靈感。事實上，她的故事正好與這些人截然相反，而且在我看來，《重生》這個書名就非常貼切地帶出她的人生歷程。從許多方面來

---

1 位於亞利桑那州的土桑市和加州洛杉磯雪曼橡市，是蘇珊·桑塔格幼年成長的地方。

看，她就像小說人物魯邦普雷（Lucien de Rubempré）[2]，滿懷雄心壯志的年輕人遠從窮鄉僻壤的省分來到大都會，期望在城市闖出一片天。

當然，從我母親的性格、氣質和抱負等各方面來看，她截然不同於魯邦普雷。她不追求別人的掌聲，相反地，她只相信自己心中的指引之星。從少女時期，她就展現才華洋溢的天賦，嶄露頭角。她擴展深化知識的熾烈渴望就是為了要實踐她的自我。而這樣的主題在她的日記中占了極大分量，所以我在挑選日記集結成書時，也讓這主題具有相同的比重。她希望自己配得上她所崇仰的作家、畫家和音樂家。俄羅斯名作家伊薩克・巴別爾（Isaac Babel）的座右銘「你要無所不知」，或許正是蘇珊・桑塔格對自己的期許。

這種思維迥異於當今想法。世界各地有所成就的偉大人物心裡或許都有深刻自信，不過自信形式是由文化所決定，會因時代差異而呈現極大不同的面貌。我想，我母親具有的是十九世紀的自信意識，而她對日記的熱衷或許也帶著那些偉大「實踐家」的強烈自我意識的風格。說到這類人物，我直覺想到的是蘇格蘭的諷刺歷史家卡萊爾（Thomas Carlyle）。而這類思維在二十一世紀初期就徹底消失，被野心取而代之。真正想追求諷刺意義的讀者，在當今很難找出真正的實踐家。關於這點，我母親深刻了解。我總覺得她針對小說家伊利亞斯・卡內提（Elias Canetti）[3] 和德國思想家華特・班雅明（Walter Benjamin）所寫的評論文章，接近一種自傳體式的探索。在這些文章中，她深有同感地引用卡內提的沉思語：「我想像有人告訴莎士比亞：『輕鬆點！』」

---

2 魯邦普雷是十九世紀法國小說家巴爾扎克（Honoré de Balzac）小說《幻滅》（*Illusions Perdues*）中的主角。

3 伊利亞斯・卡內提是保加利亞籍的小說家暨劇作家，於一九八一年榮獲諾貝爾文學獎。

再次提醒讀者，在這本日記裡，藝術被視為生死大事，所以藝術裡的諷刺是缺陷而非美德，唯有嚴肅才是至高的善行。我母親很早就表現出這種嚴肅特質，所以她身邊不乏想教她輕鬆點的人。她以前常回憶道，她那仁慈保守，在戰場上立下汗馬功勞的繼父曾拜託她別看那麼多書，免得找不到人嫁。此外，她在牛津大學的導師史都華·漢普雪（Stuart Hampshire）也說過類似的話，只不過他的說法更振振有詞且較具文化素養。她告訴過我，漢普雪在和她輔談的過程中，曾經挫折地嚷嚷：「喔，妳這個美國人！妳實在太嚴肅了……簡直就像德國人。」他此言可不是讚賞，但我母親仍將之當成美言。

這些可能會讓讀者以為我母親是「天生的歐洲人」。套用哲學家以賽亞·柏林（Isaiah Berlin）所說：有些歐洲人是「天生的」美國人，而有些美國人是「天生的」歐洲人。不過，我覺得這種說法不盡然適用於我母親。沒錯，對她來說，美國文學的確處於歐洲偉大文學（尤其是德國文學）的邊緣位置。然而，或許在她內心深處，她認為她可以重塑自己（事實上每個人都能重塑自己），所以個人的出身等背景，可以透過意志來加以扔棄或超越，若該人具有堅強意志。這種想法若不是美國小說家費茲傑羅（F. Scott Fitzgerald）所說的「美國人的生命中沒有第二幕」的具體展現，那又是什麼呢？如我所言，我母親臨終前仍相信自己能從那張病榻上起身，所以還計畫著在醫療幫她爭取到的時間裡，要如何演出之後人生的第一幕。

就這方面來說，我母親果然一路走來始終如一。展讀她的日記，最教我訝異的是從青春到年邁，她始終打著相同的仗，既對抗世界也與自己交戰。她對藝術領域的嫻熟，對自己判斷力的極端自信，以及對知識的強烈渴望從很早就開始。年幼的她會列出想讀的書目清單，

讀完後一本一本劃掉。從她想聆聽每首樂曲，親睹每件藝術創作，精通所有文學鉅著，就可看出她對知識的貪婪。然而，她對失敗的感受，在愛情與性欲道路上的崎嶇跌撞卻也同樣熾烈難擋。她的心靈平靜，卻對自己身體極度不安。

對母親的這番了解，讓我有說不出的哀傷。她很年輕時曾到過希臘，在伯羅奔尼撒半島南部的露天劇場觀賞著名希臘悲劇《米蒂亞》（*Medea*）。那次經驗讓她深深震撼，因為就在米蒂亞準備弒子時，觀眾席裡傳出驚呼：「不，別下手，米蒂亞！」她跟我說過多次：「那些觀眾沒意識到自己觀賞的是藝術作品，對他們來說，那是真真實實的。」

她的這些日記也是真真實實的故事。閱讀這些故事的我，焦急憂慮的心情正如一九五〇年代中期那些看戲的希臘觀眾。我很想大喊：「別這樣做」、「別這麼苛待自己」、「別把妳自己想得那麼好」、「小心那女人，她不是真的愛妳」。當然，我的焦急來得太遲。戲已演出，主角已謝幕，而其他演員，就算不是全部也多數跟著下臺了。

徒留的只有我的痛苦和野心。而日記，就在痛苦和野心之間擺盪。我母親會希望日記曝光嗎？我不只決定將它們集結成書，也決心要自己親自編輯，這樣的決定背後有實際的道理，雖然裡面有些東西會讓我很痛苦，雖然我會讀到很多我寧願不知道也不想讓別人看見的東西。

我清楚知道，我母親身為讀者和作家，非常喜歡閱讀日記和書信──愈私密愈佳。所以，或許身為作家的蘇珊·桑塔格會准許我這麼做吧。無論如何，我懷此希望。

大衛·瑞夫（David Rieff）

重　生

1947

11/23/47

我相信：

(a) 沒有與人親善的神，也沒有死後世界。

(b) 全世界最值得的是擁有忠於自己的自由，換言之，誠實。

(c) 人類間的唯一差異在於愚智不一。

(d) 判斷行動的唯一標準，就是視其最終結果讓人快樂或不快樂。

(e) 剝奪人的性命，絕對錯誤。

【日記中，(f) 和 (g) 都佚失】

(h) 而且，我相信，最理想的國家（除了 (g) 提到的那種以外）應該中央極權，由政府掌控公共水電事業、銀行、礦業，＋（以及）交通運輸業，另外還要補助藝術產業，提供寬裕的最低薪資、支援殘障者及老年（人）。由國家出面照顧孕婦，合法婚生子＋非婚生子，一視同仁。

1948

4/13/48

思想會擾亂生活的平靜。

7/29/48

……青春數年，驀然夢醒，驚覺人生乃苦痛與苦短，這是什麼樣的感覺？

某天被那些沒跟隨的人的迴響所觸動，踉蹌跌出叢林外，落入深淵：

然後無視於叛逆造反所犯之錯誤，強烈嚮往與童年截然不同的存在狀態。魯莽衝動、狂熱激情，但旋即又被自貶浪潮所淹沒。殘酷地察覺到自我的放肆傲慢……

對自己的每個口誤感到萬分慚羞。夜不成眠，反覆排練明天要說的

話，懊惱昨天的……低頭埋入雙掌間……呢喃著「我的上帝啊（my god），我的上帝啊」……（這裡的上帝當然要用英語的小寫，因為根本沒上帝）。

對家人與童年偶像不再崇拜……開始說謊……憤怒，接著是憎恨……

憤世嫉俗，對於每個念頭、每個字句和動作追根究柢。（「啊，要誠實得完美、徹底！」）不懈且尖銳地質疑他人動機……

發現催化因素，發現那種【以下文字佚失】

8/19/48

曾是沉重的壓力驟然改變位置，以出其不意的戰術，搖蕩到我逃離的雙腳下，成了一股吸力，拖住我，使我疲憊不堪。我好想屈服！要說服自己，爸媽的婚姻走得下去，其實很容易！如果我只和他們及他們的朋友認識一年，或許就能屈服？我的「智慧」難道真得靠別人滔滔不絕的不滿不平，才能回春有活力，否則就會枯萎？真希望我能堅持自己的誓言！我可以感覺自己動搖了，有時甚至打算同意留在家鄉上大學。

我現在能想到的就只有媽媽，想到她是多麼美麗，肌膚多麼光滑，還有她有多愛我。還想到她前兩天晚上全身抖動啜泣的模樣——她不希望待在另個房間的爸爸聽見她哭泣，所以每次婆娑淚眼，將哽咽壓抑成劇烈打嗝——人真是懦弱，沒膽面對枯燥乏味的婚姻關係，只會被動讓自己受傳統束縛——他們的生活過得好糟糕、好鬱悶、好悲

慘——

我怎能再傷害她？她如此飽受折磨，又從未反抗。

我要怎樣讓自己狠得下心？

9/1/48

「在他杯子中」，這是什麼意思？

擲扔石塊而成就的山脈。

盡快閱讀【史帝芬．】斯彭德（Stephen Spender）翻譯的【里爾克（Rilke）】作品《杜伊諾哀歌》（*Duino Elegies*）

再次沉醉於紀德[1]——清晰精準的思維！這個人本身就無可匹敵——相較之下他的所有作品反倒無足輕重。至於【托馬斯．曼的】[2]《魔山》（*The Magic Mountain*），則是每人一生必讀的書。

我就知道！《魔山》是我讀過最棒的小說。再次捧讀，重燃甜美滋味，熟悉感覺絲毫不減，我在其中感受到的寧靜與沉思喜悅無與倫比。不過，若要追求純粹的情緒衝擊，得到具體感官的愉悅，體驗到喘息與光陰瞬間虛度的感覺——倉促匆忙的快、快、快——或想得到生活知識——不，不對——是得到生意盎然的知識——那我就會——選擇

---

1 法國文豪紀德（André Gide），一九四七年諾貝爾文學獎得主。
2 托馬斯．曼（Thomas Mann, 1875-1955），被喻為德國當代文學大師，為了對抗納粹強權，曾流亡瑞士、美國，一九二九年以《布登勃魯克家族》（*Buddenbrooks*）而獲得諾貝爾文學獎。

【羅曼・羅蘭】的《約翰・克利斯多夫》(*Jean-Christophe*) ── 但這本書只能讀一次。

*

……「我若死，但願墓碑如此記載：
『此人罪孽深重，然作品廣受拜讀』。」

希拉瑞・貝洛克 [3]

*

整個下午沉浸於紀德中，還聆聽了【指揮家富里茲・】布許（Busch；格林德波恩歌劇音樂節〔Glyndebourne festival〕）所灌錄的【莫札特】歌劇《唐・喬凡尼》(*Don Giovanni*)。我讓其中幾段詠嘆調反覆播放，（這幾段真是優美啊，讓心靈得以擴展延伸！）譬如「那個忘恩負義的出賣了我」（Mi tradi quell' alma ingrata）及「走開，殘酷的人，走開」（Fuggi, crudele, fuggi）。若能經常聽這些曲子，我一定能變得更堅毅平靜。

浪費了整個晚上跟納特廝混【納特・桑塔格（*Nathan Sontag*）是蘇珊・桑塔格的繼父】。他教我開車，然後我陪他，還假裝很享受那部彩色的血腥暴力片。

寫完上句，我又讀了一次，考慮將之刪除，不過我應該讓它留著──只對生命滿意的部分加以記錄，對我來說並無助益──（反正滿意的部分本來就少！）乾脆把無所事事而浪費掉的今天也記錄下來，告訴

---

3 希拉瑞・貝洛克（Hilarie Belloc, 1870-1953）原籍法國，後成為英國作家暨散文家，其虔誠的羅馬天主教信仰對其作品影響甚鉅。

自己不該太寬容自己，又虛度明天。

9/2/48

和蜜爾崔德展開一場淚眼相對的討論【蜜爾崔德·桑塔格（*Mildred Sontag*）是蘇珊·桑塔格的母親。娘家本姓賈克布森（*Jacobson*）】（該死！）她說：「妳應該高興我嫁給納特，要不然妳永遠不可能有機會去芝加哥，這點非常確定！我不會告訴妳，這段婚姻讓我有多不快樂，不過我覺得我必須好好彌補妳。」

或許我該感到慶幸！！！

9/10/48

【蘇珊·桑塔格影印了紀德日記文集中的第二卷，並在影本的封面內側寫出以下文字且載明日期】

拿到書當天的凌晨兩點半，我讀完整本書——

我應該讀慢點，應該無數次反覆重讀——紀德和我能達到完美的智識交流，我彷彿經歷陣痛般深刻體會由他催生的每個思想！因此我想的不是：「好澄澈的思緒啊！」——而是「停！我沒法思考那麼快！或者，我沒法成長那麼快！」

因為，我不只閱讀這本書，我還在自己腦中創作這本書，這種獨特強烈的閱讀經驗洗滌了過去那可怕數月所聚積在我心中的迷惑與乏力感——

重生

12/19/48

有很多書、劇作和故事我想讀，這裡只是其中一些：

《偽幣製造者》（*The Counterfeiters*）——紀德

《背德者》（*The Immoralist*）——同上

《拉弗卡地歐的冒險》（*Lafcadio's Adventures*）[4]——同上

《田園牧人》（*Corydon*）——紀德

《柏油》（*Tar*）——舍伍德·安德森（Sherwood Anderson）

《所在的島嶼》（*The Island Within*）——路德維格·劉易斯遜（Ludwig Lewisohn）

《聖殿》（*Sanctuary*）——威廉·福克納（William Faulkner）

《依莎·沃特斯》（*Esther Waters*）——喬治·莫爾（George Moore）

《作家日記》（*Diary of a Writer*）——杜思妥也夫斯基（Dostoyevsky）

《背道而馳》（*Against the Grain*）——于斯曼（Huysmans）

《弟子》（*The Disciple*）——保羅·布爾熱（Paul Bourget）

《沙寧》（*Sanin*）——米開爾·阿爾志跋綏夫（Mikhail Artsybashev）

《強尼上戰場》（*Johnny Got His Gun*）——戴爾頓·杜倫波（Dalton Trumbo）

《佛賽情史》（*The Forsyte Saga*）——高爾斯華綏（Galsworthy）

4《拉弗卡地歐的冒險》原書名是《梵諦岡的地窖》（*Les caves du Vatican*）英譯時改為《拉弗卡地歐的冒險》（*Lafcadio's Adventures*）。

重生

《利己主義者》（*The Egoist*）——喬治・梅瑞迪斯（George
Meredith）
《十字路口的黛安娜》（*Diana of the Crossways*）——同上
《理查・費佛拉的考驗》（*The Ordeal of Richard Feverel*）——
同上

還有，但丁（Dante）、亞里歐斯多（Ariosto）、塔索
（Tasso）、提卜魯斯（Tibullus）、海涅（Heine）、普希金
（Pushkin）、韓波（Rimbaud）、魏爾倫（Verlaine）、阿波利
奈爾（Apollinaire）的詩。

辛格（Synge）、奧尼爾（O'Neill）、卡特隆（Calderōn）、蕭
伯納（Shaw）、海爾曼（Hellman）……的劇作。
【這份清單還有另外五頁，列出的書名或劇名超過一百部】

*

……詩，應該要：明確、強烈、具體、意賅、有韻律、正規、複雜

……藝術，該永遠努力獨立於智識之外……

……語言，不只是工具，本身應該是目的……

……霍普金斯（Gerard Hopkins）透過他衷廣又能聚焦的澄澈心智，利
用文字雕琢出一個既殘破又歡欣的意象世界。

以他冷酷的清醒神智為劍揮舞，以他徹底心靈化的生命和藝術為盾，
遮擋自己免於肉身的沉淪，在有限的餘地內他仍創造出無與倫比的清

重生

新作品。說起他靈魂的苦痛……

12/25/48

此刻，我全然陶醉於未曾聽過的天籟之音中──韋瓦第（Vialdi）B 小調鋼琴協奏曲。音樂廠牌 Cetra-Soria 與鋼琴家馬利歐・薩勒諾（Mario Salerno）合作的版本──

當下，音樂成為最令人讚歎，最栩栩如生的藝術形式──最抽象、最完美、最純粹──也是感官性最強烈。我用我的身體聆聽音樂，我的身體渴望回應音樂裡的熱情與感傷。經驗到難以承受的苦痛的，是肉身具體的「我」──而後感受到隱約的焦躁──當整個旋律世界乍現閃爍光芒，然後首次律動的下一秒，音符旋即抖落──每次深陷第二次律動的渴慕中，我的肉、我的骨就一點點死去──

我瀕臨瘋癲邊緣。有時──我認為──（我好刻意地寫出這幾個字啊）──我會瞬間明確知道（喔，這念頭急速地飛向我），我正在深淵斷崖邊踉蹌欲墜，感覺如此清晰，就像知道今天是聖誕節──

我問，是什麼讓我失序？我如何診斷自己？我當下感覺到的，就是我痛苦地渴望肉體愛情與心智伴侶──我這麼年輕，或許我性欲上不安的那面會發展到難以收拾──坦白說，我不在乎。【在這句話旁邊，蘇珊・桑塔格另外寫了一句話：「你也不應該在乎。」並註明一九四九年五月三十一日】我的欲求，排山倒海而來，而人生，在我的魂縈夢繫中，如此苦短──

我應該盡可能帶著輕鬆趣味的心情來回顧這件事。我以前是個驚嚇過度、戒慎恐懼的嚴謹虔信者，以為自己有天應當成為天主教徒，而現在的我，則強烈認為自己有同性戀的傾向（我真不願意寫出這點）——

我不該想到太陽系——想到那數不清的銀河跨越無垠的光年——想到浩瀚無垠的太空——我不該仰望天空超過片刻——我不該想到死亡或永恆——我不該做那些事情，這樣一來就不會經歷到那些可怕時刻：自己的心智彷彿化為具體有形——而不再只是心智——我整個靈魂——所有賦予我生命、構成我之「自我」的那些原始敏銳的欲望——全都化身成明確具體的形狀和大小——規模之大，遠超出我稱之為身軀的架構所能涵納——這些東西多年來拉扯推擠，緊繃（我當下就感覺到），直到我掄起拳頭——起身——原本是可以忍住不動的——每寸肌肉受折磨——掙扎著想樹立自己的無際分量——我想尖喊——我的五臟六腑壓迫——我的腿、腳和趾頭繃緊到抽痛不已。

我這個可憐的軀殼就快爆破——現在就感覺得到——對無垠進行沉思——我的心智緊繃，透過抽象化的簡單感官愉悅，稀釋我的恐懼。有些魔鬼知道我沒有宣洩出口，乘機折磨我——我痛苦難當，憤怒難消——恐懼和顫抖（受絞撐、被折磨——受盡絞撐的我——）我的心被一陣陣發作的不羈欲望鍛鍊得很堅強——

12/31/48

我又讀了這些札記裡的日記。沉悶又乏味！我難道永遠不能逃離無止盡的自怨自艾嗎？我的整個存在似乎處於緊繃狀態——而期盼的……

1949

1/25/49

如果有宿舍可住，這學期就去念加大。

2/11/49

【蘇珊·桑塔格離開位於洛杉磯的家之前，寫下她決定去念加大柏克萊分校的心情。】

……情感上，我想留下來。理智上，我想離開。如同往常，我似乎喜歡懲罰自己。

2/19/49

【蘇珊·桑塔格剛剛抵達「加大」，加州大學柏克萊分校；那時還未滿

十六歲。】

嗯，我來了。

絲毫沒什麼不同；我的追尋從來就不是為了幸福的環境，而是為了追尋自我——追尋自尊和完整的自我。

但現在的我並沒比在家時更快樂——……

……我想書寫——想處於知性的氛圍中——想住在文化中心裡，聆聽許多音樂——除了這樣，還想要更多，可是……重點是我這樣的需求，似乎沒有哪種職業能滿足，除非在大學教書……【蘇珊‧桑塔格後來劃掉教書這兩個字，並在旁潦草寫下：「天哪！」】

3/1/49

今天買了《針鋒相對》（*Point Counter Point*），從容地在六小時內讀完。作者【阿道斯】赫胥黎（【Aldous】Huxley）的散文洋溢著美妙的自信——若對於他巧妙點出文明之空洞的方式傾心敬佩，就會覺得他的觀察力無比敏銳精準——我覺得這本書讓人非常著迷——閱讀此書算是對我初萌芽的批判能力致上敬意。我甚至陶醉在讀完此書後不可避免的沮喪感，全是因為作者高超精湛的寫作技巧讓不煽情的氛圍也能達到撩動人心的效果。

在我生命這階段，精湛技藝遠比其他事物更讓我驚歎——優越技術、完美組織、舌粲蓮花最為吸引我。不留情面的寫實批判（赫胥黎、拉羅什福科〔Rochefoucauld〕）——模仿嘲諷，或者托馬斯‧曼在《*Der*

Zauberberg》）和《*Der Tod in Venedig*》【《魔山》與《魂斷威尼斯》】中，長篇感官式的哲學闡述⋯⋯我的視野實在太狹隘——

*

「對我來說，困難之處在於將超然的智識懷疑精神轉化成一種
　和諧圓融的生活方式。」

《針鋒相對》

*

4/2/49

我愛上了戀愛的感覺！——見不到艾琳（Irene）【‧萊翁斯（Lyons），海芮葉特（Harriet）的愛人，後來成為蘇珊‧桑塔格的愛人，在蘇珊‧桑塔格一九五七年至一九六三年間的日記裡，占有極重要的分量】時，我對她的任何想法——我壓抑的所有理智——在她出現的剎那，跟著痛苦＋沮喪消逝無蹤。被如此徹底地拒絕，實難承受——

4/6/49

這段期間寫不了日記，直到我終於獲得時間＋心靈的距離——

我心知肚明的事情好醜陋——因為說不出口而更令人難受——我試過！我希望自己能對他有所回應！我想讓自己受他吸引，以證明我至少是個雙性戀——【在日記本邊緣，蘇珊‧桑塔格補充道：「真愚蠢的想法！——『至少是雙性戀』」，日期標示為五月三十一日】

……一想到和男人有肉體關係，我只有羞辱墮落的感覺——第一次親吻他——長長的一吻——這念頭很清楚地冒出來：「就是這樣嗎？——好蠢啊。」——我試過！——我真的努力了——但我知道真的做不來——我想躲起來——啊，我把彼得的生活弄得一團亂——

他的名字是詹姆士‧羅倫德‧盧卡斯（James Rowland Lucas）——小名吉姆——那天是三月十一日週五晚上——我本來打算去舊金山聽莫札特的音樂會。

*

我該怎麼辦？【在後來的另一個「評語」中，蘇珊‧桑塔格這麼寫著：「當然是好好享受啊。」此評語未載明日期。】

【應該是一九四九年四月時寫的，不過沒在札記中載明】

週末回家的經驗很不可思議。我發現自己在情感上更進一步解放，不再受限於——理智的缺陷——我想我終於能不再依賴母親，不再因為孺慕而備受束縛——她不再能引起我的任何情緒，就連憐憫也不會——只有厭倦——我從未感覺這個家如此狹隘，從未發現家裡每個人如此乏味平庸。我的生命力就在這樣的家庭中被壓抑下來——在這裡，至少【在柏克萊】，雖然飽嘗赤裸裸的孤寂感，我卻能感受到一些愉悅和慰藉——透過音樂、書以及大聲朗誦詩。我不需要為任何人偽裝自己，我可以隨心所欲運用時間——在家裡，全是矯飾虛偽，處處得行禮如儀——時間浪費得可怕——這個夏天我必須謹慎善用時間，因為有太多事要做——

如果進不去芝大【在加大柏克萊分校念完一學期後，蘇珊・桑塔格向芝加哥大學申請轉學】，冬天就得回來柏克萊，我應該在這裡念完第一個暑期課程。不然，就得在加大洛杉磯分校旁聽。

我應該把每天下午兩點到五點的時間挪出來，在陽光燦爛的戶外寫作、看書。至於晚上，不管怎麼利用——都應該讓自己更安詳靜謐、體貼周到、心思清明！

4/8/49

今天下午，我聽了阿奈絲・寧（Anaïs Nin）的演講，題目是「藝術與藝術家之功能」。她出眾耀眼——清新脫俗——嬌小窈窕、一頭黑髮，略厚的妝容看起來頗蒼白——一雙大眼似乎充滿疑問——那口音我難以辨識——她在演說過程中，發音咬字聽來過於精準——看來她把每個音節都要用舌齒頂尖好好琢磨過——讓人覺得她若被碰觸，就會粉碎如銀粉。【在此處邊緣，蘇珊・桑塔格寫著：「海芮葉特也在。」】

阿奈絲・寧的理論非常抽象（探索無意識、自動書寫、厭惡機械式文明）——奧地利精神分析家奧圖・蘭克（Otto Rank）曾分析過她。

4/14/49

昨天讀了【杜娜・邦恩斯（Djuna Barnes）的】《夜森林》（*Nightwood*）——她的散文寫得好棒——正是我夢寐以求的書寫方式——意境豐富、節奏有致——鏗鏘有力的沉重散文適合那種神祕的隱諱。對以

語言為象徵符號的美學經驗來說，這種神祕的隱諱既是源頭也是架構——

4/16/49

讀了不少【杜思妥也夫斯基】的《卡拉馬助夫兄弟們》（*The Brothers Karamazov*），忽然升起一種狂顛般的淫穢感。我寫了三封信，兩封給彼得、奧德莉，徹底切斷與他們的關係，另一封給母親，半宣告我對過去生命的唾棄——

＊

唉，也是因為艾琳——

其實，她說的都對，讓我很佩服——

＊

想起自己曾說服自己接受彼得的感情，因為寂寞，也因為不可能找到比他更好的人！還有與奧德莉的混亂關係——可惡，如果艾琳能誠實點，直接拒絕我——那我就能（首次）誠實面對自己——

【在標明著 5/7/49–5/31/49 的札記的封面內側，蘇珊‧桑塔格以大寫字體寫著：「我在這札記所重述的時間裡重生了。」】

5/17/49

今天讀完【赫曼‧赫賽（Hermann Hesse）】的《徬徨少年時》

（*Demian*），整體來說很失望。書裡有些段落還不錯，前面幾章對辛克萊青春期的描述很棒……不過，後半段提到了嚴肅的超自然主義，與前半段隱涉的實在論標準，扞格不入。我有異議的不是書中的浪漫語調（從我熱愛【歌德〔Gothe〕】的《【少年】維特【的煩惱】》（〔【*Sorrows of Young*】 *Werther*〕就可略知一二），而是赫賽那種孩子氣的幼稚觀念（我只能這麼形容，別無他詞了）……

開始閱讀奧地利哲學家魯道夫‧史坦納（Rudolf Steiner）的《歌德之世界觀所蘊含之知識論》（*The Theory of Knowledge Implicit in Goethe's World-Conception*）。我似乎不費吹灰之力就能跟得上書中談的觀念，但也因此更加懷疑自己是否真的讀懂，所以我故意放慢閱讀速度……

過去幾個禮拜裡（我發現了時光匆匆嗎？）我讀了貝亞德‧泰勒（Bayard Taylor）【所翻譯，由歌德所寫的】《浮士德》（*Faust*）第一卷，以及克里斯多佛‧馬婁（Christopher Marlowe）所寫的《浮士德【博士】》（【*Doctor*】 *Faustus*），以及托馬斯‧曼的小說──

歌德深深感動了我，雖然我想自己的程度還不足以了解他寫的《浮士德》──馬婁差不多是我可以吸收的程度──我花了很多時間沉浸其中，反覆閱讀多次，慷慨激昂地一遍遍大聲朗誦。過去這禮拜，我大聲朗讀浮士德的最後獨白高達十多遍。真是無可匹敵的鉅著……

在之前的日記裡，我坦承自己對托馬斯‧曼的《浮士德【博士】》失望……從這裡就可看出我那毫不遮掩的獨特批判感受力！其實這本書很棒，不至於讓人失望，我應該多讀幾次，或許這樣就會喜歡它……

最近正在重讀那些一直以來對我很重要的東西，看了自己以前所寫的評語，不禁發噱。昨天讀了許多【吉拉德‧曼理‧】霍普金斯[1]的書，讀起來不像之前那麼興致勃勃——我尤其對「沉重的迴響和金色的迴響」（Leaden Echo and Golden Echo）感到失望——

大聲將書念出來的感覺很棒——也重讀了但丁，（當然）還有【T. S】艾略特（Eliot〔就算重讀，興味不減〕）……

這夏天我要專心念亞里斯多德（Aristotle）、葉慈（Yeats）、哈代（Thomas Hardy）和亨利‧詹姆士（Henry James）……

5/18/49

我永遠都無法從自己的愚蠢中學到教訓！今天去聽某人演講並朗誦白朗寧的「戲劇性獨白」[2]……我以前對白朗寧的看法實在無知又自負！——這夏天又多了個作家要讀……

5/23/49

【這部分的日記約有三十頁，多半重述蘇珊‧桑塔格在柏克萊的日子，最後以她遇見海芮葉特做結尾。透過海芮葉特，蘇珊‧桑塔格開始她在舊金山的同性戀生活。】

---

1 吉拉德‧曼理‧霍普金斯（Gerard Manley Hopkins, 1844-1889）是耶穌會士，但也是英國維多利亞時代的著名詩人。
2 羅伯特‧白朗寧（Robert Browning , 1812-1889）的文學重要貢獻在於創造了戲劇性的獨白（Dramatic Monologue），使之變成獨立的文體。

這週末多采多姿，繽紛美好，我想，也稍許紓解了我這段日子的極度憂鬱不樂：在過去這兩年裡，身心分離讓我飽受折磨。或許，這會是我最重要的一段時光——（不論未來我這個人會怎樣，這段日子都影響至鉅）——就我所知。

週五晚上我和 Al【蘇珊·桑塔格註明 Al 是指亞倫·寇克斯（*Allan Cox*）】去聽喬治·包斯（George Boas）發表論文，他是來自約翰霍普金斯大學（Johns Hopkins）的哲學系訪問教授。論文主題是「藝術中的意義」（"*Meaning in the Arts*"）。這份論文很有趣，生花妙筆道出了從亞理斯多德以降，包括亞理斯多德各主要批判學派的缺失，不過寇克斯並沒有建構出自己一套明確的看法——只是慧黠地點出前人的各種錯誤，但缺乏實質內容。幾件事情挺有趣：他從儀式與即興之間的變動來談藝術的演化——這種觀點乍聽之下挺不錯，其實不過是對古典與浪漫對立的濫用加以重申⋯⋯他將矛頭之一指向亞理斯多德學派的批判家，說他們不願承認亞理斯多德根本不懂莎士比亞，也因此不懂《哈姆雷特》（*Hamlet*）怎會是一齣悲劇（對他們來說，真正的悲劇＝亞理斯多德所界定的定義）。他們只是在情感上知道這齣戲是悲劇，要不就是從亞理斯多德的角度來看，以某種隱晦的方式假裝《哈姆雷特》的確是悲劇⋯⋯

Al 這個人，以及我和他的關係都具體反映出我想在知識領域退隱蟄居的念頭，還有我對生活的恐懼和壓抑。二十二歲的他以前當過商船船員——因色盲而沒入伍從軍——以古典角度來看，極為俊美——英挺、褐色捲髮、完美五官，除了那對大鼻孔特別引人注目——連手掌都很漂亮⋯⋯他整輩子都住在小鎮（聖塔安納鎮〔Santa Ana〕），直到

十八歲離家到加州大學就讀，大學期間曾休學三年到海上當船員。就學制來說，他現在是大三，主修化學，不過真正興趣在數學和文學。他想寫作但沒勇氣提筆，就怕寫的東西讓人不忍卒睹——是有這個可能。他的數學很強，若能鼓起勇氣試看看，或許可以透過數學進入哲學領域。他是信仰路德教派的德裔——具有真正的中世紀心智：極度謙卑、深懷罪惡感、熱愛知識與抽象思維，將身體全然置於他認為最重要的心靈之下。最近一次約會時，他告訴我，他整天沒吃東西，因為要修煉自己。我心想，好了不起的人啊——是我目前接觸過最優秀的知識青年——我荒謬地聯想到他很可能是處男，不過我相信他應該是刻意禁欲的。想到他這個人幾乎沒什麼罪孽，反倒讓我油然而生罪惡感……

認識他是在這學期初，一開始注意到他是在一場創紀錄的音樂會中（完整演出歌劇《唐·喬凡尼》），後來發現他在宿舍餐廳幫忙打雜【原文照登】。我們偶爾聊幾句，在其他音樂會上又見過幾次。有幾個禮拜他沒特別說什麼，但我瞥見他含情脈脈的眼神。有次，他鼓起勇氣邀請我和他去一個音樂會（當地公理教會舉行的《聖母尊主頌》（*Magnificat*）【巴哈作品】——那次之後，我和他一起參加的文化活動沒幾次，就算有，也多半是因為我想找人陪。這段淡淡的關係其實是為了轉移我和艾琳關係結束時的羞辱感。肉體上我從未受 Al 吸引，我和他在一起之所以感覺自在，理由有二：我真誠地尊崇他的智慧，想從他那裡學習知識，和他一起討論音樂、文學及哲學；另一理由是，我知道他會交往幾個禮拜後才開始試探身體碰觸，如此一來我若想抽身，也比較容易。到目前為止，我們連手都沒牽過！跟他相處，我的

*確*覺得自在——雖然沒有興奮悸動感。可怕的是，這週五晚上，我差點說服自己，和他在一起所體會到的知性滿足，就是人生的至高幸福——其實只是因為他不會帶給我痛苦——聽完包斯的演講，喝了一小時的咖啡，然後散步，又聊了兩、三個小時。

我們什麼都聊，從巴哈的清唱劇到托馬斯·曼的《浮士德》，從實用主義、數學中的雙曲函數，到加大的勞工學院、愛因斯坦的彎曲空間。這種數學哲學的討論真令人沉醉。那時，我真的感受到他深沉的謙卑與對生命的輕鬆態度——他不怕死亡，因為他知道自己的性命、人類的性命，無足輕重——我們兩人的談話激盪出智慧火花，對彼時的我來說，萬事萬物剎那變得澄澈透明。我甚至因此拒絕自己還未經歷過的東西：徹底的遊蕩懶散、陽光、性愛、食物、睡眠和音樂……我非常確信自己想教書的決定很正確，也深信人生除了那些能被接受且經由心智消化過的經驗之外……就這麼簡單，其他都不重要。彼時的我幾乎不怕死……我們都認為，人應該隨時準備好面對人生逆境——畢竟生命冗長、平庸又卑賤——就算厄運降臨，也不該抗議。雖然有必然的社會責任在身，但還是該認命，脫離社會，別想掙扎。況且，或許因為謙卑地預料厄運來臨，所以或許會被恩賜一些幸福時光：我的意思是別「有條件」地接受生命……不管怎樣就是接受——不管哪條命都無足輕重……我真的這麼相信！……這種信念讓我覺得舒坦多了……也讓艾琳離我更遠……我們兩人在我宿舍門口道別（帶著我們在學術上切磋琢磨的友誼），心情寧靜平和的我，上樓準備就寢……

我反抗生命——反抗我自身的熱情，我相信最終將會成功——我會全

然順服——「順服、簽署、封存、交託給上帝……」【蘇珊‧桑塔格這段話是引用並重寫吉拉德‧曼理‧霍普金斯的對話詩〈沉重的迴響和金色的迴響〉。】

週六早上，如同往常九點半起床，準備旁聽十點的「山姆‧約翰生的世紀」[3]。學期初我開始找各種旁聽課程來填滿時間，這時發現週二、週四早上十點有這堂課，不過，我已經排了十點要上法文，一週五小時——學期中——約三月底——我開始和一位叫海芮葉特的女孩聊天，她在校園教科書交換中心工作——我很自然和她攀談起來——（我和人初識時通常很健談）——她告訴我約翰生那堂課很棒，所以我開始每週六去旁聽，果然收穫良多——喔，就這樣瘋狂投入十八世紀那些令人驚歎的林林總總！——授課教師布朗森先生深具文人風範，長得像艾略特，英國口音，冷僻幽默、嗓音低沉，舉止優雅……（他認為多數人對包斯威爾[4]風評不佳，實在很可惜，等等……）

……海芮葉特很高——大約一百七十六公分——不算漂亮卻很迷人——笑起來很美，對我來說深具吸引力。第一次和她說話——感覺就很棒，有一種獨特的活力……週六上完約翰生的課，我都會和她聊天，有時直接去書店找她。暑假前她問我是否想和她去朋友住處參加「異國晚餐」……她那個朋友是個粗魯（笑的樣子）、討人厭的男同性戀……他母親寄給他燻鮭魚、雞油和猶太餅！現場還有幾個懶散遲鈍的柏克萊嬉皮，其實我自己的舉止應該也很愚蠢——就是那種知

3「山姆‧約翰生」（Samuel Johnson, 1709-1784），集文評家、詩人、散文家於一身，前半生名不見經傳，後來因編纂字典而成為家喻戶曉的人物，並為自己贏得博士稱號。
4 包斯威爾（James Boswell, 1740-1795），英國傳記作家，最著名的作品就是《約翰生傳》（*The life of Samuel Johnson*）。

識分子的自負譏諷態度；我經常意識到自己這種態度……那時，海芮葉特告訴我，舊金山最優秀的人都在酒吧，找一天她會帶我去見識見識……上週四，十九日，我晃進她工作的書店（買了幾本法文詩集），她又開口邀請——當然，我答應——我們約好這週六晚上去……那天早上我先去上了約翰生那堂課，然後回宿舍登記凌晨兩點半才會回寢室——這是週六的門禁時間。上完課後她說我可以週日和她去小鎮梭塞里多（Sausalito），她有個叫 A 的女性朋友就住在那裡……

……我很驚訝她邀請我——她應該話一出口就後悔了吧，但當我找藉口推辭，她不死心又邀請一次。後來她回去上班，我自己去吃午餐……

……下午為了殺時間在加大的禮堂看了三齣戲，很糟糕的學生獨幕劇。五點半左右去書店找海芮葉特。我們走回她住處，她換上牛仔褲，我翻閱了她那本赫曼‧赫賽《荒野之狼》（Steppenwolf）的前幾頁……和她在一起好舒服，和她一起搭 F 列車去舊金山途中，我好想告訴她關於艾琳的事。決定說出口後，我才明白她這個人和她的世界與艾琳和 Al 的世界截然不同。艾琳和 Al 的生活很純潔，很知性！我把這種感覺誠實地告訴海芮葉特，沒想到她的反應完全出乎我意料之外……我忍不住大笑，實在太荒謬！她說，艾琳是個賤人——又說當艾琳說我很醜陋時，我應該好好咒罵她，好讓她放下那種高高在上的驕傲姿態——罵她目光短淺、麻木不仁、呆滯沉悶……從某方面來看——雖然那時我只有一點這種感覺——我覺得海芮葉特說得沒錯……她說我不糟糕……我該做的只是揮除自己心中的罪惡感……我們去中國餐館吃了一頓便宜卻很飽足的晚餐……【快吃完】那時，

她朋友 A 和丈夫 B 進來……【然後】我們四個就去了一間叫「摩納」（Mona's）的酒吧。那裡的客人多半是女同性戀情侶……歌手是個高䠫的金髮美女，穿著無肩帶的晚禮服。雖然她那渾厚有力的嗓音讓我起疑，直到海芮葉特——笑著——告訴我，她其實是個男人……另外還有兩名歌手——一個是龐然臃腫的女人——我從沒見過有人那麼胖——她的身材似乎往各方向不斷擴張——另一個是中等身材的男人——有張義大利人的黝黑臉孔——稍加留意後發現他其實是個女人……

點唱機流瀉出音樂，A 和 B 跳舞，另外 B 和海芮葉特也共舞了一、兩次。我第一次和海芮葉特跳舞時好緊張，連番踩到她的腳……第二次就輕鬆多了，也開始享受美好感覺……

我們喝了啤酒，然後走出酒吧，A 和 B 先離去——我們十二點半再去一個叫「紙娃娃」（Paper Doll）的地方碰面……那時大約十一點半……不過，海芮葉特說她想先去街尾那間叫「十二阿德勒」（12 Adler）的酒吧（這酒吧老闆亨利老戴著貝雷帽）。那裡很多人她都認識，其中有個看起來好色的六十歲男人叫奧圖，海芮葉特邀請他和我們去「紙娃娃」。事後她告訴我，邀請他是因為他會幫忙付酒錢。我們去了「紙娃娃」，在那裡坐到兩點，店家要關門的時間……A 和 B 一點十五才來……沒有現場表演，只有一個琴藝差勁的鋼琴手叫瑪德琳，堅持要彈琴，還大唱特唱，甚至搬出「生日快樂歌」，唱個不停。她唱到兩點十五分左右才肯住嘴，我又和海芮葉特跳舞……那時除了我們四個和奧圖，還有另外兩人（他們彼此不認識）和我們同桌，一個叫約翰·丹佛（John Dever）的年輕男子，他好像住

在「紙娃娃」樓上，另一個是漂亮女孩——精心打扮的——叫蘿柏塔（Roberta）——

那裡負責端酒的幾個女服務生都很美——全穿著男人衣服，就像「摩納」酒吧裡的服務生——奧圖發揮自己該有的功能，買了四輪酒請大家喝……我覺得他好煩——看來我是他今晚的目標，他整晚說個不停，但我根本沒在聽……要離開時我才知道 B 不回家，整夜都要在市區找樂子……他和我們道別後就離開，忘了把他們那輛福特 A 型車的鑰匙給 A。A 去追他時，我和海芮葉特就坐在車裡＋手相握……她相當醉，而我雖然酒一上桌就灌下肚，卻完全清醒，感覺好舒服、好愉快……

開車到梭塞里多途中會經過金門大橋，A 和海芮葉特就坐在我旁邊，纏頸接吻，我看著海灣，覺得全身暖烘烘又生氣勃勃……我從來不曾真正明白，原來人可以純粹以肉體的方式來活著，完全不需在乎可怕的身心二分法！

……海芮葉特和我【終於】在「錫天使」（Tin Angel）酒吧後方的小吊床上睡著了……

或許，我終於醉了，因為海芮葉特一和我做愛，我就銷魂蝕骨……我們爬上床已經凌晨四點——兩人聊了會兒……海芮葉特第一次吻我，我緊張得全身僵硬，但這次是因為我不知道該如何……並不是我不喜歡她吻我（和吉姆接吻，我就不喜歡）……她還開玩笑說自己牙齒的琺瑯質現在全磨光了——我們又聊了一下，就在我明白自己想要她時，她也清楚感覺到……

　　　　　　　　　　　　　　　　　　　　　　　　　　　　重生

緊繃的每個地方，包括抽痛的胃部深處，在與她身軀的拉扯間，在她壓著我的重量下，全都釋放了，還有她脣舌與雙手的撫摸……

彼時，我什麼都明白，到現在也忘不了……

……而此刻，正執筆寫下這些的我，是什麼？是個全然迥異的人了……週末所經歷的這些，發生的時機太完美——我差點要因為全然臣服於情欲而徹底否定自己。但現在我對性欲的觀念徹底轉變——感謝上帝！——雙性戀是人類最圓滿的表現，不加思索地拒絕墮落會限制人的情欲經驗——沒錯——而企圖把情欲去肉體化，想保有純貞直到「對的人」出現——這些觀念都是要禁止人去享受沒有愛情的純粹感官愉悅，阻止人濫交……

現在我對自己能接受的限度總算略知了……我知道我想怎樣對待自己的生命。其實好簡單，但過去的我竟難以明白。我想要和很多人上床——我現在想活著，不想死——也不想教書，不想念完大學後念碩士……不想讓我的理智支配我，我現在最不想的就是崇拜知識或博學多聞的人！我完全不鳥任何人所獲得的真理事實，除非那能夠反應出我此刻正需要的基本情欲……我想要嘗試所有事情……想找出一種方式來評估經驗——想知道什麼會讓我愉悅或痛苦？我該謹慎，別妄加排斥痛苦經驗——也該期待處處有歡愉，並設法追尋，因為，歡愉的確無處不在！我應該全然投入……所有具意義的事！現在我唯一放棄的是放棄和退縮的權力：不再只接受千篇一律與知性的觀念。我活著……我美麗……除此之外，哪還有些什麼？

5/24/49

我想，我不可能放棄我現在知道的……我害怕故態復萌，但現在就算被逼著回去過那種一成不變的日子，我也有答案了。經歷過狂喜的我非常確定這個答案……我看見艾琳，她顯然很慌亂，設法躲避我……她的嘴唇好薄……我突然覺得原來她如此不完整，向來過得悲慘，我好難過……並非我不愛她——只是和海芮葉特為我擴展的美好世界一比，她徹底相形見絀了……我做過的決定沒幾項正確，就算正確，也多半是誤打誤撞矇對了……就以我寫給艾琳的信來說，裡面字字句句都很有道理，但其實我對那些偉大句子的詮釋根本錯誤……

愛戀某人的肉體，並好好使用它，這點至為重要……我知道，自己辦得到，因為現在的我，徹底解放自由了……

5/25/49

今天有個念頭突然出現——清清楚楚，其實一直以來都清清楚楚！但現在卻首次頓悟，真是荒謬——我過於輕率，有點歇斯底里：——但不管什麼都不能阻止我做任何事，除了我自己……有什麼能阻止我起身行動？唯有外在環境在我心中形成的自制力。然而這股力量如此強大，以致於我從不敢妄想違逆……實際上，到底什麼阻擋我？是因為恐懼家人——尤其是母親？因為依戀安全感和物質享受？沒錯，就是這兩種原因，可是只有那些真相才能讓我……什麼是大學？我在大學裡什麼都沒學得，因為我想知道的一切都可以靠自己累積，而且我也這麼做了，至於其他的全都單調沉悶……念大學不過是為了

安全感，因為對我來說，這是最簡單妥當的事……至於母親，我真的不在乎——我就是不想見到她——對書籍和唱片的熱愛——是另外兩種過去數年來的強大壓抑來源，然而，是什麼？究竟是什麼阻擋我將那些資料、札記和書籍丟入紙箱，將它們送到另個城市的儲藏室租用公司，並用另個袋子塞進襯衫、牛仔褲和幾雙襪子，外套口袋裡塞個幾百元——留張拜倫風格的字條給全世界——然後走出屋子，搭上巴士——往哪兒去？——當然，或許第一次逃家會被警察抓回我那發狂激動的家人身邊，不過隔天我會再次逃離，被送回家後又重施故技，幾次下來他們就不再理睬我——**我終於可以為所欲為了！**這樣吧，我來跟自己打個商量——若芝加哥大學不接受我的轉學申請，那麼這個夏天我就這樣離開。如果他們願意讓我入學，那就明年再這樣做。若我仍覺得不滿足——若我覺得很大部分的我在芝大也無法好好發揮，那就乾脆休學——天啊，活著的可能性原來這麼無限！

5/26/49

我帶著嶄新雙眼，重新審視我的世界。其中最教我驚恐的是，我竟然讓自己埋首於學術生活中。對我來說這毫不費工夫……只要成績優異——（我或許會繼續留在英語系——畢竟我沒有念哲學需有的數學天分）——繼續念碩士，當助教，找些沒人有興趣的冷僻主題寫幾篇論文，熬到六十歲，然後成為又老又醜，但受人敬重的專任教授。為何我的人生要這麼過？今天我在圖書館翻閱英文系的出版刊物——長篇大論（數百頁）談的都是這類主題：伏爾泰（Voltaire）作品中，Tu（你）和 Vous（您）的用語；菲尼莫·庫柏（Fenimore Cooper）

的社會批判主義；布勒特・哈特（Bret Harte）之作品出現於加州（一八五九至一八九一年）書報＋雜誌中的書誌學……

天哪！我差點讓自己臣服於什麼鬼東西啊？！？

5/27/49

狀況有些退步──困惑──今天，不過我知道這是好的，至少……恐懼、恐懼……當然，是因為艾琳：她好幼稚，但我也著實不成熟！只要讓我感覺她徹底拒絕我，一切就會沒事……可是，昨晚，就在我準備去聽哲學系的演講時，她走向我，告訴我她已經決定了（！），她想找時間好好了解我……

5/28/49

芝加哥大學接受我了，還有七百六十五美元的獎學金

＊

昨晚 A 去「錫天使」酒吧開門，海芮葉特要我過去。我整晚都很消沉，最後還把自己灌醉──海芮葉特茫過頭了，歇斯底里地忙著討好過去一年曾和她上過床（但現在很憎惡）的那些女人：她們好像全來到酒吧……瑪麗的前女友也在，看來鬱鬱寡歡……B 和 A 自然又喝得醉醺醺，還打破窗戶……我可以想見今早他們會怎麼說！……周旋過成千上百萬人後，海芮葉特來到我身邊耳鬢廝磨，老實說，還挺好玩的……後來，有個討厭鬼過來煩我（可能因為海芮葉特曾對著整屋子

的人喊說：「她才十六歲——很不可思議吧？我是她的初戀喔」），他說要來「解救」我……海芮葉特把我推向他（她說：「小蘇，也來點異性經驗吧」），我還搞不清楚狀況，就和那傢伙跳舞廝磨起來……【蘇珊‧桑塔格在邊緣處寫下這人的名字「提姆‧楊恩」。】他說了很動聽的話，聽起來挺真誠，不過當他問我我是否信上帝，我真想朝他眼睛吐口水……真該死，我沒這麼做，而且還給了他我的電話號碼——只有這樣他才願意放過我——回到【酒吧】前方。後來我身旁坐了三個女人：一個是 C，三十四歲，律師，海芮葉特一直叫她「高貴的」。她在加州出生長大，那口英國腔顯然裝出來的，偶爾會不經意讓人聽破。後來她開始發呆，最後乘機溜回她那輛 Crosley 汽車……海芮葉特告訴我，她曾和她同居兩個月，直到 C 拿著手槍出現，威脅要斃了她們兩個……另外兩個女人是一對情侶，佛蘿倫絲和蘿瑪……海芮葉特曾和佛蘿倫絲有染……後來 C 開始大笑，問我們是否發現《夜森林》是部諷刺性作品……當然，它就是，我以前就逗趣地這麼想過很多次……

【在這則日記中段的空白處，蘇珊‧桑塔格寫道：「要讀《情婦法蘭德絲》（*Moll Flanders*）。」】

5/30/49

是老套做作，也或許是年少輕狂，我忍不住影印了《魯拜集》（*Rubaiyat*【*of Omar Khayyam*】）中的一些四行詩，因為這些詩正符合我當前的狂喜心境……

5/31/49

我也重讀了影印貼在第四號日記本中，羅馬詩人魯克瑞息斯（Lucretius）的詩：「生命綿延無盡……杳然而逝的是生命，生命，生命。」

對我來說，偶爾將之前的日記本拿出來重讀是件好事——去年聖誕節，我是這麼寫的：有些魔鬼知道我沒有宣洩出口，乘機折磨我——我痛苦難當，憤怒難消——恐懼和顫抖（受絞擰、被折磨——受盡絞擰的我——）我的心被一陣陣發作的不羈欲望鍛鍊得很堅強——

我已大有進步，自從——學會怎麼「放手」——怎麼讓自己擁有更充實、更遼闊的時刻——接納自己，對，更能自得其樂——

真正要緊的是別什麼都拒絕——想到自己原本要揮別加大，沒想到竟在這裡得到我真正要的東西！我原本不打算接受這種新經驗的！萬一真的拒絕，那有多悲慘啊（雖然我很可能永遠不知道！）——

等到了芝加哥，我就會知道該做什麼——我會跨出去，主動攫取各式經驗，不再被動等著經驗上門——我現在辦得到，因為高牆已經倒下——身體聖潔不容侵犯的感覺——我一直都充滿情欲——當下亦如是——只是過去太常被自己道路上的觀念所阻礙……其實內心深處，我一直知道自己有源源不絕的熱情，唯欠的不過是具體模式或合適的宣洩出口——

我現在知道那種透過純粹肉體，不帶一絲「知性伴侶」成分，盡情體會銷魂愉悅的能力。不過，當然，我也想要有知性伴侶……

艾琳快把我毀了——凍結凝固了我長久以來對自己同性戀傾向的罪惡感——讓我在自己面前自慚形穢——

我現在明瞭真理——知道放膽去愛有多美好——在某些方面，我已經被准許去「愛」了——

一切就從現在開始——我重生了。

6/4/49

> 蕭士塔高維契（Shostakovich）：鋼琴協奏曲
> 史克里亞賓（Scriabin）：鋼琴前奏曲
> 法朗克（Franck）：D 小調交響曲
> 普羅高菲夫（Prokofiev）：第五號交響曲

【巴哈】：B 小調彌撒

與音樂翻雲覆雨！知性饗宴！

6/6/49

週六晚上我和海芮葉特去梭塞里多……除非把自己灌醉，否則在那裡我只會感覺自己空虛又困窘……A 和海芮葉特永遠黏在一起……好多醜陋的人猛灌酒，把自己搞得更醜陋，D 就是其中一個……十點半左右她和我一起到舊金山，我真的醉了，從不曾那麼醉過……我真的無法在「錫天使」多待一秒鐘，我知道海芮葉特根本不在乎我做什麼……我們先去「二九九」，這是 D 經常出沒的地方，然後去「十二

阿德勒」，在那裡遇見布魯斯‧波伊德（Bruce Boyd），然後跟著他到一家叫「紅蜥蜴」的同性戀酒吧，那裡的氣氛還真像女巫魔鬼聚會的五朔節夜晚（Walpurgisnacht），然後，很自然地，最後在「紙娃娃」結束……D說個不停……她給人的感覺好「邪惡」……「我來自新英格蘭。」

D（她來自緬因州歐岡坤鎮〔Ogunquit, Maine〕）

> 「我十七歲時很想了解什麼是性，所以去了間酒吧，跟一個船員搭訕（他有頭紅髮），就這樣被強姦，對方粗魯殘暴……真是的！我好幾個禮拜幾乎沒辦法坐下！而且好怕自己會懷孕……」

大麻

是短暫的療養所

「精神崩潰」

衡量成功──「你不知道，你很年輕，你還在學」──

夏天管庫存，像企業經理人──錫天使──海軍？──秋天在紐約，電視臺工作。

【……】

「我坦白說了──海芮葉特──我真的為她癡迷」

*

重生

我們到她住處，「林肯旅館」的客房內——就在「錫天使」酒吧對街上——躺到床上，睡覺。隔天下午她說，她「很後悔錯失昨晚那個機會……」

我覺得更沮喪，前所未有的空虛

同性戀＝同志（gay）

異性戀＝果醬（jam〔西岸用語〕）、正統的（straight〔東岸用語〕）

【以下內容插於下頁日記中】

> 海芮葉特收
> 煩請班傑明轉交，
> 紐約 23，第六十九西街，305 號

6/11/49

海芮葉特昨天去紐約……上個禮拜我常和艾琳在一起。拜託，她是有毛病嗎？我真不敢相信她對我這麼坦誠……她的想法、她說的話！……人該怎麼過生活？我可不想只和一些人談戀愛……艾琳不知道如何面對自己，也不明白該如何處理她對自己的要求……她提起她以前的生活很「平庸」——成績不好，等等——還說到她和一個男孩子談戀愛，但最近才發現他已經結婚……好多人都背叛她……

6/13/49

我要把事情好好想清楚，讓過去五個月來的生活有個結論，因為再過四天我就要回去洛杉磯【蘇珊·桑塔格母親和繼父的家】……最近和艾琳的頻繁互動讓我有點混亂……孤寂感輕易就籠罩上來，讓我隨便就投向能（些許——但非徹底）紓解這種孤寂感的任何東西中。我是無限的——我不能忘記這一點……我要情欲也要感性，兩者都要……我和海芮葉特比和任何人在一起更有活力、更滿足……永遠都別否認……我想要因狂暴與氾濫而失足，也不願讓自己生命虛度……

6/19/49

……彷彿從未——

然而，過去不再是過去，因為它被圍限於特定地理區域中。由此開始，人就能無逆轉地脫離過去，不再繼續於相同境地……

然而，這仍是悲慘的空虛狀態——彷彿我從未離開，彷彿過去這五個月從不存在，彷彿我從未認識艾琳，從未愛上她，彷彿我從未透過海芮葉特而探索「性」，彷彿我從未探索自己（我探索過嗎？）——彷彿從未……

6/26/49

生活裡一旦出現陌生的新東西，時間就過得特別慢……在加大第一週如此——回到家的第一個禮拜也是如此——度日如年，無止無盡——

【以下未載日期，極可能是一九四九年七月初】

加州大學洛杉磯分校的暑期課程不能旁聽——仍去了四天，直到被轟出去——反正那些課全都索然無趣，梅葉霍夫（Meyerhoff）的「哲學21」那堂課除外——

我現在有社會安全卡，也在「美國共和保險公司」（Republic Indemnity Co. of America）——鮑柏的辦公室——找到文書處理的工作，月薪一百二十五美元，一週工作五天，就從週一開始——

最近正在讀【史賓格勒（Oswald Spengler）】《西方的沒落》（*The Decline of the West*）……歌德的世界。又是觀念……宇宙工廠。很美——

史賓格勒引用了些歌德的話：

> 「生命中真正重要的是活著的過程，而非結果。」

> 「人類？太抽象。現在有的、過去有的、未來也會一直有的，是人，只有人。」（致歷史學家蘆登〔Luden〕）

> ……

> 「功能，應如此正確理解為：一種被視為活動的存在狀態。」

【以下未載日期，極可能是一九四九年七月中或七月底】

……故事點子：

保險公司

人事主管——傑克·崔特——雙性戀——不快樂，深受輕蔑＋優越感
的毒害——還會跟克里夫調情——也因史考特突然從文書檔案主管
（現在這是傑克·巴里斯的職位）高升到核保部門而忿恨難平——現
在，傑克·巴里斯期望——

辦公室內的所有升遷都要靠他大發慈悲

可怕。

6/29/49

命令：閱讀紀德的《新糧》（*New Fruits of the Earth*）。

又是惱人的對比：

梅什金（Myshkin）[5]：

> 座右銘：「stabo」——（我會堅定。）

> 將史懷哲（Albert Schweitzer）所說的「尊重生命」予以充分
> 闡述後，就是我從梅什金—基督徒—阿萊沙（Alyosha）[6] 那
> 種神話的動人本質裡所領悟到的東西——愛＋和平主義——

---

5 梅什金，杜思妥也夫斯基作品《白癡》（*Idiot*）裡的主角，他原本是個擁有基督教尊崇之
美德的人，後來歷經一連串事件，發現基督教的愛對世界起不了任何作用，灰心喪志之
下，變成白癡。
6 阿萊沙，杜思妥也夫斯基作品《卡拉馬助夫兄弟們》裡的主角。如同《白癡》裡的梅什
金，阿萊沙也是個如聖人般的人，卻屢遭厄運。

高舉的道理如此完美可親！真是個願景！

人類終究必須忍受這種痛苦的合理化與昇華。

米蒂亞（Medea）[7]：

座右銘：「Wolle Die Wandlung」——里爾克（Rilke〔渴望一切改變〕）

接受我的同性戀傾向——一種漂泊狂亂的生活——讓我的痛苦、過去、現在和未來變得戲劇化——精心設計它——「韻律、平衡、多樣中的一致、累積的變動」

*

濟慈[8]：

「我一無所信，除了情愫的神聖與想像的真理」

「期盼過著感性生活，而非思想生活」

8/3/49

「激情麻痺好品味」

*

通透了悟。讓自己臣服於這些事情，實在太容易：

---

7 米蒂亞，希臘三大悲劇之一，亦是女主角名字。

8 濟慈（John Keats, 1795-1821），英國浪漫主義時期的詩人，創作時間雖短，卻留下永恆不朽的名作。

白天，一份白領工作——在「柏藍」公司擔任文書、打字、簿記之類的副理

夜晚，流連於酒吧

寂寞——渴望性

任何接受正確性愛方式的人，長得不醜，會愛我＋對我忠實……

*

同性戀俚語：

同志
「男同志」（a gay boy）
「女同志」（a gay girl）
「同志小子」（the gay kids）

正統的（straight〔東岸用語〕）
果醬（jam〔西岸用語〕）
正常的（normal〔觀光客用語〕）

「他是個正統的」
「他很果醬」
「我過的是果醬式的生活」
「我的果醬朋友」
「我要去搞正常的了」

「變裝」（drag）

「變裝」（be in drag）

「去變裝」（go in drag）

「變裝派對」（a drag party）

同志：

「八六」、「他把我八六」（he 86'd me）、「我被八六」（I was 86'd）（轟出去【從酒吧轟出去】）

表現得「啪利啪利」（swishy）、「我今晚啪利啪利」（裝扮很娘）

「我為果實纍纍——」（I'm fruit for——）（我為——癡迷）

「腦袋」（the head）、「約翰」（john）（廁所）

T.S.（Tough Shit；難搞的鳥事）

「他是可交易的同志」（he's gay trade）、「帶出場」（take it out in trade）（一夜情）

「搞商業」（go commercial）、「我要去搞商業」（I'm going commercial）（性交易）

「昂首挺立」（get a〔have a〕head on）（勃起）

「蕩妞」（a chippie）（找一夜情的女人——純粹為了性——不

是為了錢）

「滾下屋頂」（fall off the roof）（月經期間）……

＊

白鬼子：「來真的嗎」、「我會撐到真的出現才行動」。真的＝同性戀

每年在芝加哥的西區都有黑鬼子的「同性戀派對」──來自全美各
地──約在萬聖節前後

黑鬼子──哈德遜河遊河之旅──同性戀──年度……

＊

正常異性戀的俚語：

　　「來一腿」（get a piece）
　　「跟俏臀妞來一腿」（get a piece of tail）（與女人發生性關係）

　　「箱子」（box）＝陰道
　　「得到盒子」（have a box）＝嘗女人
　　（「甜心，什麼時候讓我嘗嘗妳的箱子？」）……

＊

拜倫 [9]

---

9 拜倫（Byron, 1788-1824），因世襲男爵，所以以「拜倫爵士」（Lord Byron）著稱。英國
　十九世紀浪漫主義詩人，才華洋溢，風流倜儻。

《孟非德》（*Manfred*；同名主角對自己妹妹阿斯塔爾塔產生亂倫戀情）

《肯恩》（*Cain*）

《唐璜》（*Don Juan*；愛上了同父異母的姊姊奧嘉絲特‧麗〔Augusta Leigh〕）

聖休（St. Hugh）──十一月十七日

聖大衛（St. David）──威爾斯守護神

*

【這則日記本的其他內容都是對各種詩的形式進行詳盡定義、比較和舉例，從抑揚格五音步（*iambic pentameter*）到六行詩節（*six-line stanza*）。】

8/5/49

昨晚和 F 在一起。他說，他＋ E 一年前就想過我很可能是個女同志。「妳現在唯一讓自己正常的機會【就是】現在立刻喊停。不再找女人，別流連酒吧。妳知道在芝加哥的生活會差不多一樣──宿舍、學校或同志酒吧……妳應該同時和兩、三個男人約會。停車讓他們撫摸妳＋讓他們小小快活一下。一開始妳會不喜歡，可是妳得強迫自己這麼做……這是妳唯一的機會。這段期間不要和其他女人約會，如果妳不現在打住……」

*

重生

巴哈 D 小調鋼琴協奏曲第一樂章

巴哈 E 大調小提琴協奏曲第一樂章

莫札特協奏交響曲第二樂章

貝多芬【鋼琴】三重奏第 70a 號作品第二樂章

【一九四九年八月，詳細日期未載】

舊金山：摩納、茴香盒子、紙娃娃、黑貓、紅蜥蜴、十二阿德勒

紐約：位於第二大道的「一八一俱樂部」、第十九洞：女同性戀酒
吧、吉米·凱利、摩洛哥村莊、聖雷莫、湯尼·派特、泰瑞、摩納

顏色名稱、動物名稱

*

有人推薦的同志俱樂部：海灘之屋；旅館——訂個房間，任何時間；
酒吧——花二十五毛買杯飲料；餐館；兩間游泳池

海灘附近

*

要買的書：

亨利·詹姆士（Henry James）：《私人札記》（*Notebooks*）、《奉
使記》（*The Ambassadors*）、《波士頓人》（*The Bostonians*）、
《短篇小說》（*Short Stories*）、《卡薩瑪西瑪公主》（*The
Princess Casamassima*）、《欲望之翼》（*Wings of the Dove*）

杜思妥也夫斯基：《白癡》（*The Idiot*）、《少年》（*A Raw Youth*）、《短篇小說》（*Short Stories*）

康拉德（Conrad）：《康拉德選集》（*Portable*）

里爾克（Rilke）：《給年輕詩人的信》（*Letters to a Young Poet*）

赫曼‧赫賽：《荒野之狼》（*Steppenwolf*）

費爾汀（Fielding）：《約瑟夫‧安德魯斯》（*Joseph Andrews*）、《湯姆‧瓊斯》（*Tom Jones*）

狄福（Defoe）：《情婦法蘭德絲》（*Moll Flanders*）

紀德（Gide）：《新糧》（*New Fruits of the Earth*）

愛丁頓（Sir Arthur Stanley Eddington）：《自然界的本質》（*The Nature of the Physical World*；Macmillan 出版社：一九二九年）

泰勒（H. O. Taylor）：《中世紀心智》（*The Medieval Mind*）

杜威（Dewey）：《藝術即經驗》《*Art as Experience*》

【哈特‧】克萊恩（【Hart】Crane）：《詩集》（【*Collected*】*Poems*）
【因斯特‧】卡西勒（Ernst Cassirer）：《論人》（*Essay On Man*）、《語言與神話》（*Language + Myth*）

8/17/49

爵森容（【M. E.】Gershenzon）在〈兩角處之相似性〉（A Correspondence Between Two Corners）一文中所提到的論點，一針見血點出過去這年我隱藏在心中的沉默羞愧感；然而這番結論仍是尚未明證的潛現實，永遠仍是一種半麻痺的可能性。

因此，在另一種內省中，我發現自己是個陌生客。

Ich bin allein【我是孤寂的。】

重讀亨利・詹姆士（Henry James）的中篇小說《叢林猛獸》（*The Beast in the Jungle*），恐怖至極的經驗，那種深沉憂鬱的感覺此刻仍籠罩我，久久揮之不去。

8/20/49

讀了紀德的《偽幣製造者》（*The Counterfeiters*）。沉浸於故事中卻未能感動。回想起小時候做過的惡夢——有個人拿著鏡子站在另一面鏡子前，反射出無止盡影像的畫面。

紀德這部《偽幣製造者》小說處理的是一名叫愛德華（Edouard）男子的一小段生命過程，以編年體敘述而成。這男子打算寫一本名之為《偽幣製造者》的書，不過最後卻忙著寫日記，因為他的生命因寫書的念頭而多采多姿起來（就像霍普金斯〔Hopkins〕透過基督的一滴血看見《德意志號沉沒記》〔*The Wreck of the Deutschland*〕中那艘船

骸）——他開始覺得，自己的日記比構思中的書更有趣，所以他現在打算出版日記，至於書，永遠都沒動筆。愛德華就是紀德，「攔腰起述」也「攔腰結束」（in medias res）。

8/26/49

我興味盎然地發現自己進入了年輕歲月中無政府審美主義的階段。過去整個禮拜，我連續讀了不少相關作品：里察（【I. A.】Richard）《實際批判主義》（*Practical Criticism*）、柯斯勒（Koestler）《正午的黑暗》（*Darkness at Noon*）、佩特（【Walter】Pater）的《文藝復興》（*The Renaissance*）。我受夠了人，受夠了愚蠢和平庸，還有宗教聖戰和政治……

＊

詩人卡明斯（e.e. cummings）：

「往下就遺忘，往上就成長」

8/30/49

我竟忘了記錄這個暑假一些非知性（！）方面的事情，直到現在：暑假都快結束才猛然想起。彼得上週回來，我告訴他整件事，這才意識到事情已經發展到這種程度。我的第二段戀情——想像的！……總之，這暑假唯一的具體收穫或許就是和 E 熟稔起來，他的才智讓我打從心裡佩服。我現在的生活和從柏克萊返家前給自己規定的養生法，

簡直天壤之別。那時我告訴自己，這暑假不要有性愛！海芮葉特和 L 真是南轅北轍的兩個人！不過同樣非常幽默！

今晚向 L 道晚安，當然，又上床了。我發現自己有一種難以根除的危險溫柔個性——無須邏輯證明，我甚至毫無理由地發現自己被 L 深深感動，因為我感覺到她給我的不只有肉體的理性接納以及自我的喜悅滿足……不過想到海芮葉特，就發現其實她也可與 L 媲美！雖然我欣賞冷酷自負，但也無法完全無視於自己的軟弱……

8/31/49

第兩百二十六頁——【巴特勒（Samuel Butler）】的《眾生之路》（*The Way of All Flesh*）——吉普太太（Mrs. Jupp）使用「同志」這字眼來形容性愛氾濫的女人：

「她是個同志」
「同志女人」

9/1/49

理智上我不喜歡異性戀關係中女性在肉體上的被動角色，而這種厭惡就反映在我努力找理由讓自己在這樣的性愛關係中不具吸引力……不過在和海芮葉特的關係中扮演過「女性」，以及在和 L 的關係中扮演過「男人」後，我才發現其實自己能從「被動」角色中獲得很大的肉體滿足感，雖然情感上我絕對是主動愛人的那方，而不是被愛的一方……（天啊，荒謬至極！！）

*

拉羅什福科（1613-1680）[10]：

「我們都有足夠的力量去幫助別人承擔痛苦。」

9/2/49

下午一點半離開洛杉磯。

無法理解……

9/3/49

在火車上：亞利桑納州、新墨西哥州：

乾涸河床上——（非常寬【約有二十至三十呎】，深約四至五呎）——顯露的童話般色彩，被河水沖刷而成瑰麗顏色的平滑細沙。河岸懸起的迷你斷崖上有著一小叢銀綠色的灌木——

9/4/49

早晨七點十五分抵達芝加哥。

這是我見過最醜陋的城市：一整排貧民窟……市中心 ——垃圾滿地、街道狹窄、高架捷運的吵雜聲，永遠的陰暗與惡臭、蹣跚襤褸

---

10 拉羅什福科（La Rochefoucauld），法國思想家暨倫理學家，早年熱衷政治，而後投入思想人文領域，成為箴言體的道德作家。

的老人、侷促的騎樓，電影畫面中的聲色場所，以及電影場景裡的房子 ── 電影《裸體主義者殖民地中的愛情》（*Love in a Nudist Colony*）──《說出一切》（*Tells All*）──《赤裸的真相》（*The Naked Truth*）──《一刀未剪》（*Uncut*）。

*

在國家街的一家書店翻閱了【威爾赫蒙·】史戴凱爾（【Wilhelm】Stekel）的兩本書：《同性戀官能症》（*The Homosexual Neurosis*）及《雙性戀之愛》（*Bisexual Love*）──他相信人類天生就是雙性戀──希臘是唯一承認這事實的文化……

9/5/49

早晨八點四十五分抵達紐約。

9/8/49

完成了每年一度拜訪亞倫舅舅的行程，還拿到了七百二十二美元，可以用來支付未來一整年的房租和伙食……這樣一來，經濟上就完全無慮了……

9/12/49

在這片無親無戚也無道德勒索的沙漠中，發現三片綠洲：

　　劇作《推銷員之死》（*Death of a Salesman*）【亞瑟·米勒

（Arthur Miller）】

電影《肉體的惡魔》（*Le Diable au Corps*）【改編自雷蒙・哈狄格（Raymond Radiguet）的小說】

《銀杯》（*The Silver Tassie*）【西恩・歐凱西（Sean O'Casey）劇作】

【蘇珊・桑塔格在日記本裡夾入米勒和歐凱西戲劇的節目單。】

亞瑟・米勒這齣戲令人震撼——喬・麥哲納（Jo Mielziner）設計的場景氣勢非凡，演員演技精湛、導演功力深厚——精彩程度遠超出劇本文字……

哈狄格這部電影由法國男星菲利普（Gérard Philipe）主演，整部電影瀰漫著一股細膩敏銳的風格，雖然沒有古典「田園交響樂」（Symphonie Pastorale）的氛圍……

至於歐凱西的戲劇好雖好，但絕對是齣會讓其他作品輕易出其右的戲……這部作品令人費解，而且不算成功，雖然有些片段很精彩，尤其第一幕令人動容……至於深具象徵意象的第二幕沒能與寫實主義的第一幕完全整合……老實說，後兩幕男主角的演出實在教人惋惜，虎頭蛇尾的收場枉費了前兩幕那種錯綜深刻的演技……

9/15/49

《狂女查洛特》（*The Madwoman of Chaillot*）是我在這裡見過最精彩的

戲。讓人沉醉投入、歎為觀止。女主角的一舉手，一投足！演技精準
到位，讓我也跟著那種錯置的邪惡而痛苦萬分……

*

大都會美術館（Met【ropolitan Museum of Art】）的希臘藝術展：

> 有尊西元前二世紀的「市集老女人」（Old Market Woman），
> 看起來身體前傾、嘴脣鬆垮。【這則日記後方有該雕塑的素
> 描。】

【接下來的日記內容被刪除。】回首過去十六年的人生。【蘇珊‧桑塔
格要到明年一月才滿十七歲。】這是好的開始。應該可以更好：當然
要更博學，不過期待自己在情感上比當下更成熟，似乎是奢望……一
切都很順，我之前的解放，我的【這則日記於此打住。】

*

同性戀到什麼程度就算自戀？

*

嫌惡：或許紀德說得沒錯：要將愛情與激情區分開來（參見《偽幣製
造者》「當代圖書出版社」〔M【odern】L【ibrary】〕之版本的前言）。

*

（我忠於責任、順服地乖乖閱讀！……）

先驅者：

塞尚（Cézanne）：
　　鬱金香瓶花（*Vase of Tulips*）──1890-4
　　（綠色）
　　聖維克多山（*Mont Sainte-Victoire*）──1900
　　（藍色、白色、黃色、粉紅色）

*

仍然迷戀我那如孩童般的字跡……我想，我的手指一直都有發揮美感的潛力！

9/27/49

……如何捍衛美學經驗？美學經驗不只是愉悅感受，因為藝術作品不能由其所帶給人的愉悅程度來衡量──應該從作品*本身*來評估──不行，這樣太不合邏輯……

*

……心智的運作是怎麼存在的？

*

……貝多芬的四重奏 vs. 歐幾里德的幾何學原理

*

需要有秩序

*

【蘇珊‧桑塔格有個終身習慣，她會列出一些字，然後偶爾在這些字裡插入某些人名或幾句意見。以下這些是於一九四九年秋天所寫，精確日期未載。這些字句深具代表性，反映出她這種習慣很早就養成。】

貧瘠的（effete）

夢遊的（noctambulous）

過於熱情的（perfervid）

消腫（醫）（detumescence）

衣冠不整（disheveled）

好迷人、好理智（so alluring, so cerebral）

遲鈍的（sodden）

有趣的（intriguing）

腐敗的尊嚴（corrupt dignity）

做白日夢（lotophagous）

輓歌哀悼（elegiac）

墨勒阿格爾（Meleager）[11]

隨時待命（disponibility）

豹斑獏（pardine）

---

11 墨勒阿格爾，希臘神話中的人物，國王俄紐斯（Oeneus）的兒子，英勇善戰、行動矯捷。

通俗的（demotic）

海芮葉特・威爾森（Harriet Wilson）[12]

鴨肉捲心菜濃湯（garbure）

杯子蛋糕（satura）

多汁的（succulent）

【阿道斯】赫胥黎（Aldous Huxley）具知性的粗俗話

《Yellow Book》的珍貴[13]

隱藏的（secretive）

健壯的（sturdy）

賣弄學問＋淫蕩好色（pedantry ＋ lechery）

惡意怒氣（spleen）

猥褻之語（ribaldry）

冬青屬植物（ilex）

電動喇叭（Klaxon）

*

科諾里（Cyril Connolly）《岩石池》（【The】 Rock Pool），第二一三頁

「……或許我們並非無意識地保留了這些羽毛，好讓人一見就
愛上我們。」

*

---

12 海芮葉特・威爾森（1786-1845），英國著名名媛，眾多政商名流都曾拜倒在她的石榴裙
下。

13 《Yellow Book》有可能是指是赫胥黎一九二一年發表的小說《克羅姆・耶婁》（Crome
Yellow），或者一八九四至一八九七年之間的英國文學季刊《The Yellow Book》。

10/21/49

我回到芝加哥，沒有喜悅，＋發現這裡的生活不僅如預期中嚴酷無情，還是個新試煉。我對日常生活知識的欠缺再次讓我深陷苦難，＋幾乎挫敗到底。過去幾個禮拜，與一年前那個夏天幾無二致。那時我就知道自己無法忍受白領上班族的工作，＋我也不能以為大學畢業後還能順利地繼續閱讀、寫作，同時又能謀得足以養活自己的工作。（我曾天真地以為，找份無意義的平凡差事好過做某種偽知識類的工作，譬如當老師——我不知道被工作中的知識活動折磨摧殘後，人會變得多麼無動於衷、枯竭乏味。）那會大半削弱我對無產階級生活的嚮往，＋至鉅影響我目前這種褪除了另一半幻想的肉體存在狀態！

*

昨晚看了電影《我控訴》（*J'Accuse*）[14]。只有知道的人才懂得恐懼和絕望！

（想起彼得寫的爛詩：缺乏技巧，他自己這麼說嗎？不，是缺乏品味。對於他的性格、才華＋信仰，我毫無感覺，只有蔑視！）

電影《天國之路》（*Himlaspelet*）[15]：技巧上精湛成熟（整體感覺）、倫理道德上彰顯出純真意義（精神上）；至於《命運》（*Der Müde Tod*）[16]則是技巧粗俗＋天真，但倫道理德方面論述成熟。這兩部中哪部會讓

---

14 電影《我控訴》是一部以第一次世界大戰為背景的愛情故事影片，常被視為反戰電影。發行於一九三九年的版本是根據一九一九年的法文默片（導演為 Abel Gance）重拍而成。

15 電影《天國之路》，一九四二年，被喻為有史以來最佳的瑞典電影，描述一個天真的農村小伙子在父親被當成巫師而遭火燒後，尋求正義公理的故事，糅合了民族主義、宗教唯靈論，但也兼具娛樂效果。

我想重看？當然是《天國之路》。因為它的「藝術」成分較多？

和 E 的關係逐漸淡了──

他的生活頹廢空虛⋯⋯

新主題、新世界：──歷史哲學。波緒埃 [17]、康道塞 [18]、赫爾德 [19]、蘭克 [20]、布克哈特 [21]、卡西勒 [22]⋯⋯

重讀【紀德】的《背德者》（*The Immoralist*）。接下來想讀的是卡夫卡（Kafka）的日記。

---

16 《命運》是導演德國導演弗烈茲・朗（Fritz Lang）於一九二一年執導的默片。整部電影是由一段故事中的三節故事組合而成。描述男女主角為了逃避死神的追逐，去到遙遠的中國，男的變成老虎，女的幻化為雕像。

17 波緒埃（Bossuet, 1627-1704），法國重要的神學家及主教，被認為是有史以來最具天分的演說家。他大力鼓吹政治上的絕對權力及君王具有神聖權力。著作甚豐，包括《世界史教程》（*Discourse on Universal History*）。

18 康道塞（Condorcet, 1743-1794）法國數學家及哲學家，是法國革命思想的辯護人，樂觀的相信革命成功是促進社會急速進步的最佳手段。

19 赫爾德（Herder, 1944-1803），德國哲學家、歷史學家及文評家。被認為是德國浪漫主義先驅，對後世歷史學家，如史賓格勒等人深具重要影響。

20 蘭克（Leopold von Ranke, 1975-1886），德國歷史學家，被喻為近代史學之父。其思想強調敘述歷史和國際政治。

21 布克哈特（Jacob Burkhardt, 1818-1897），十九世紀著名的瑞士史學家，他認為中世紀黑暗時代箝制了西方科學的進步，一直要到文藝復興時期，回歸到古代希臘人文傳統，才有十七世紀輝煌的科學革命。

22 卡希勒（Ernst Cassirer, 1874-1945）是德國哲學兼思想史家，被喻為西方二十世紀以來最重要哲學家之一。曾在漢堡等大學任教，主編康德全集。希特勒上臺後，他流亡至英國、瑞典，一九四一年起在美國定居，晚年任教於美國耶魯大學。他的文化哲學體系，力圖論證人類的全部文化都是人自身的符號活動所創造出的商品。

12/13/49

道德知會經驗，而非經驗知會道德。我是我的歷史產物，然而，在道德層面上我想了解自己的過去，想充分意識到我明確變成了我的歷史呈現出的我的模樣：我不是——自由的。

12/28/49

【這本日記簿記錄了從此時一路到一九五一年初的日記，裡面包括蘇珊‧桑塔格描述她去拜訪托馬斯‧曼——此事件在多年後的回憶錄中她也曾提起過（這本回憶錄是她少數回憶錄的其中一本）——在這本日記簿的第一頁有句引用自培根（*F. Bacon*）的句子：「心所牽繫或特別滿足的東西，都需加以質疑。」】

E、F和我今天傍晚六點辯論有無上帝存在【在這則日記邊緣，蘇珊‧桑塔格寫有托馬斯‧曼的電話號碼】。五點半到五點五十五分之間，我們坐在托馬斯‧曼家（聖羅密歐車道一五五〇號）外頭，戰戰兢兢、戒慎恐懼，不斷排練見到他時該說的話。前來開門的是他的夫人。她個子瘦小，頭髮和面容灰白。他坐在偌大客廳遠端的沙發上，手牽住一隻黑色大狗上的頸圈，我們走近一路聽著牠狂吠。他穿著米黃色西裝、打著褐紫色領結、白色鞋子——雙腳併攏，兩膝微張——（就像巴珊！）——外貌平凡、表情拘謹、的確和照片中的他如出一轍。他領我們到他書房（當然滿室藏書）——他說話緩慢精確，德國口音沒我預期得那麼明顯——「不過——喔，拜託，告訴我們，神諭說些什麼」——

我們討論他的作品《魔山》：

本書寫作始於一九一四年，中斷數次後，終於於一九三四年完成——

「教育的實驗」

「寓意深厚」

「就像所有德國小說，這部作品也深具教育性」

「我試圖道盡第一次世界大戰前，歐洲面臨的所有問題」

「這部作品是要提出問題，而非解答問題——若說解答，未免太放肆」

「你不覺得裡面充滿人道關懷——還洋溢著樂觀色彩？這不是虛無主義的作品，而是由仁心和善意寫成的書」

「書中的主人翁漢斯·卡斯拖普（Hans Castorp）代表的是世界大戰後，努力重建一個自由、和平與民主的世代」

「至於登布里尼（Settembrini）則是人道主義者；他代表的是西方世界」

「變化莫測」

【蘇珊·桑塔格】：漢斯所面對的一切誘惑——影響——都非常重要，讓我們可以了解漢斯（如何）在下「魔山」之後，知道得比以前更

多——更加成熟——而這些誘惑讓人想起漢斯居住於魔山裡的療養院的表弟瓦金（Joachim）。

【托馬斯·曼接著說】：「這與我在世界大戰前，在慕尼黑的個人經驗有關——我到現在仍不確定那段日子是否真的發生過——『後設心理的作用』吧。」

【在托馬斯·曼這段話之後，蘇珊·桑塔格寫著：「作者的平庸之論背叛了其作品。」】

他（托馬斯·曼）的所有作品形成一種統一性，應該將之當成一整體來分析——從《布頓柏魯克世家》（*Buddenbrooks*）到《浮士德【博士】》——【托馬斯·曼】：「在文學的生命中，各種觀念緊緊相連、持續綿延」——

聊到譯本：

「《魔山》的最好譯本是法國詩人莫里斯·貝茨（Maurice Betz）的譯作。他也極為細膩地翻譯了里爾克的詩作。」

他最精彩的英譯作品是肯尼斯·伯克（Kenneth Burke）翻譯的《魂斷威尼斯》（*Death in Venice*）——

「我的出版商阿弗列德·納波夫（Alfred Knopf）非常有信心洛威女士（Mrs. Lowe）能替我做出最好的翻譯——當然，她非常熟悉我的作品。」

《浮士德博士》是一本很難翻譯的書。【托馬斯·曼】：「就像

一腳踩在十六世紀」，因為裡面使用了古高地【盧特蘭地區的】德文（old High〔Lutheran〕German）——

聊到當代作家：

喬伊斯（James Joyce）

1. 不確定《畫像》這本書【即《一位年輕藝術家的畫像》（*A Portrait of the Artist as a Young Man*）】是喬伊斯的第幾本作品（第二本？）

2. 非出生於「英語」文化的人很難欣賞其作品的美感

3. 托馬斯‧曼曾讀過討論喬伊斯的書

4. 托馬斯‧曼相信喬伊斯和他自己有相似性：——兩人都透過某個神祕地方來傳達其作品（譬如《尤里西斯》〔*Ulysses*〕、《約瑟和他的兄弟們》〔*Joseph*【*and His Brothers*】〕、《魔山》）

5. 他認為喬伊斯是「當代最重要的作家」

普魯斯特（Proust）：

普魯斯特和托馬斯‧曼都強調時間，不過托馬斯‧曼是在寫完《魔山》很久後才熟悉普魯斯特——「時間是當代的問題。」

談到《浮士德【博士】》：

「這是一本尼采的書——始於一九四二年，完成於一九四六

重生

年。」

音樂的部分仰賴阿班貝爾格（Alban Berg）的學生達諾帝（Darnoldi）幫忙合作，另外寫書期間也和荀白克（Arnold Schoenberg）見面聊過——參考了荀白克的書《和聲學論》（*Harmonielehre*）——

托馬斯・曼目前正在著手撰寫相當短的「故事」，大約三百頁——不算長篇小說——希望能在明年四月前完成——「神祕的」、「童話的」、「悲喜劇的」。靈感取自德國吟遊詩人【中世紀那種吟唱詩人】，奧厄（Hartmann von Aue）的詩作——「這是關於一罪人的故事」——不過「他卻沒有罪惡感」——是一個「敬神的詭異故事」。

【以下是托馬斯・曼描述故事情節】：兄妹亂倫所生下的兒子離家流浪，要往哪兒去——山巔？海邊？長大成人後回來娶自己母親——最後成了天主教牧師——這部作品將比《浮士德博士》更難翻譯——融合了古德語、中世紀德語、古英語和古法語。

最近還忙看瑞士出版的書——關於《浮士德博士》的寫作過程——不過我因肺部開刀而中斷這本書的寫作——不會被譯成其他語言——

【托馬斯・曼】：「因為這只是一本給朋友翻閱的小品」——「或許別人會覺得這本書太『自負』。」

【蘇珊・桑塔格在下一頁日記本裡寫道】：離題：他為無法滿意回答我們的問題而致歉——1. 英語能力不佳 2. 問題太困難。（《魔山》出版二十五年——二十五週年——「很重要的二十五週年紀念」）

12/29/49

讀完喬伊斯的《畫像》——

喔,孤寂的狂喜!……

12/31/49

今天:參觀了名建築師【法蘭克‧洛伊‧】萊特(【Frank Lloyd】Wright)所蓋的兩棟建築(阿茲特克時期),之後在「狂想曲音樂廳」聽了【韓德爾(Handel)】的《彌賽亞》(The Messiah)。

新年了!這種日子就別胡言亂語了吧……

1950

1/5/50

【蘇珊・桑塔格回到芝加哥，學校春季課程開始。】

疲憊的火車旅程，「從未有過的感覺」。未來這季絕對要在學術上更精進。舒華伯（Schwab）風範如昔（他在浸信會教會開設每兩週一次的週日「道德科學」研討會課程，我和 E 都登記參加！）——英文系那兩堂旁聽課程的教授，克雷恩（R. S. Crane）和依爾德・歐爾森（Elder Olson）也非常傑出，授課內容深具啟發性。我還選修了梅納德・克魯格（Maynard Kruger）的社會學（這學期選修重點是經濟學），不過要到第三週我才會去上課。布朗（E. K. Brown）在一小時內就對【珍・奧斯汀（Jane Austen）】的《傲慢與偏見》提出鞭辟入裡的剖析。當然，還有肯尼斯・伯克（Kenneth Burke），我得寫一篇關於康拉德（Conrad）《勝利》（*Victory*）的報告交給他……

1/9/50

重讀：

《浮士德博士》

閱讀

安東尼亞・懷特（Antonia White），《五月的嚴寒》（*Frost in May*）

阿道斯・赫胥黎（Aldous Huxley），《加沙的盲人》（*Eyeless in Gaza*）

赫伯特・里德（Herbert Read），《綠孩子》（*The Green Child*）

亨利・詹姆士（Henry James），《仕女圖》（【*The*】*Portrait of a Lady*）

1/16/50

【今天是蘇珊・桑塔格的十七歲生日，只寫了這則日記。】

第三十任教皇馬賽路一世（Marcellus I）是馬塞林教皇（Marcellinus）的繼任者——西元三〇八年五月由西羅馬皇帝馬克森提（Maxentius）正式任命為教皇；但同年就被逐出羅馬，因為他對近期宗教迫害行動中失勢的教徒施以嚴厲苦修而引發暴動；同年死亡＋由優西比烏（Eusebius）繼任教皇。

1/25/50

讀了《戰爭與和平》（*War ＋ Peace*）、《絕望者日記》（*The Journal of a Disappointed Man*；作者是巴比賴恩〔Barbellion〕），＋「旁經新約」[1]，思考宗教之「神聖死亡」的意義。

2/13/50

【事實上本則日記於一九五一年的二月十三日所寫，而非一九五〇年】

讀《戰爭與和平》，萬分震撼；也讀了考德威爾（Christopher Caudwell）的《虛幻與真實》（*Illusion ＋ Reality*）、托洛爾區（Ernst Troeltsch）、羅伯特・莫瑞（Robert Murray）的《改革的政治後果》（*The Political Consequence of the Reformation*）。里爾克的書信，杜威（Dewey）論邏輯的文章，＋愛德華・卡爾（Edward Carr）所寫的杜思妥也夫斯基傳記。

里爾克的作品：

> 「……大哉問朝代：……若我們繼續愛無能、躊躇猶豫，＋無
> 法面對死亡，如此一來何以活存？」

然而，我們的確活著＋能證實自己活著。我們證實的不僅是情欲的生命力，還有更多。人並非如佛洛依德所言，會從人類具有的動物天性（亦即本我〔id〕）轉離，趨向外在加諸並折磨自我的良心形態（亦即

1「旁經新約」（Apocryphal New Testament）的「旁經」（apocrypha）又名為「次經」或「外典」，指未收錄在新舊約正典中，但仍具價值的經卷。

超我〔super-ego〕），而是以相反的方式運作。如齊克果（Kierkegaard）所言：道德感受性是人具有的本性，但人逃離了這種本性，沉淪地趨向獸性。也就是說，若能拒絕那種脆弱、操控、絕望的情欲，我就不會是野獸，我的人生就不會徒勞無功。我相信人類不是只有英雄作為才能成就一部史詩，我相信自己生命以外還有其他東西：在人類多重的虛假欺偽＋絕望之上，還有自由＋超越。人可以了解他沒經驗過的世界，選擇從未被賜予的答案來回應生命，創造出堅強＋豐富的內在靈性。

但是，人要如何／何時才能展現出人的整體性＋愛的事實？所需努力的必然不只是反省的教化吧。如果「生命是空洞的形式，是負面的存在，所有的溝痕＋凹陷全都是痛苦憂傷＋最椎心的了悟，那麼，由此而散發的……是幸福、讚許──最完美＋最肯定的恩賜。」但人必須被保護得多麼妥當＋多麼有決心才能達到這種狀態！也因此這種生命狀態呈現的外在藝術必然導向死亡、瘋狂──喔，全然的自由、有用的自由，非心已死的人所充分擁有的自由，到底打哪兒來？

戰爭近了。我們已預定六月二十二日的戲劇《伊莉莎白女王》（*Queen Elizabeth*）。

【以下日記未載明日期，很可能是一九五〇年二月底所寫。】

巴爾扎克[2]──「在驚恐時刻中」──

她的臉「就像偷偷過禁欲生活之人的面貌」

---

2 巴爾扎克（Honoré de Balzac, 1799-1850），法國偉大的批判現實主義作家，一生創作的一百部小說和劇作，總名 《人間喜劇》（*La Comédie humaine*）。

愛尼德・威爾斯佛德（Enid Welsford）：《傻瓜》（*The Fool*）
（Faber and Faber 出版社，倫敦，一九二五年）

威爾遜・迪雪爾（M. Willson Disher）：《小丑與啞劇演員》
（*Clowns and Pantomimes*）
（倫敦，一九二五年）

季沁（G. Kitchin），《滑稽歌舞劇之研究與英語中的諷刺性詩
文》（【*A Survey of*】*Burlesque and Parody in English*）

愛恩普森（G. Empson）：《英語田園詩》（*English Pastoral Poetry*）
（Norton and Co. 出版社，紐約，一九三八年）

肯尼斯・伯克（Kenneth Burke）：《永恆與改變》（*Permanence and Change*）
《對歷史之態度》（*Attitudes Toward History*）

《藝術與煩瑣哲學》（*Art and Scholasticism*）—— 馬瑞亭
（*Maritain*）
《論生長與形態》（【*On*】*Growth and Form*）—— 湯普生
（D'Arcy W. Thompson）
《道德價值與道德生活》（*Moral Values and the Moral Life*）——吉爾松（【Etienne】Gilson）
《原始人的心靈》（*The Mind of Primitive Man*）—— 博厄斯
（Boas）

《歐洲的失落寶藏》（*Lost Treasures of Europe*）（萬神殿〔Pantheon〕）

希包姆（Seebohm）：《牛津改革者》（*The Oxford Reformers*）

十字若望（St. John Of The Cross），《攀登加爾默羅》（*The Ascent Of Mount Carmel*）

賈伯・波赫米（Jacob Boehme）：《曙光》（*The Aurora*）

艾哈特（Meister Eckhart）：《訓示》（*Sermon*s）

特拉赫恩（Traherne）：《世紀之沉思》（*Centuries of Meditations*）

桑戴克（Lynn Thorndike），《神奇與實驗性科學之歷史》（*A History of Magic and Experimental Science*）

莫特爾（H. Malter）：《神學家薩阿迪・昂》（*Saadia Gaon*）

比文（E. R. Bevan）＋辛格（C. Singer）：《以色列之遺贈》（*The Legacy of Israel*）

胡系克（I. Husik）：《中世紀猶太哲學歷史》（*A History of Mediaeval Jewish Philosophy*）

萊昂．羅斯（Leon Roth）：《史賓諾莎、迪卡爾和邁蒙尼德》（*Spinoza, Descartes, Maimonides*）

柴契特（Schechter）：《猶太教研究》（*Studies in Judaism*）

齊特林（S. Zeitlin）：《邁蒙尼德》（*Maimonides*）

鏡中交融著沙漠＋閃光 —— 《沙漠裡的愛情》（【A】*Passion in the Desert*；巴爾扎克）

Quis——誰

Quid——什麼

Ubi——哪裡、何時

Quibis auxiliis——藉由……

Quia——為什麼

Quo modo——以……方式

Quando——如何

【這則日記的第一頁佚失，不過很確定是在一九五〇年九月初的前十天內寫的。】

上週末和蘇菲亞及碧提去巴波亞半島（Balboa）度週末，重新參加生物科學營。和蘇菲亞聊天，不全談我的事，不過如同往常，她的話很有啟發性。

我請教她如何與年幼孩子談死亡，＋有天晚上我們也聊到性與愛的差異，並將那段談話運用到我自己身上：

1. 對於我當下的死亡焦慮，最適當的解答是：死亡是一種毀滅——萬事萬物（有機體、事件、思想等）都有其形式，這種形式有起始、有終點——死亡如同誕生般自然——天下事物無一能永恆延續，況且我們也不希望見到這樣——一旦死去，我們不會知道自己已死，反倒以為自己活著！就算我們死前還未體驗到所渴望經歷的事物，一旦死了也就無所謂——我們失去的不過是我們「在世間」的時刻——生命是水平而非垂直——*所以無法累積*。那麼，就

好好活著，別苟延屈服。

2. 滿足的性無法與愛區分——對我來說這不可能——雖然我曾以為自己能這麼做——在我心裡，性與愛交纏難分，否則我就不會這麼常拒絕迎面而來的各種性經驗——性是對愛之需求的沉默、私密與幽暗應允，若愛能垂直累積，肯定會被遺忘——我要好好記住這點！

3. 想對母親「坦承」的這個念頭一點都不令人欽佩——這不代表我誠實正直，而是顯出我的(1)軟弱，想強化我唯一有的感情依附。＋(2)殘酷成性——我那些不當之舉要彰顯的是我的反叛，而這反叛非得被人知悉才算有意義！

9/11/50

重讀：《美麗新世界》（*Brave New World*）

閱讀：康拉德（Joseph Conrad）《偶然的事》（*Chance*）——結構自然清晰，但決心躊躇不定，對人類動機有極為細膩的分析——

11/4/50

【無法確知蘇珊‧桑塔格在以下日記所提到的是哪首詩。】

不，我完全不喜歡那首詩！因為它太過雜遝，從倫理道德上來說令人困惑——乏味的錯綜複雜。在「藝術上」來說，它「很棒」，但從「歷史上」來說，並非如此——詩的萌芽盛開乃從對孤寂的熱情擁抱而起，這正是我心之嚮往的所在。我擁抱我的孤寂，將之當成美好恩

賜；我相信自己會從孤寂中美麗綻放！

11/5/50

「他的臉，因為怕被濫用，而完全未被使用過。」（【杜恩娜·】巴恩斯〔Djuna Barnes〕）

11/6/50

專研諷刺文學的教授【愛德華·奈德·】羅森漢（Edward "Ned" Rosenheim）今天告訴我，【肯尼斯·】伯克說，在他指導的學生當中，我寫的報告是最棒的——這代表我比 E 寫的更好！若我能說服自己，E 不是天生比我優秀，那麼我就不會老想到他的生活和行為而心煩意亂。我覺得他那種被動式的生活根本不健全，他知識貧瘠，只能靠大量＋謹慎閱讀哲學、歷史＋文學書籍來彌補。閱讀以外的事情他毫不關心，而這些事情卻讓我如飛蛾撲火般奮身投入：道德、創造、混亂、知識、情欲；然而，若想到他很可能具有天賦＋我從未有的才華，我就很不安！

11/12/50

我更清楚知道自己的《夜森林》讀書報告是怎麼一回事了：伯克讀了之後（在他給羅森漢的紙條中，他稱我這篇報告是「絕世佳作」），傳給某位人文學科的講師看，結果對方很不喜歡。伯克的意見很有分量，他對那講師的意見不以為然＋決定找第三位讀者，另一位人文科

系的講師來讀，並請他評一評，結果他更不喜歡！最後人文科系找來正好在校園裡的華勒斯·伐利（Wallace Fowlie），＋由他來做最後定奪。他和伯克一樣讀過後愛不釋手！我昨天去查了伐利對《小丑之聖杯》（*The Clown's Grail*）的看法——他的觀點很宗教性（天主教？），不過他的剖析比法蘭克的見解更具說服力。

正在讀【傑克·倫敦（Jack London）的小說】《馬丁·伊登》（*Martin Eden*），這是近三年來頭一次閱讀。距離初次閱讀此書已隔四年之久，現在我終於清楚發現，這本書對我有深刻的影響，雖然我曾以為它不像藝術那麼重要。孩童時期的我已開始閱讀成人文學作品（譬如《星星監獄兩萬年》〔*Twenty Thousand Years in Sing Sing*〕、《天語》〔*Heavenly Discourse*〕、《悲慘世界》〔*Les Misérables*〕＋蘭伯〔Lamb〕的《莎士比亞故事》〔*Tales from Shakespeare*〕，我九歲以前就把這些故事全記得！），閱讀傑克·倫敦的書正好與我對生命的真正覺醒不謀而合。在我十二歲末所開始寫的日記當中，我就寫到了關於生命覺醒的事。《馬丁·伊登》裡沒有一個觀念我不強烈贊同，而且我的許多觀點也都在這本小說的直接刺激下油然而成——我的無神論、我對身體能量的強調＋身體的表達、創造力、睡眠和死亡，以及幸福的可能性！……

對很多人來說，找到讓人「覺醒」的書同時也是對自己的一大肯定——就像喬伊斯的《一位年輕藝術家的畫像》——年少青春時總是洋溢著希望的熱情，只不過成年後熱情開始一一幻滅。但對我而言，讓我「覺醒」的書鼓吹的多半是絕望＋挫敗，事實上我在成長過程中的確從未奢望幸福快樂……

而且書中人物馬丁透過自己的「幻想把戲」，靠著精彩豐富的過去來面對人生重要的每一刻——這種把戲是作者傑兌·倫敦使用的通俗倒敘技巧——也正是我過去四年的必需品：記錄＋組織我的經驗，將我的成長歷程視為對話來加以理解——充分意識到過去如當下般真實的每一片刻——第一次，在這本書中我看清了自己這種生活模式的源頭，也弄懂我的自戀自顧來自何處……「有希望的熱情」必須透過外在的欲望＋努力滿足欲望的過程才得以存在；至於我早年就有的那種「絕望的熱情」則只有反省的滋養力量——這種熱情靠自己餵養——它唯一能獲得的好處不過是知識……也因此這種悲觀主義更可恥的後果就是其所衍生的社會行為——使人成為智識的吸血鬼！……

11/17/50

重讀：另一本重要的「早年」書籍——毛姆（Maugham）的《寫作回憶錄》（*The Summing Up*）——十三歲時我因這本書而脫胎換骨成為帶著高雅貴族氣質的淡泊主義奉行者！當然，他的文學品味也深深影響我——不過更重要的，是他的風範。

11/21/50

昨晚（在市中心）看了精彩無比的歌劇《唐·喬凡尼》。今天，我有個絕佳機會——替社會系老師菲利普·瑞夫（Philip Rieff）做研究。他手邊的其中一項計畫是要以政治＋宗教社會學的觀點來對一名讀者進行個案研究。終於，我有機會讓自己在優秀老師的帶領下，全心投入某種領域。

12/2/50

【事實上蘇珊‧桑塔格和菲利普‧瑞夫就在一九五○年的這天結婚。】

昨晚,或者是這(週末)凌晨?——我和菲利普‧瑞夫訂婚了。【在這則日記旁,蘇珊‧桑塔格寫著:女高音桃瑞兒(*Jennie Tourel*)所唱的「聖母瑪麗亞的一生」(*Das Marienleben*)。】

＊

【編按:編輯找不到一九五○年的其他日記,除了她在下頁(一九五一年)宣布她和菲利普‧瑞夫結婚的訊息。另外,在蘇珊‧桑塔格的遺物中也找不到一九五二年的日記。到底是她這兩年沒寫日記,或她把這兩年的日記銷毀,或是單純佚失,我不得而知。】

1951

1/3/51

我頭腦清楚地嫁給了菲利普＋害怕我那朝向自我毀滅的意志。

1953

1/19/53

今天到【麻州劍橋市的】雄霍夫書店（Schoenhof），等菲利普選購要給艾朗‧葛維奇教授（【Professor Aron】Gurwitsch）的生日禮物。這時，又反胃了。翻閱過笛卡兒（Rene Descartes）的《書信集》（*Correspondance*）後突然覺得全身疲憊——翻閱卡夫卡的短篇故事集，落定在〈變形記〉（【The】Metamorphosis）那篇。他作品裡的絕對性就像實實在在的一拳，純粹真實，毫不牽強或隱晦。我對他的欣賞遠在其他作家之上！相較於他，喬伊斯太愚蠢，紀德太——對——太甜美，至於托馬斯‧曼，太空洞＋誇張。只有普魯斯特（幾乎）和卡夫卡同樣有趣。不過，就算在最抽離錯亂的詞句中（當代無作家能寫出這種詞彙），卡夫卡也能表現出足以讓你的牙齒引發打顫＋碾磨的現實魔力。正如【羅伯特‧白朗寧的（Robert Browning）】的長詩〈公子羅蘭來尋黑塔〉（Childe Roland to the Dark Tower Came）——卡

夫卡的某些日記篇幅也有類似表現，譬如這句子——「然而，他們不能；所有事情都可能發生，唯有發生的才是可能。」

＊

這種開放的特性——讓人瞠目——如此信手捻來的不費力書寫才是極致的天賦表現。而托爾斯泰正散發出這種無人能出其右的天縱才情，＋當代的所有作品幾乎都缺乏這種特性，寥寥難見才氣，譬如【納松尼歐‧威斯特（Nathanael West）】的《寂寞芳心小姐》（*Miss Lonelyhearts*）或《夜森林》。

1/21/53

深淵萬丈般憂鬱，亙古無息般闃寂，肇因於過去數週的一個個夢境，終於在昨夜夢迴中達到難以置信的高潮。這些夢的主題？想當然耳，難不成還有別的！菲利普將鬧鐘設在清晨五點，我聽著它響起，欲起身，但知道若我願意墜回夢裡，就會有收穫。昏沉入睡，又開始了——唯有這次真實得讓人痛苦。我乾脆伸出……

夢見有處懸崖直通碼頭，後來夢境裡出現屋子，裡頭放置以黝黑木板製成的四分之三張床，之後，夢見禮堂的舞臺。

我說：「要多少錢我全給你。」之前在碼頭我已經說過：「當然，你要多少錢就有多少錢，不過你根本不需要，也不想要。拿了錢對你沒好處。」第二次我懇求地要把錢給他，不過之前我非常自信，對他表現出恩寵賞賜的態度……

當我踏入屋內＋見到那張床，我知道那不是張讓人獨睡的床。

你和別人同居，我吼叫。然後他從門後走出來，變得垂垂老矣。我清楚記得那年紀，六十七歲，個子矮小，一頭硬邦邦的短灰髮。「我和他同居，因為他很有錢。」

我穿著某種儀式的服裝，站在舞臺邊。萬頭鑽動的人群等著我，但我仍敢輕率地將我的手側碰上她的手……

那種銷魂蝕骨的愉悅——合一圓滿＋哀傷惆悵——在夢境以外絕無僅有。就算是我花錢買的，也無損那完整徹底的愉悅感。如此極致的華麗愉悅，我夫復何求，肉體就是肉體，不論是否買來的。我只求好好哭一場，被妥適地安慰、也能拒絕所有的撫慰。我可以連哭三天，或許，帶著嘶聲尖號，哽咽啜泣，也毋須對我滴滴答答的鼻水抱歉致意。但我沒這麼做，因為一旦這麼做，事後就得做某些事情，不能任憑自己陷回夢境。這些事情就是，自殺或離開。

除了不敢自殺、不敢離開，我也不敢嗚泣，只在午夜凌晨時分……

那個夢，和之前的其他夢，在我腦中堆積成一大塊巨大厚重的潮溼東西——將我的腦袋擠下我的胃，讓我被噁心與駭人的寂寞壓得喘不過氣……

菲利普甚至認為我病了，我可憐的老公。我努力讓自己振作——將一顆心置於自己的掌握中——當我梳頭，我的頭髮卻決定讓自己稀薄。我懇求他別這樣做，但他還是和醫生約了時間……

重生

1/22/53

散文的「純粹絕對」經常是由智性的敏捷所造就——但這種敏捷度必須淡淡地出現，只有刻意察覺才發現。正是這種敏捷讓《一樁罪行》（*Un Crime*）如此不凡，雖然喬治·貝爾納諾斯（【Georges】Bernanos）的其他作品平庸粗濫。有隻蝙蝠上下顛倒懸掛在視察員心裡，身處汙穢旅館房間的他染了傷風，發熱地輾轉反側。

處處有散文。

精簡＋表達力＋敏捷。

確實，風格是最重要的東西。風格篩選出情節。

從現在開始——將之當成一種紀律——盡可能避免太多對話。因為我的故事迄今為止，全是對話——＋很糟糕的對話——在對話之間，什麼都沒有。

譬如，就這麼寫：週日晚上教授將系上的大三學生叫來家裡開會。他要平息一則喧囂塵上的謠言，有人謠傳某位年輕的講師明年將不被聘用。該名講師當晚沒出席，等等。

1954

【這則日記未載明日期。】

以美德模式呈現的麻痺（與權力有關）

8/17/54

今晚（凌晨兩點半，從辦公室回到家，飢腸轆轆、眼泛紅絲、昏昏欲睡），我弄了一碗鳳梨想吃，菲利普硬要我在上面加點農家起司。他從冰箱拿出幾乎滿滿一盒起司＋舀了滿滿一匙到我的盤子裡。我說（＋我心裡真的這麼想）：「別放那麼多，我只要一點點。」然後我卻拿起他手中的湯匙＋自己將所有起司舀進盤子中，這番舉動連我自己都覺得好笑。

忽然，我明白為什麼兒子大衛會激烈地拒絕某些東西＋卻又同時要那個東西。對孩童來說，生命完全以自我為中心，他們沒有念頭要言行

合一，這種要求是對欲望加以侷限。

「影響」（以最高的智識層次來說就是「溝通」）的問題在於其意指人類的內在想法是分離的（可分開的），其分離程度遠大於任何偉大聰明的心智所能想像。對任何人所接收到的影響進行研究，就是對該人心智的體系化前提進行自然矯正，並動搖其對某些不重要之信念的堅持。

需要一些詞彙來探討「影響」。現在只有「正統」、「信徒」、「異端」（宗教典範的意義）等詞彙來討論歷史上偉大的智識運動，例如佛洛依德主義或馬克思主義。另外，也需要其他詞彙來確定那些受到約略影響的東西。

或許可以將概念加以等級排列。第一重要【在這則日記邊緣，蘇珊·桑塔格寫著：「然而要如何定義重要性？」】、第二重要、第三重要等。然後對教條主義往外離心的一圈圈影響標上等級＋以向心力往內拉入，進行「部分整合」。

因此，一個人可以是佛洛依德信徒，但藉由嚴苛地分析研究自己心理的過程，而不相信原罪、拉馬克主義[1]、齷齪動機等。這種過程包括將凡伯倫[2]所說的正面原始形象（譬如揮霍、無效率、異想天開、隨性）詮釋為對母親的偏愛（因為母親通常有這種形象，或者說藉由這

---

1 拉馬克主義（Lamarckianism）是指法國生物學家拉馬克（Jean Baptiste de Lamarck, 1744-1829）所提出的進化論。他提出所謂的「用進廢退」說，意思是生物器官和功能愈用會愈演進，不用就會退化，而且上一代的生物特色會遺傳到下一代。

2 凡伯倫（Thorstein Veblen, 1857-1929），挪威裔美籍社會學家，他最著名的著作《有閒階級論》（The Theory of the Leisure Class）透過對有閒／有錢階級的研究剖析，勾勒現代社會的運作邏輯，揭露了有閒階級一旦脫掉有閒階級光鮮亮麗的華服之後，剩下的是未開化的赤裸掠奪本性。

觀點來加以詮釋），至於對令人懼怕＋永遠害怕與之匹敵的兇殘父親則避而遠之。

這裡所說的佛洛依德信徒是指分析研究家族內在心理過程的人；這種定義遠廣於佛洛依德自己的定義【在這則日記邊緣，蘇珊・桑塔格寫著：「別把什麼都歸到佛洛依德頭上」】，其廣於佛洛依德之處乃在於這番假設：智識的決策只是確認（明文認定）主觀的（非理性的）偏好。

1955

4/8/55

「文化自由委員會」（Committee on Cultural Freedom）替澳洲保守黨主席溫特沃斯（Mr. Wentworth）先生舉行歡迎會：他膚色紅褐、個子矮小、將近六十歲，笑起來就是政治人物的模樣；雙手插在口袋；牙齒閃閃發亮；鞋頭自信地朝外穩立；頭髮像公雞昂挺的雞冠，殷勤有禮過頭，令人反感，一派自信從容，隨時洋溢笑容。他談論著城市的死亡、存亡危急的關頭……

【以下日記未載明日期，不過應該是一九五五年四月寫的。】

為什麼我們【蘇珊·桑塔格和菲利普】不需要口述錄音機──真懷念那種動腦以獲得感官性禮物的動機（我說的動腦並非指克制使用機器＋將機器打開之類的麻煩）。

這就是為什麼與費力寫日記相比，敘說容易得多＋內容也更精彩豐富＋相較於一個晚上所敘說的內容，幾個月的日記顯得可悲貧瘠。

日記（象徵派大師馬拉美〔【Stéphane】Mallarmé〕所說的留白頁）是壓抑的；敘說是除去壓抑的，因為日記是自戀性的＋敘說是社會性的＋感官性的＋在恐懼中獲得更多敘說的刺激＋獲得別人的期待，而非只有非常熟識者的看法＋較不神祕＋極大的自我需求。

*

早期的蒙太奇拼貼例子：

約翰·弗雷德里克·皮托（John Frederick Peto, 1854-1907）畫作《藝術家創意心智中的平凡物體》（*Ordinary Objects in The Artist's Creative Mind*〔帆布上的油畫〕）。

1956

1/15/56

「猶太諾斯替教」[1]——杰若姆・舍萊姆（Gershom Scholem）

瑞曾史坦（R. Reitzenstein）認為「諾斯替教源於伊朗」的看法——非常具影響力，不過現在這套理論被認為是純粹個人臆測。

現在，大家認為基督教的諾斯替教是從「猶太的」諾斯替教而來的。

（十八年前）在埃及的拿戈瑪第地區（Nag Hammadi）發現諾斯替教的紙莎草古抄本，共有十三冊。

包含「真理福音」（Gospel of Truth）等。

1「諾斯替教」（Gnosticism）是一種融合多種信仰的神智學和哲學的宗教。主要盛行於西元二世紀，主張物質世界不是出自真神，而是出自一位假神，因此物質世界是虛幻的，應該加以摒棄，直接追求真道。

　　　　　　　　　　　　　　　　　　　　　　　　　重生

這是瓦倫提諾學派的諾斯替教（Valentinian Gnosticism）的一神論（非二元論）之解釋——二元論的唯信仰論的教誨之前，教會神父談及……

8/12/56

有「靈性」力量嗎？這是麥克斯‧謝勒（Max Scheler）晚期哲學的思想主題之一嗎？他的唯一答案就是「有」。不過，唯有透過非兄弟會的方式來尋求，拒絕透過一連串的活動＋拖延連續的殘暴行為……

＊

在婚姻中，每個欲望都會變成一種決定

9/3/56

所有美學的判斷就是文化評價

  (1)以柯斯勒 [2] 為例——是珍珠或奶滴

  (2)「贗品」

9/4/56

孩童鍾愛的自我中心主義……

---

2 亞瑟‧柯斯勒（Arthur Koestler, 1905–1983），匈牙利裔的英籍作家，在奧地利就讀大學期間曾組織猶太兄弟會，積極參與猶太復國運動，一九三二年加入德國共產黨，一九三八年退黨。後來成為作家，代表作包括《正午的黑暗》（*Darkness at Noon*）。

學院裡的課程是一種大眾文化品牌；大學則是運作奇差無比的大眾媒體。

發明婚姻的人是足智多謀的厲害行刑者。婚姻是一種處心積慮讓感覺駑鈍化的制度。整個婚姻的重點就是日復一日、年復一年的無止盡重複。它最明確的目的就是創造出強烈的相互依賴。

到頭來爭吵毫無意義，除非一方隨時準備行動──終止婚姻。所以，第一年後，爭吵完也不再「修補」──任憑自己陷入沉默的憤怒，這種沉默逐漸變成日常冷戰，直到一方試圖重新開始。

10/20/56

……托爾斯泰的《戰爭與和平》

基本主題：反英雄之史詩的倖存

庫圖佐夫，國家層次上的反英雄，因其挫敗了英雄拿破崙[3]

皮爾，個人層次上的反英雄，因其勝過了英雄安德雷[4]

---

3 庫圖佐夫（Mikhail Kutuzov, 1745-1813）俄國陸軍司令官。一八一二年，拿破崙軍隊進入俄國，亞歷山大任命庫圖佐夫為總司令，與拿破崙軍隊展開激戰，而後庫圖佐夫逼使困在俄國的拿破崙軍隊沿入侵時原路線離開俄國，進入普魯士，成功抵抗了拿破崙的入侵。托爾斯泰《戰爭與和平》就是以他為主角。

4 在《戰爭與和平》中，伯爵之女娜塔莎（Natasha）本來要與安德雷王子（Prince Andrey）私奔，後來安德雷不幸喪生，最後由皮爾（Pierre）贏得芳心，娶了娜塔莎。

10/23/56

六點半,在「哲學俱樂部」和布雷絲威特(M【argaret】M【asterman】Braithwaite)共進晚餐

八點,她的話題:「針對形而上學的邏輯定義」(愛默生〔Emerson B〕)

史賓諾莎——最偉大的形而上學家。

奎因(【哈佛大學的哲學家〔Willard Van Orman Quine〕】)看重的是論點的整體形態——所以問題不在於有些論點可被驗證+有些無法被驗證。

10/24/56

以哲學思考為職志,或者成為文化保存者?除了後者,其他我從未想過⋯⋯

思想沒有自然的邊界。

哲學是思想的拓撲⋯⋯

計畫:把哲學進展(想進行的哲學活動)擬成計畫或圖表。把哲學當遊戲(就像學下棋!)不管【十九世紀的美國棋王】保羅·摩菲(Paul Morphy)棋下得多好,對我自己的棋藝也不會幫助太大(只有一點吧),所以哲學就是要靠自己不斷地一遍一遍思考

哲學猶如吞自己尾巴的蛇;思想,以及思想^2——兩種不同意義的

「思想」。思想是哲學；思想 ^{2} ＝科學。

然而建築或美學的（或邏輯的——兩者同一！）考量無法全然決定出哪種哲學體系優於另一種。因此，沒有真＋假的形而上學。

「讓我來掃描你的論點……」

「讓我來解開你的體系……」

「原諒我挖掘出你的動機……」

在哲學天地中，你溫柔地探索思想的邊界——或對著思想強推硬撞——或將它們猛拉向你——或對它們吐口水——或在它們四周塗繪美麗的裝飾。

沒有文字的思想是什麼？就算想試，也辦不到。思想非得延展成文字不可。（參考【英國神經病學家約翰】胡格林〔John Hughlings〕的「內在語言」〔internal speech〕）

文字是思想的硬幣，但不是思想的現金價值。（這想法迥異於牛津大學的語言哲學教授的看法）

10/31/56

世界是獨特的物體——就這層意義來說，世界沒有邊界。

我最欣賞的三位哲學家，柏拉圖、尼采和維根斯坦，都公開反對體系化。這是否代表支持體系化者——那些將自己高貴的靈魂放到「波羅

庫斯特床」[5]上，讓自己削足以適履的哲學家，譬如史賓諾莎 —— 的體系若能被闡明，以箴言的方式被詮釋，就能為人所了解？【在邊緣處，蘇珊‧桑塔格寫下：「沃夫森[6]」持相反意見】（至於齊克果〔S【øren】K【ierkegaard】〕對黑格爾的看法當然正確。）

如果哲學是指不同於常識的東西，那麼唯我論（Solipsism）就是唯一真正的哲學。不過，哲學的意義當然並非如此，唯我論也不是唯一真正的哲學。所以我們要追尋的不是真正的哲學。

11/1/56

大衛整天吵著要知道：「在睡夢中何時會死掉」（打從今早我朗誦床邊祈禱文給他聽後，他就這麼追著問。因為祈禱文有這麼一句：現在我讓自己躺入夢鄉[7]……）。

我們一直在討論靈魂的事。

11/3/56

今天我向他【大衛】解釋地獄 —— 他問起：「唐‧喬凡尼死了，對不對？」

5「波羅庫斯特」（Procrust）是希臘神話中的人物。他宣稱自己有張能符合每個人身材尺寸的鐵床，並邀請路人進來躺一晚。若躺上床的人過高，他就會把那人的身材鋸短，若上床的人不及床的長度，他就會把人拉長。因此「波羅庫斯特床」（Procrustean bed）引申為強迫就範、削足適履。

6 這裡的沃夫森應是指 Harry Austryn Wolfson（1887–1974），他是哈佛大學的哲學家與歷史學家。

7 小孩把「躺入夢鄉」跟「躺入棺材」聯想在一起，所以有此反應。

後來我聽到這段對話：

> 大衛：蘿絲【（Rose McNulty）是蘇珊・桑塔格小時候照顧她
> 的保母，後來也成為大衛的保母】，妳知道獄獄嗎[8]？
> 就是壞人去的地方？
>
> 蘿絲：啊。
>
> 大衛：那妳【知道】唐・喬凡尼嗎？他殺了老騎士長，可是
> 後來老騎士長回來了——他還有力量（靈魂）——＋
> 就將唐・喬凡尼扔入獄獄。
>
> 蘿絲：啊。

＊

可能有「宗教哲學」嗎？這樣的哲學不會「掏空」其所研究的主題
嗎？在具體的歷史宗教意涵外，「宗教」還能代表什麼意義？

帕斯卡[9]：拒絕哲學之舉，就已經是以哲學進行思考了。

11/4/56

匈牙利坐在歷史的屠宰椅上……【這句話是從黑格爾的名句衍生而來
的，黑格爾曾說：「歷史是一張屠宰椅」[10]。】

---

8 小孩口齒不清，將地獄 Hell 說成 El。

9 帕斯卡（Pascal, 1623-1662），博學多聞，天縱英才型的人物，一生橫跨神學、科學與文
  學等領域。氣壓的國際單位以「帕斯卡」命之（Pascal），就是為了紀念他證實了大氣壓
  力與高度的關係。

10 黑格爾曾說「歷史是一張屠宰椅」，在這張椅子上，人類的幸福、國家的智慧和個人的
   美德全被宰殺犧牲了。

週二，以色列第一輛坦克車駛入西奈半島，猶太教大祭司拿出「猶太法典」（Torah）說：「你進入了聖地，這就是摩西將律法賜給我們祖先的地方。」

關於葛楚·史坦之死[11]：據說她在重度昏迷中曾甦醒過來問伴侶愛麗絲·托克勒斯，「愛麗絲，愛麗絲，答案是什麼？」伴侶回答：「沒有答案。」葛楚·史坦繼續說：「嗯，那麼，問題是什麼？」說完這句話後辭世。

11/16/56

亨利·詹姆士（Henry James）

單身生活讓亨利·詹姆士可以鍛鍊其旁觀力。

今天讀了包森奎特夫人（Miss【Theodora】Bosanquet）所寫的《回憶錄》（《工作時的亨利·詹姆士》〔*Henry James at Work*〕）——她是亨利·詹姆士晚年的打字員。曾寫過詹姆士傳記的里昂·埃德（Leon Edel）說，詹姆士「中期」＋「晚期」（缺乏實質內容）風格的斷裂，始於他不再請負責速記的祕書聽寫＋而是開始請包森奎特夫人幫他將說的話打出來。他唯一能忍受的打字聲音是雷明登公司（Remington）出產的打字機，＋在他床榻邊——臨終前的那一刻——他甚至要求包

---

11 葛楚·史坦（Gertrude Stein, 1874-1946）美國著名女作家。其散文詩集《柔軟鈕扣》（*Tender buttons*），奠定其在二十世紀上半葉美國文學史中的地位。一九三三年出版的《愛麗絲·托克勒斯的自傳》（*The Autobiography of Alice B. Toklas*），其實是以史坦的女友愛麗絲（Alice B. Toklas）為虛構主角，描繪她自己在巴黎三十年來的社交生活。畢卡索甚至曾為史坦親繪肖像。

森奎特夫人使用雷明登的打字機來記錄他的遺言。就在這臺打字機的節奏聲中，他嚥下最後一口氣。

福樓拜（Flaubert）一定會欣賞這點——藝術家之天職所散發出來的感傷。

11/18/56

計畫——婚姻札記

婚姻是建立在慣性的原則上。

趨近於無愛狀態。

婚姻是全然隱私——而非公開——的行為。

配偶之間有道玻璃牆讓雙方彼此相隔。

婚姻中的友誼。對方滑順的肌膚。

【新教神學家保羅‧】逖爾理屈（Paul Tillich）：婚姻誓約是以偶像崇拜的心情來起誓的（讓這一刻變成超越任一刻，讓這一刻有權利去決定未來的每一刻）。一夫一妻制亦是如此。他以貶抑的口吻來談猶太人的「嚴苛一夫一妻制」。

里爾克認為，讓婚姻有愛的唯一方式就是永遠分分合合。

婚姻當中說溜嘴。
（總之，我的婚姻即是如此。）

12/1/56

希臘神話中亞馬遜人的女王希波呂特（Hippolyta）說得沒錯，這是多麼不理性的激情啊！這種感覺不尊重人、不尊重個人的品味和喜好。任何人若說出這些話：「我愛 X，因為我們有好多話可以聊」或者「因為她好棒，因為她愛我，因為我欣賞她」，這人要不是在說謊，就是根本不真的愛對方。有一種愛的感覺，兩種基本愛情的其中一種（另一種是依賴式的愛），這種愛的感覺全然與人無涉——被它攫住＋看中的可能是怪異的東西。若這種愛無望求得，那麼就算痛罵自己也沒用——只好承受，讓清晰的怪異意識幫助這樣的愛流逝。

我說的怪異不是傷風敗俗。這種感覺與道德無關，也與人無涉。而是臉頰發燙；腳底地面開始滑動的純然感覺。*

*想起了那個春天，在 A10 英語教室（愛絲特絡普〔Estrop〕小姐的課）望向窗戶外看見 E.L. 的情景——桌面融化，墜落到我的手肘下。相同感覺——無來由地＋整個人失了神——就發生在傍晚我們從卡爾家喝完茶回家，六點半左右我帶大衛上樓時。【馬克思主義派歷史學家卡爾（*E. H. Carr*）夫婦是菲利普和蘇珊・桑塔格的密友】。我沒想太多＋只覺得腳底的階梯彷彿墜落＋我整個人癱靠在門上。

*

用「我愛」來形容這種感覺不恰當，事實上只不過是「愛」剛好落在我身上，將我導向 X 這個人。但對另一種「愛」來說，說「我愛」則適當，因為在這種「愛」當中，「我」比「愛」更重要。

附記：我說「愛」任意多變，意思是經歷到的任意多變。當然，顯而易見，愛情會被壓抑的渴慕、畫面等所制約。

對所有人來說——讓人以這種方式墜入愛河的——對象很有限【在日記本中，「他」這個字被刪除，但蘇珊・桑塔格沒有放入其他代名詞】。譬如，我永遠不可能愛上那種人——什麼樣的人？

*

【以下的社交活動未載明日期，推測應是一九五六年十一月底到十二月初所寫。】

【未載明日期】
在家舉辦晚宴派對：有卡爾、【流亡到美國的馬克思主義哲學家】赫伯特・馬庫色（Herbert Marcuse）、哈茲（【Louis】Hartz），以及我們一家人

十一月週六【沒有更詳盡日期】
在卡爾家（布蘭迪斯大學的宿舍）吃晚餐：卡爾夫婦、歐文・拉鐵摩爾、范宣德和我

十一月二十四日週六
四點到六點在卡爾家（布蘭迪斯大學的宿舍）喝午茶，帶了些東西去給他們：卡爾一家和我們家三口

十一月二十六日
在家吃晚餐：我們一家、卡爾夫婦、散步送他們回大使館

十一月二十九日

早上九點到下午一點，咖啡；找眼科醫生——摩根紀念醫院；咖啡

十二月一日

在卡爾家（大使館的住處）喝茶：我們一家三口；帶椅子去

晚上：看了電影《卡里加利博士的小屋》（*The Cabinet of Dr. Caligari*）（一九二【○】影片），演員有康拉德·維德（Conrad Veidt）、維爾納·克勞斯（Werner Krauss），以及《最後一笑》（*The Last Laugh*）（一九二五年），導演：莫勞（F. Murnau）

12/13/56

今天，「真理一致論」[12] 首次讓我覺得有道理。要驗證某一陳述的真理性，就得與我們必須做出的其他陳述進行一致性評估。

所以，對應論 [13] 也應該包含其中——是讓我們將某一陳述納入陳述體系裡的（主要？）標準之一。

康德（Kant）的批判回歸法（method of critical regress）就體現了「真理對應論」。

---

12 「真理一致論」（The Coherence Theory of Truth）強調某一命題與其他相關命題之間，必須要有邏輯上的一致性，這樣的命題才具備真理性。譬如，若「人會死」是一個正確的命題，而「亞理斯多德是人」也是一個正確的命題，那麼，根據邏輯推理的演繹過程，我們就能說「亞理斯多德一定會死」這個命題絕對正確。

13 「真理對應論」（The Correspondence Theory of Truth）主張人類語言命題是否具真理性，要由該命題與其所描述對象之事實狀況是否具對應關係 (correspondence) 來決定。譬如：我們之所以認為「血是紅色」這句命題為真，是因為在現實世界所觀察到的血確實是紅色。

重生

*

論點主題：「規範性與描述性」（The Normative and the Descriptive）（？）

*

羅馬詩人魯克瑞息斯（Lucretius）對宗教的分析與佛洛依德類似。宗教並不減緩焦慮而是喚醒焦慮。

他們兩人都是從焦慮這範疇的角度來對宗教進行整體分析。

情感上的不承諾和解離所呈現的倫理道德性似乎與這種宗教態度並行一致。再次想到魯克瑞息斯和佛洛依德。

還有這種矛盾心理：普羅米修斯式（Promethean）的緊張狀態（高舉人類、揚棄虛假的聖性、強調人類自主＋自賴）伴隨著深思遠慮的倫理，以及情感消耗的算計。

12/15/56

今天是菲利普的三十四歲生日。

今早對於一九七四年的住宅及社區發展法案第八款（Section 8A）的「工作」定義有些很棒的想法。就像詹姆斯（【William】James）[14] 區分兩種哲學之心：溫柔與強悍，我想，我們也可以將宗教之心分成溫柔與強悍兩種，而這種宗教區分比哲學區分更有幫助。溫柔之心的宗教

---

14 詹姆斯（William James, 1842-1910）美國心理學家與哲學家，美國心理學會的創始人之一。

重生

假定宗教與倫理的主張吻合一致，對持此態度的人來說，不一致不僅難以想像且令人憎惡。至於強悍之心的宗教則允許宗教與倫理的主張分離，甚至對立。聖經新約就是典型的溫柔之心；舊約則是強悍之心（可參考齊克果對亞伯拉罕故事的詮釋）。

宗教的主張是由上帝給人類；倫理的主張則是規範人與人之間的關係。

*

和卡爾家的喬伊絲＋泰德共進午餐

*

今晚大衛──坐在浴室的梳妝檯，等著保母蘿絲鋪床──問我：「怎樣可以有兩個丈夫？必須先等一個死掉嗎？」我回答：「沒錯，一個死了後，如果願意，就能再和另一個結婚。」他聽了之後說：「嗯，那等爸比死了，我就娶妳。」我聽了又驚又喜，不知該如何回答，只能告訴他：「大衛，這是你對媽咪說過最貼心的話。」

他一臉平靜，我倒幾乎熱淚盈眶──故意與超級成熟的反佛洛依德式懷疑論唱反調，加上經常焦慮蘿絲盜取大衛對我的愛，導致我懷疑大衛是否可能自然而然地對我說出任何表達孝心＋愛意的貼心話。

【以下日記未載明日期，但很確定是一九五六年十二月中】

摘自齊克果的日記：

「很多人像小學生一樣以取巧的方式給生命下定論：他們從書

中直接抄答案來欺騙老師，沒有自己融會貫通做出摘要。」

「……真是神奇的摘要方式啊。」

*

無怪乎齊克果會成為天主教徒——從他日記的軌跡來看。在鏗鏘有力的最後幾頁中，他對新教（Protestantism）做了這樣的分析：新教是矯正之道，是解毒劑——但在自我建立體系時卻流於空洞＋傾向非心靈層次，丹麥的路德會（Lutheran State Church）亦如此。

12/19/56

大衛知道「石棺」（sarcophagus）與「食管」（esophagus）的差別。

12/23/56

（和大衛及卡爾家的喬伊絲）去【波士頓】的伊沙貝拉・斯圖亞特・佳德納美術館（Isabella Stewart Gardner Museum）。「伊甸園中的粉紅肉體。」純潔身軀，赤裸的妙齡男女。

佳德納夫人所收藏的薩金特畫作（美國畫家約翰・辛格・薩金特〔John Singer Sargent〕）可說是美術館三樓的聖壇。細長畫框裡是沙漏身材的佳德納夫人，腰際繫著看來厚重的四度空間珍珠腰鍊。煙薰髒汙般的嘴——彷彿是畫家趁著顏料未乾，以掌根抹開之前精心塗出的雙肩。

12/24/56

今晚和卡爾一家人共進晚餐⋯⋯

菲利普不打算再讀任何報告——

大衛聽話乖巧，準備上床睡覺，然後出現這段對話。「如果上帝從來沒創造這個世界，那會怎樣？」我說：「那就不會有我們，這樣一來很糟糕，對不對？」他說：「不會有我們？連摩西也不會有嗎？」我說：「如果沒有世界，怎麼可能會有人呢？」他說：「可是如果沒有世界，上帝會在哪裡？」我說：「上帝比世界更早存在，祂不是人，也不是物體。」他說：「如果上帝不是人，那祂為什麼也需要休息？」我說：「嗯，聖經把上帝比喻成人，因為只有這樣我們才能想像出上帝。可是祂不是真的人。」他說：「那祂是什麼？雲朵嗎？」我說：「祂什麼都不是。祂是整個世界背後的運作原則，是存在的基地，祂無所不在。」他說：「無所不在？那，也在這個房間嗎？」我說：「是啊，怎麼會不在，當然在啊。」他說：「上帝是好的嗎？」我說：「喔，當然呀。」他說：「那上帝是全世界最好的嗎？」我說：「沒錯，就是這樣。晚安。」

12/26/56

詮釋：

永遠都是對意義進行推測。界定詮釋的一項標準就是，詮釋不允許文本有足夠的意義（道理）。（參考艾微爾〔Avril〕批評康福德〔Cornford〕對「詭辯家」〔Sophists〕的看法。）

12/27−29/56 紐約

十二月二十七日和大衛離家到紐約——給他穿上深灰色褲子。先搭地鐵到【波士頓的】南站，八點的火車……到紐約十二點十五分。搭計程車到克林頓【旅館】。辦好住入手續，梳洗。坐計程車到金角旅館，途中經過帝國大廈。吃了烤肉串。坐計程車到大都會美術館。三點到五點參觀埃及與伊特魯里亞（Etruscan）武士的展覽。蘿絲到了。搭公車回旅館。梳洗換裝。六點十分離開房間——大衛巴著電視不放。蘿絲趕著他過街到賓州車站＋去法拉盛區過夜【蘿絲的家人就住在那裡】。搭計程車到塔夫特旅館，馬庫色夫婦已在那裡，幾分鐘後彼得＋法蘭絲也來了。一行人走路去「巴黎絲尼」餐廳，匆忙吃了一頓龍蝦晚餐。走路回溫特花園【戲院】，看《脫愛勒斯與克萊西達》（*Troilus and Cressida*）。之後，湯米＋以前念書的室友加入，一行人到對街的「塔夫特」酒吧喝啤酒。湯米＋室友先行離去，後來彼得＋法蘭絲也開車回【康乃迪克州的】沃特貝瑞市。陪馬庫色夫婦走到哥倫布圓環地鐵站。晚安。返回旅館。兩點就寢。

十點被敲門聲吵醒：大衛＋保母【蘿絲】。起床換裝。大衛又看電視。第一支廣告出現時我把電視關了。下樓招計程車到「自然歷史博物館」。在那裡待了兩小時，給大衛買了一隻暴龍。一點離開。搭巴士到中央公園西側，在第五十一街下車。到「安雀維」餐館用餐。大衛吃了培根三明治。兩點十五分打電話給菲利普。陪大衛和保母走路到地鐵站（他們要返回克林頓旅館，然後去賓州車站搭火車到法拉盛區）。越過街道，到溫特花園【戲院】，買了日場的票。還是《脫愛勒斯與克萊西達》。五點四十五分回到旅館，讀《紐約時報》，盥洗、

換衣。打電話給彼得‧海杜（Peter Haidu）。七點十五離開。走過六個街口，搭公車到四十五街。買了《Cranks》的票。找餐館。走進第四十八西街的「阿戴諾」餐館。【美國詩人】理察‧艾柏哈（Richard Eberhart）舉辦派對。在派對中，有艾柏哈和他那朝天鼻的妻子、奧斯卡‧威廉絲（Oscar Williams）、兩個穿著傳統服飾的印度人、譚比內塔夫婦（Tambinetta）、一位穿著十八世紀服飾的年輕詩人，叫雷哥萊‧科索（Gregory Corso）、荷西‧賈西亞‧維拉（Jose Garcia Villa）、依蓮‧史奈德（Elaine Snyder；她來自康乃迪克大學，目前在「新美國圖書館」（〔New American Library〕工作；【蘇珊‧桑塔格曾從波士頓通勤到這大學教了一年書】），還有身材肥胖的詩人奧斯沃德‧溫特（Oswald de Winter）、在《新世界寫作》雜誌社（New World Writing）工作的艾爾波‧波特（Arabel Porter）＋夫婿約翰。來自西雅圖（？）的依莉莎白‧齊茲立（Elizabeth Kezley）、珍‧卡瑞格（Jean Carrigue）、詩人艾倫‧金斯堡（Allen Ginsberg）。

走路回旅館，和年輕詩人科索在大廳聊了半小時。五點半上樓回房。閱讀《紐約時報》，褪衣、就寢。

六點半起床，著衣。蘿絲＋大衛六點五十抵達。七點退房。搭計程車到中央車站（買到上層車廂的票）。七點半搭上前往波士頓的火車。

12/31/56

1. 萬事都會被詮釋。
2. 詮釋就是決定、限制；或者剝除表象，將意義讀入。

3. 詮釋是我們正當化脈絡的媒介。

4. 詮釋詞彙與定義詞彙不同，詮釋意味著明確定出脈絡範圍
（然，兩者不等同）。

*

親吻就像子彈，肥皂氣味的親吻，被小牛濕答腦子般的嘴脣親吻。

放手
放手
真的
放手

*

【哈佛大學心理學家】傑瑞·布魯納（Jerry Bruner）：X 要怎麼判斷 Y
是他的朋友（喜歡他）？女人通常由對方的付出行為來判斷──如果
Y 給了 X 禮物，X 就會認為 Y 喜歡她。而男人通常對別人的贈禮付出
抱持懷疑態度（怕被以為是同性戀？），他們會從雙方是否有相同看
法來判斷。如果 Y 同意 X 的看法，X 就會認為 Y 喜歡他。

*

「詮釋」的一種意義：考量到……

幼年的我，是個狂熱的小小自然神論者

1957

【此段落只載年分一九五七年，未載詳細日期】

我堅信什麼？

    私人生活

    崇尚文化

    音樂、莎士比亞、老建築

我享受什麼？

    音樂

    沉浸愛河

    孩童

    睡覺

    啖肉

我的缺點

從未準時

說謊，話過多

懶散

沒有拒絕的意志力

重讀：【葛楚‧史坦（Gertrude Stein）的】《美蘭莎》（*Melanctha*）、卡夫卡的《城堡》（*The Castle*）

1/1/57

故事構想——

> 著名的猶太流亡人士——具有學者／神學家的身分，現執教於哈佛大學的「紳士」。被德國授與獎章，替哈佛大學奔走籌設老猶太人圖書館——亦是位商人，以收集名人簽名著稱；戰前對威廉大帝博物館（Kaiser Wilhelm Museum）小有貢獻。一九三九年納粹一來，將所有收藏品丟入地窖＋封閉大門，但此人得以留在博物館裡。一九四四年英軍＋美軍的炸彈轟炸＋摧毀該地區多數建築，唯此博物館仍屹立不搖。

> 故事大綱

> 以抽象風格敘述——盡可能不寫實。

> 典範：卡夫卡

1/3/57

我還能記得沒結婚時的樣子——當時所做的事——但不再能感覺到那時候的自己。這六年來不自由的感覺從未離開我。幾週前做了一個夢:我正要步下一小段階梯——像要進入泳池——這時一匹馬從我身後而來,牠的前兩隻腳各跨在我雙肩上。我尖叫,想從牠的重量下掙脫,接著醒了。這夢與我更加黝鬱的心情具客觀的相關性吧。

歌德認為,唯有不足的知識才會具創意。

1/5/57

晚上(七點到凌晨一點)和哲學家澤諾·萬德勒(Zeno Vendler;他也是耶穌會信徒)聊天,談到在西方世界中,天主教會是唯一可行的宗教組織。他不願意承認教會裡有蠢行與法西斯信徒(譬如紐約區總主教斯貝爾曼〔Spellman〕和匈牙利首席主教閔真諦〔Mindzenty〕等),也不願接受教會將笛卡兒的《方法論》(Discours)或【雨果的(Victor Hugo's)】《悲慘世界》放在文獻索引是很愚蠢的。當然,他是個知識分子,也是他那群耶穌會信徒裡的蛋頭學者(真赤裸啊:他說過,他的同僚要他去參加獎金高達六萬四千美元的機智問答節目,而芬妮姑媽也這麼對菲利普說過)。此外,他還把教會的重要性置於冷戰之上,他認為在美國,教會可以跟葛慕卡(【Władiysław】Gomułka)【彼時波蘭共黨第一書記】、西班牙獨裁者佛朗哥(Franco),以及艾姆瑞·奈吉(【Imre】Nagy)【去年匈牙利革命領導人】合作,若他沒太「太過分」的話。

全世界的耶穌會成員約有三萬三千人——美國約八千人，占了最多數，其次是西班牙的七千人。該教會裡最人的階級鬥爭就發生在美國人＋西班牙人之間。

澤諾·萬德勒離開後，菲利普＋我坐下來，針對剛剛的談話進行一小時的相驗工作【開棺驗屍】。猶太教要怎麼跟耶穌會相比？我提出舊有的異議：我仍不可能具有天主教的宗教使命，因為對我來說，教會太父權——在這方面，猶太更甚。在猶太歷史中，有聖女特雷莎（St. Teresa）、聖女埃迪特·施泰因（Edith Stein），卻絲毫沒提原本是猶太教徒後變成天主教徒的卡布瑞妮修女（Mother Cabrini）。

菲利普說：嗯，那麼，猶太教就應該好好改革。若是妳，妳會怎麼做？我說：第一步就是建立秩序——譬如設立猶太法學哲學家邁蒙尼德（Moses Maimonides）的「邁蒙尼德協會」（Society of Maimonides），或者任何之類的組織。猶太人應該重新挪出位置給猶太法學博士以外的宗教使命家——因為那些猶太法學博士在當前的教會體系中已經完全墮落，被無知粗俗的外行人聘為宗教表演人。

重建出來的秩序能具有男女平權的教育理念嗎？可以。我們要打破男性的壓迫。他們要起誓嗎？這點沒問題。或許英國聖公會（Anglican）的制度較佳——誓言只在特定期限內有效，三年、六年之後就得更新。貧窮、禁欲＋順從？猶太教基本上是個不苦行的宗教＋沒有禁欲的先例。但若沒特別要求信徒堅守貞操，就強迫他們保持未婚狀態，這在精神上來說毫無道理可言。否則就鼓勵濫交，＋這樣的教會秩序就不會比西點軍校更有靈性異議。若將禁欲當成整輩子的誓言呢？有

其他東西可以取代教會這種性別隔離的準軍事組織嗎？菲利普提到的建議讓我想起基督教宗教社區「兄弟團契」（Bruderhof）。

1/6/57

感冒了。母親今天打電話來。沉悶的學術之夜，在場的有傑瑞・布魯納和羅斯濤（Rostows）夫婦。

＊

讀紀德的《忒修斯》（*Theseus*）。

婚姻：就是這樣，沒多的了。爭吵＋溫柔，無止無盡地重複。只不過爭吵的密度更大，足以削弱溫柔的能力。

說溜嘴。我的心思從我嘴巴一點一滴流出。

我的意志比之前更軟弱。就將這當成向上擺動之前的下沉吧。

＊

故事的標題：「大都會之日」、「私人行為」——這些標題對於具一致性的故事來說很不錯。「推銷」、「討債者日誌」。

＊

被銬在糞堆旁的兩個人不該爭吵。吵架只會讓糞堆更高上幾寸＋被迫吸臭味過日子。

重生

爭吵有助於友誼提升，但對居住在一起的人來說就是不該爭吵。

菲利普說他對於我們吵架感到很抱歉，因為爭吵過後我總會偏頭痛。
悲哀的理由。好理由應該是根本沒必要爭吵。

*

婚姻札記

在我金婚週年紀念日，來到我曾孫面前？「曾祖母，妳有過心動的感
覺嗎？」「有啊，我少女時期得過這種病，不過早痊癒了。」

*

菲利普：「妳不懂……準備好提筆寫作的感覺是什麼。坐下來，手握
筆、紙夾板。準備，就定位，預備，起身：好，開始。準備、瞄準、
寫……一想到書寫，我腦袋裡的東西全被趕出來了。」

……「總是在起跑點的感覺很痛苦……」

「我痛恨自己這麼忸怩。」

*

從現在起我要把我腦袋裡的每個天殺的想法全寫出來。

我竟因對上層知識文化進行過久的壓抑節食，而起了一種愚昧的驕傲
心。

我的嘴巴腹瀉，打字機便祕。

我不在乎自己寫得多糟。寫作的唯一學習方式就是提筆寫。深思之後才下筆這種理由不夠好

＊

最珍貴的非「活力」莫屬——不是文學家勞倫斯（D.H. Lawrence）那種邪惡的活力，而是意志＋能量＋去做想做之事的欲望＋不會因失望而「消沉」。亞理斯多德說得沒錯：幸福不是目標之物，而是瞄準目標之過程的附屬物——

＊

故事構想

1. 卡夫卡式的故事：等著升遷的學術分子。被過度詮釋的行為。系主任。校長。推薦函。選刊。不解權力所在位置。謠言。「每次我走過長廊，他就故意尿遁進男廁。錯不了。尿意不可能來得如此湊巧。」

2. 等候室裡一對夫婦。公＋私行為的奇怪交會點。

＊

1/14/57

昨天兒子大衛準備上床睡覺時說：「妳知道我閉上眼睛看到什麼嗎？每次我閉上眼睛就看見耶穌釘在十字架上。」我想，該是跟他談古希臘詩人荷馬（Homer）的時候了。轉移病態的個人化宗教幻想的最好

方式，就是以不具個別人性的荷馬史詩般的浴血大屠殺來淹沒那種幻想。異教化他敏感的心靈……

【以下只標示一九五七年一月，沒有明確日期。蘇珊・桑塔格以標注的方式，帶著幾乎意識流的風格來回憶童年的種種，但有幾段類似自傳體式的簡短故事，譬如「計畫到中國」，另外還有一些訪談，這些是最接近自傳體式的書寫。蘇珊・桑塔格偶爾認為，自己不該寫太多個人自傳回憶類的東西，也別太常提到和某些人的友誼——赫伯特・馬庫色、約瑟夫・布勞德思凱（*Joseph Brodsky*）是她最常提及的名字。最後，她決定寫虛構小說，而且也經常發誓要這麼做，但始終未能成功地減少撰寫散文或小品文的時間。以下的內容有兩種版本。第一種，蘇珊・桑塔格似乎把想到的任何東西隨興寫下，沒有任何順序安排。在這版本中被刪除的文字構成了第二種更有秩序的版本的骨架。我從第一種版本中摘錄了許多內容，而第二種版本則全數重製。】

童年札記

【第一種版本】

燻火腿＋波菜。安東尼・羅利（Anthony Rowley）。

搭火車去佛羅里達州。「媽，肺炎這個字怎麼拼？」

週日早晨坐在祖父床上。

夢到園林街中學（Grove St. School）失火了。

The I. G. C.[1]。露絲・柏肯小姐（Miss Ruth Berken）、茱蒂・

魏茲曼（Judy Weizman）、彼得・楷辛勒（Peter Kessner）、華特・佛來真海莫（Walt Fleigenheimer）、瑪西亞・米拉德（Marcia Millard）

我說過的所有謊言。

在「趣味樂園」裡，爸爸要我吃芹菜，說芹菜很好。

我的小書桌上那個化學實驗用的本生燈的火燒掉了一些紙，連帶地把我的手指給燒出個白色大水泡。

Thelma de Lara（拉瑞的泰爾瑪）。地下室有副耶穌畫像。「那是上帝的照片。」

（8）媽媽告訴我，她要嫁給納特。

搬到土桑市（Tucson）前兩年和媽媽睡在同一個房間（納特這麼提議）。

讀到揭發弊端的美國新聞記者艾達・塔比爾（Ida Tarbell）女士討論杜邦企業的故事。

替祖父找到了猶太餐館。

諾曼第島學校（Normandy Isle School）。艾達＋里歐・修柏曼（Ida ＋ Leo Huberman）。

化學組件玩具。

---

1 此時蘇珊・桑塔格年約九至十歲，因而此縮略語應為當時所參與的某種學校社團。

在水裡時彼得‧海杜將手放在我大腿上（那年我十四歲）。

回家吃烤肉晚餐。

看電影《戰地鐘聲》（*For Whom the Bell Tolls*）時哭了——和媽媽去，在曼哈頓大戲院。

有毒的常春藤。史坦普（Stumpf）醫生。

紐約大頸區（Great Neck）房子的客廳有黑檀木推門（中式的）。

在佛羅里達州桌上擺了聖誕樹：藍色燈泡銀銀亮亮。

想要藍寶石。

抓到蚱蜢，放在玩具鋼琴的鍵盤上。

在園林街中學擦傷了右膝蓋。坐在老師【原文照登】，抬起右腿讓老師幫我把傷口弄乾淨，老師還想把我那顆黑色的痣摳掉。

寫了一篇關於加州四強盜貴族（杭亭頓‧哈特佛〔Huntington Hartford〕、馬克‧霍普金思〔Mark Hopkins〕＋）的報告給薛普羅老師（Mr. Shepro）【薛普羅先生是蘇珊‧桑塔格在北好萊塢中學最喜歡的老師。不過她畢業後數年，就把他列入黑名單。】

爸爸的豬皮皮夾。

我明明沒偷，卻仍認自己偷了一角（大頸中學）。

閱讀華頓・路易斯（Warden【Lewis】Lawes'）的《星星監獄兩萬年》、【查理・伍德（Charles Wood）】的《天語》、《悲慘世界》（在森林小丘）。

家裡的電話號碼：Boulevard 8-8937

皇后大道上以木板釘成的房子（森林小丘）。

嫉妒瑪姬・羅克林出生在中國＋還有奶媽。真丟臉，做日光浴時被亞倫舅舅（Uncle Aaron）見到我的屁股，但又不敢說（大頸區）。

奈麗【蘇珊・桑塔格童年時的管家】。她的房間。走進她房間，右手邊的衣櫥上有一臺小收音機。

在卡特利納中學，亞薇兒・莉蒂凱對我很好。但我不知道怎樣對她好。

佛州家後院的椰子樹。

【一九四一年】十二月七日亞倫舅舅打電話來告知消息時，媽媽和雲克在打球。

~~在 El Conquistador 度假飯店使用電磁爐。~~

~~後面那個女人的丈夫得了肺結核。~~

找到、建造堡壘。

西尼‧利茲（Sydney Lidz；「利茲先生」）和他那張扭曲的臉。

班恩叔叔穿著褐色西裝。

維洛納（Verona）【紐澤西州】那間精神病院的地下室。全是尿騷味。

躺在馬毛枕頭上，抱著聖經睡覺。媽媽帶我去永克（Yonker），維洛納山（Mt. Vernon）？度週末時，我一路帶著。搭渡輪。

箭頭山（Mt. Arrowhead）。繼父納特兩個禮拜都通勤到那裡。看了關於白朗蒂姊妹（Brontë sisters）的電影。

在公立圖書館借德托爾內（Charles de Tolnay）的書。茱蒂斯【蘇珊‧桑塔格的妹妹】暈車。

在箭頭山露營。好害怕，開始咬手指。

在西摩爾泳池看見夏樂尼（Charlene）的闌尾炎開刀的疤痕。

燙傷腳底——在「征服者」度假飯店（El Conquistador）的四周散步時。

在皮克威克（Pickwick）【位於洛杉磯的書店】買了一本二手的【佛洛依德的】《文明及其不滿》（*Civilization and Its*

　　　　　　　　　　　　　　重生

Discontents）。

柏肯小姐和她媽媽住在伍德賽德區（Woodside）。

和雲克坐在雪佛牛奶紙箱上。告訴他關於「生鏽騎士」（The Rusted Knight）的故事【這是電視節目「我們來假裝」（Let's Pretend）裡提到的故事】。

拜訪佛蘿倫絲＋索尼叔叔親吻。

廚房牆上的煮蛋計時器（在維洛納）。

和蘿絲去森林小丘戲院看《斷腸記》（*Penny Serenade*）。

土桑市：躺在上鋪，考妹妹茱蒂斯美國各州的首府。

錢德勒街。「紅車」【洛杉磯】。

賀許夫婦瑪莎和比爾。蘇西。有天下午瑪莎來訪（土桑市）。媽媽＋她坐在露臺上。瑪莎抽菸＋我將她用過的濾嘴留下來。

……

蘿絲離開時，來了個名叫薇拉特的保母。

看見【一九三九年紐約】世界博覽會中的侏儒。

去柏肯小姐家參加派對，我曾將東西潑灑在椅子上。

......

手指甲都咬光了，開始嘗試咬腳趾甲。

在陽光中學玩迷你高爾夫——一起玩的有法蘭絲·法蘭西斯和「紐約小子」，他們兩個都是八年級生。

發現隔壁的寇得梅爾公寓「禁止進入」。

......

陽光中學的午餐有大頭菜、豆子。肚子一直排氣。

和夏樂尼·保羅看《咆哮山莊》（*Wuthering Heights*）。

......

「丹恩」姨媽。她大腿上有一道很深的大疤。

和媽媽看《落花飄零》（*Blossoms in the Dust*；葛麗·嘉遜〔Greer Garson〕主演）。

......

「丹恩」姨媽四月一日生日。

爸爸一九三八年十月十九日去世。

......

和蘿絲去教堂。

大頸區隔壁鄰居那名女士說她的父親死了。那又怎樣？他的心臟停止跳動了。喔。

……

土桑市：風滾草。

在克里夫頓・法帝門（Clifton Fadiman）的書《讀我喜歡的書》（*Reading I've Liked*）裡發現托馬斯・曼。

……

媽媽的雙人床上有個大的白色床頭板（森林小丘）。

火車駛向佛羅里達州。

祖母蘿森貝特（Rosenblatt）住在佛羅里達州。

……

蘿絲的家人。那天他們帶我去釣魚。「我要魚。」結果釣到的是鰻魚。

……

香草口味的牛奶＋花生醬脆餅（森林小丘）。

閱讀青少年百科全書（Compton's Encyclopedia）。

從學校回家，將單車停好，每天從大樹的葉隙看天空。

在亞利桑那大學裡騎單車。體育館的屋頂上有大大的白色字體寫著:「擊敗」。

……

在【洛杉磯】的威爾雪爾‧艾貝爾劇院(Wilshire Ebell)聽史特拉汶斯基(Soulima Stravinsky)的音樂會。

蘇菲亞教了一節的排球。

男孩彼得,沒有雙腳＋適當的雙手。

期盼自己能活得像里察‧哈利波頓(Richard Halliburton)【美國旅行家與冒險家】。

……

和 E 及 F 的「縱欲狂歡」(五○年代的夏天)。

L. 她加入海軍。

手摸到了樹叢下的狗屎(夏天去長島)。

……

蘇菲亞家。葛瑞格里‧艾恩(Gregory Ain)建造。

……

在《真正喜劇》(*True Comics*)一書的背後讀到諾曼‧貝桑

醫生（DR. Norman Bethune）的故事【他是位加拿大醫生，曾服務於毛澤東的軍隊】（森林小丘）。

透過拱廊的門看見彼得頭埋在掌心間（北好萊塢中學）。

兩個侏儒女孩（北好萊塢中學）。

……

G。整個晚上和她在一起。

……

夢到成為「大衛」。

依蓮‧里維（Elaine Levi）。依蓮吹長笛。把小說《馬丁‧伊登》（*Martin Eden*）借給她。

晚上在威爾雪爾‧艾貝爾劇院的屋頂音樂會。

在皮克威克書店偷《浮士德博士》被逮到。

房間牆上貼著北好萊塢中學的三角旗。

……

森林小丘：買跟中國有關的書（花瓶、工藝等）。

土桑市：操作手動油印機。【蘇珊‧桑塔格趁著家人在亞利桑那州時出版自己的「報紙」。】

摘除扁桃腺。護士坐在我的腿上。

小徑兩旁牽牛花攀延（維洛納）。

麻疹。106。坐在車裡。

和彼得走在印冷水峽谷（Coldwater Canyon）附近的小丘。

雪爾頓・考夫曼（Sheldon Kaufman），醜到不能看。白色的長長手指。

好萊塢露天劇場（Hollywood Bowl）。

加州的室友：艾爾薇真・辛季克（Alvajean Sinzik）。

奧黛莉・艾雪（Audrey Asher），她的笑容。

森林小丘：在車站，告訴祖父他是我唯一想念的人。

……

二十五分和祖父賭世棒賽。我賭洋基隊贏，他賭「膿包」贏。【布魯克林道奇隊〔*Brooklyn Dodgers*〕】

夢見我能飛。

讀佩里・梅森（Perry Mason）小說（土桑市）。

【我的】第一張貝多芬弦樂四重奏 Op. 127。

薛普羅老師在教師餐廳吃飯。

重生

上床睡覺前在母親瘦骨嶙峋的胸脯上哭泣。希望好過些。

母親賞了我一巴掌（森林小丘）。

柏曼醫生（Dr. Berman），紐約牙醫師。等著接受局部黏合。

在中國餐廳「陳家小館」（House of Chan）吃飯。

【拉威爾 Ravel】的《小丑的晨歌》（*Alborada del Grazioso*），第一場在【好萊塢】露天劇場的音樂會。

在雀森餐館吃飯。

學開車。道奇隊贏。

搭地鐵（紐約，去找史班醫生）。

祖父說：「掰掰—義大利」。

彼得＋我一起翻譯《浮士德》中的「瓦普濟思之夜」（Walpurgisnacht）。

……

祖父在後院為我搭起來的帳篷裡有長腳蜘蛛（維洛納）。

「妳知道氣管和食管的差別嗎。」（維洛納）。

中學前升起的營火（維洛納）。

……

棕櫚泉。要決定相不相信上帝。

艾琳‧萊翁斯（Irene Lyons）。從 F 火車下來後，買了草莓。
（她去找父親時我跟著去。）

在早餐用膳區，爸爸教我吹口哨！

暗房樂團（Camera Obscura〔加州聖塔莫妮卡市〕）。

和祖父玩紙牌遊戲「金羅美」（Gin Rummy）。

透過全美各地的青商會（Chambers of Commerce）蒐集旅遊
資訊。卓趣曼旅遊中心（The Drachman Travel Bureau）。

畢業典禮上的〈威風凜凜進行曲〉（Land of Hope ＋ Glory）。

漆黑幕簾。

……

美國小提琴家優帝思‧夏匹羅（Eudice Shapiro）及美國藝術
四重奏（American Art Quartet）。

參觀中國戲院（Grauman's Chinese Theatre）。

……

茱蒂斯發生意外。

母親將頭髮高高盤起（森林小丘）。

重生

看歌劇《米蒂亞》。

爸爸跟著唱：「她來的時候會在山巔出現。」

……

媽告訴我爸爸死了。在客廳。

……

和繼父納特從芝加哥開車，一路沒停到紐約──媽媽＋妹妹茱蒂斯搭飛機。

抵達艾克賽斯（Essex House）【曼哈頓的旅館】。

法拉明歌俱樂部。反串秀。

聖塔莫妮卡市的「熱帶村落」。

初吻。屋頂音樂會中的某人。

……

和彼得在一樓聽古典音樂電臺 WQXR 所舉辦的海頓四重奏音樂會。

和漢妮亞看俄國劇作家契訶夫的《櫻桃園》（*The Cherry Orchard*；查理士・勞頓〔Charles Laughton〕主演）（一九四九年）。

和母親去「演員實驗室」（Actor's Lab）看【班・強生（Ben Jonson）】的喜劇《狐狸》（*Volpone*）。

......

母親讀專欄作家里奧納・里昂（Leonard Lyons）的文章，以及女性雜誌《紅書》（*Redbook*）、《柯夢波丹》（*Cosmopolitan*）。

上完體育課後假裝沖澡（北好萊塢中學）。

......

茱蒂斯出生時去醫院看媽媽（蘿絲陪我去）。

佛羅里達州：夢想影集裡的獨行俠（Lone Ranger）會來＋將我抓上他的馬鞍帶走我，而腳上還穿著拖鞋呢。

......

古諾（Gounod）作曲的《羅密歐與茱麗葉》（*Romeo and Juliet*）。和蘿絲一起去看。

土桑市：和波瑞斯・卡洛夫（Boris Karloff）一起去看《歌劇魅影》（*The Phantom of the Opera*）【原文照登】──母親和納特在一起。

......

等著，在陽臺，聽見魯賓斯坦（Rubinstein）的鋼琴演奏。

給母親亨利‧華萊士（Henry Wallace）的競選手冊。

週日母親來營區＋我沒跟她一起游泳。

在星空下散步。

……

聽見劇作家約翰‧霍華德‧勞森（John Howard Lawson）【被列入黑名單的劇作家】演講。腳痛一跛一跛。

祖母蕾娜給我吃馬鈴薯泥。「一口給媽咪，一口給茱蒂……」等著長大。

……

羅斯福總統死了，難過得哭泣。

聆聽世界首播（電臺）蕭士塔高維契（Shostakovich）第七交響曲。

……

為以色列捐血。手臂好痛。

汽車可駛入的連鎖餐館多羅瑞絲（Dolores）；男性侍者。

舅舅亞倫婚禮。艾克賽斯旅館。樂團演奏：「我夢見珍妮有頭淺褐色頭髮」。

誇耀繼父納特。【納特・桑塔格（*Nathan Sontag*）是功績彪炳的飛行員，一開始加入英國皇家空軍，待美國宣布參與第二次世界大戰後，加入美國空軍。】

……

影印傑拉德・曼利・霍普金斯（Gerard Manley Hopkins）的詩。

……

開始集郵。

有自己的房間。挑選房間顏色。

……

依蓮說那個漂亮的體育課老師是個同性戀。

祖母桑塔格的公寓（羅斯福公寓）遇到焚化爐的問題。我聽了很害怕。

害怕飛行。

……

週五下午一點搭乘輕軌街車「紅車」到市區聽交響樂。

……

在【紐約的左翼報】《PM》讀到菲律賓巴丹半島（Bataan）和克里基多島（Corregidor）戰役的故事。

……

去過土桑市的猶太會堂一次。聽見教長拉比呼籲大家將「戰爭債券」換成現金，以便籌設猶太會堂的基金。

……

谷地青商之友音樂會（The Valley Friends of Chamber Music）。法蘭克（Franck）A 大調奏鳴曲。（黛博拉・葛林〔Deborah Greene〕彈鋼琴；她丈夫拉小提琴。）

《魔山》。

……

小刀不見了＋祈禱能找到（維洛納）。

索尼叔叔帶我到離岸邊很遠的水裡。

【蘇珊・桑塔格有點恐水症，她有時會將這毛病歸咎於這次經驗。】

……

爸爸讓我看他是怎麼摺手帕（在他們的房間，那時他正在更衣）。媽媽準備進浴室沖澡時，我告訴她，我寧可自己不是

猶太人。

……

蘿絲幫我把第一隻雞的雞胸叉骨留給我，好讓我能許願＋這
她煮的第一隻火雞。幫蘿絲做了一個鍋把隔熱墊。

……

將爸爸的戒指放進盒子裡。

聆聽歐爾森・威爾斯（Orson Welles）所執導的《馬克白》
（*Macbeth*；水星唱片〔Mercury Players〕）。

不想裸體曬日光浴。

……

和彼得在雨中，去西大（Occidental）【位於洛杉磯的學院】
聽音樂會——奧瑪三重奏（Alma Trio）——穿著母親的毛大
衣。回家途中搭了一段卡車便車。

爸爸買了一臺收銀機給我。

……

羅伊斯館（Royce Hall）【加大柏克萊分校】：「世界是一個逐
漸實踐詮釋的社群。」

梅葉霍夫的哲學課，講課時嘴裡叼著一根菸。

歷史學家馬修森（F. Matthiessen）去世那天。

【第二版本】

森林小丘（九至十歲）

詹姆斯‧麥迪遜大學（James Madison University）宿舍公寓。

抨擊左派報《PM》。

公寓編號：D41。

第三公校（P.S. 3）。

世界博覽會（The World's Fair）。

第一四四公校（P.S. 144）。

茱蒂‧魏茲曼。「妳這隻小蝦——我是說鰻魚。」她母親來自波士頓。肥胖。說話有口音，番茄會說成番呵茄。

搭巴士上學。在第六十八街，湯瑪斯‧傑佛遜宿舍（Thomas Jefferson Apts）後方搭車。

威爾‧庫克‧史班醫生（Dr. Will Cook Spain）。感染。在他辦公室看漫畫。

母親將車子賣給「防禦工事的工人」，真讓人難過。

寶琳姨媽帶我去（紐約市）看音樂劇《幻想曲》（*Fantasia*）。

週五晚上在祖母蘿森貝特家吃晚餐。雞湯＋白切雞。客廳裡有一臺立腳的老式收音機（紐約市）。

我有一本關於食糧配給的書。

告訴愛莉絲・羅雀林，柴科夫斯基比貝多芬好。

合約。

茱蒂睡在吊床上。

從荷蘭隧道去「澤西」。

和母親去看戲，《與父親生活》（*Life with Father*）。我看過的第二齣劇（八歲）。

68-37，黃石大道【紐約皇后區】。

閱讀艾伯特・派森・杜溫（Albert Payson Terhune）的書。

強尼・瓦得龍（Johnnie Waldron）。他教我用筷子。

中國餐館，皇后大道上的「索尼小廚」。

夢見爸爸回來了，打開宿舍門。

告訴塔吉曼醫生，我想當醫生。

和母親去「編織」的地方（有個叫葛林柏格的女士開的），位於第七十九街和百老匯大道間。

等在外頭餵鴿子。

噴霧器，以安息香酊法將棉紗染色。

在收音機上聽到蕭士塔高維契的第五交響曲。

第三公校的史萊特莉（Slattery）小姐。

其他人和雲克＋母親的派對賓客將聖誕樹裝飾起來。

走過網球場。

寫了一篇散文〈準時〉，最上方畫了個沙漏。「時間是什麼？……」云云。

寫一本與俄羅斯有關的書。

得到水星【劇院】灌錄的《馬克白》。

我坐在馬桶上唱歌，蘿絲幫我把頭髮擦乾。

欣賞林德‧沃德（Lynd Ward）以木刻印刷製成的書（《上帝的人類》〔*Gods' Man*〕）＋震驚不已──尤其是最後一頁。

頭被石頭打到。白色上衣沾滿血。茱蒂‧魏茲曼陪著我。

處理 CD。

買了【查理‧范多倫（Charles Van Doren）】的《美國革命之祕史》（*The Secret History of the American Revolution*）給母親

當生日禮物。

索尼叔叔電話留言給我。

在史班醫生的辦公室看漫畫。

薩布（Sabu）。

詹姆斯・麥迪遜大學裡的自助式電梯。

海・霍得斯（Hy Hodes），坐在客廳沙發上。

和母親一起去小飯館吃飯。午飯時間她到學校載我。

利茲先生給我絨毛玩具（Fuzzy）。

和蘿絲每個禮拜固定聽「熱門隊伍」（Hit Parade〔廣播〕）。

將要對市長的演講，先演練給艾爾分吉（Dean Alfange）校長
聽。

依瑟兒可以把鋼琴彈得「跟專業的愛樂樂團一樣」。她穿著
白色毛外套。

我們的公寓沒附露臺。

去天文館。

母親以纜繩狀花樣針織法織毛衣。

發脾氣──母親和雲克也在場──說我長大後不想當女孩。

重生

「我要把乳房割掉。」

哭泣，因為不能看影集「獨行俠」。

「……健康＋有頭銜的英國人。」

史黛拉・達拉斯（Stella Dallas）＋她女兒蘿莉（Lolly）＋蘿莉的丈夫狄克・葛羅斯凡諾（Dick Grosvenor）【和瓊安・克勞佛得（Joan Crawford）去看電影。】

「羅倫佐・瓊斯（Lorenzo Jones）＋深愛他的妻子貝拉（Bella）。」

在 I. G. C.。「請大家注意一下，好嗎？」

在第一四四公校的房間號碼是 333。

覺得 3 是我的幸運號碼。

土桑市（十至十三歲）

在「征服者」度假飯店使用電磁爐。

後面那個女人的丈夫得了肺結核。

「洞。」挖掘、填滿，再挖。

林姆一家（在史必德路上開雜貨店的中國家庭）。

「一座」山。

薩比諾峽谷（Sabino Canyon）。

車庫裡的鴨子：羅莉＋比利。還有四隻小雞。

得到寵物萊西。第一晚在車庫度過。

在曼斯菲德中學：法瑞爾老師、凱莉兒老師、吉姆・比林斯雷、狄克・邁特森、讓我痛恨的肥小子吉米。

代數實在不行。

去看牛仔馬術競技。

去西摩爾泳池游泳（一開始母親不答應）。

茱蒂和妮奇一起玩。

達拉曲街 2409 號。電話號碼：5231-W（沒把我的告訴他）。

在「征服者」飯店泳池認識寶莉蒂・嘉達德。

第四路線的高速巴士。

麥可・匹斯特。

約瑟芬・皮巴狄。《吹笛人》（*The Pied Piper*）。

外公送我一組真正的弓＋箭。

達拉曲化學社（The Drachman Chemistry Club）。

大衛・羅斯。他家被火燒掉了，所以我們讓他住進來。

開始寫日記。第一則日記寫的是在史必德路，靠近林姆雜貨店附近，看見一隻腐爛的死狗。

凱莉兒老師說她喜歡十九世紀末聯手創作出著名喜歌劇的吉柏特和蘇利文（Gilbert ＋ Sullivan）。她還說她看了凱薩琳・赫本（Katharine Hepburn）的戲。

貝奇。

納特穿制服。

母親的主日學。

史庫特家的孩子：瑪西＋薇拉（他們從北達科達州米諾特市〔Minot〕來的）。

我們製作一齣關於納粹宣傳部長戈培爾（Goebbels）的劇。「真相」。

納特住在亞利桑納旅店。

諾蓋拉斯市（Nogales）。洞穴（餐館名字）。

打算給我的狗取名拉德。

牙醫師費醫生在國會街的銀行大樓。他找到六個填充物。

不被允許單獨去里瑞克劇院（Lyric Theatre）。

重生

艾兒莎・史坦伯格。騎馬。那匹馬叫格林勾。

K. D. 安德森，曼斯菲德中學的校長。

這城市有六所中學，丹巴中學有收黑人。

拜託母親幫我影印【詩人詹姆斯・拉塞爾・洛威爾（James Russell Lowell）】的〈勞恩佛爵士的視界〉。

接了《耀眼》（*The Sparkler*〔曼斯菲德中學刊物〕）的編輯工作。

我自己編製的報紙：《仙人掌報》（*The Cactus Press*）。

依琳・大衛森＋柏帝：柏帝的兩顆大門牙。

赤腳搭巴士進城。

史坦豪斯。他的女兒艾妮德。

凱莉兒老師借我維濃・維納柏（Vernon Venable）談馬克思的書。

德艾咪可小姐，拉丁文老師。

上電臺。

每天早上要聽十五分鐘的麥克墨崔女士（Miss MacMurtrie）的節目。「莎莉・西爾斯」（*Sally Sears*）。

中學的唐・寇薩克合唱團和德瑞普＆阿德勒。

在曼斯菲德中學被人叫猶太佬。

會做娃娃的女士。海蒂。

鮑柏・史東（？）想娶媽媽。

鮑柏＋我用磚＋泥打造了個壁爐。

體育課（玩壘球）和叫裘蒂的女孩吵架。

蜜斯佛陀的兒子性格柔弱。

說到泰山＋珍妮有兒子，我就掉淚。

魔術表演。

坎貝爾大道。

洛威堡路。

「蜜莉，蜜莉，我們真高興妳回來了。」

博士倫獎（The Bausch & Lomb prize）。

保羅・霍吉夫婦。

鮑比・普雷特，他的氣味。

基石東酒廠（The Keystone Liquor Co.）。

派特·寇睿利。

貝奇。

從「征服者」飯店塔樓觀賞牛仔馬術競技。

和鮑柏、賽＋妮奇玩「不給糖就搗蛋」。

警察＋他高大的妻子。

讀《亞利桑納公路》（*Arizona Highways*）【雜誌】。

媽媽不准我看【美國作家和種族平等鬥士莉莉安·史密絲
（Lillian Smith）】的《奇怪的果實》（*Strange Fruit*）。

史帝夫·蕭漢。

努力寫出有趣的信寄給媽媽（阿奇波德·賽德巴頓
〔Archibald Sidebottom〕）。

落日中學的史塔基老師。去「勢利谷」（Snob Hollow）附近
郊遊。

清除前院的紅花草。

在「征服者」飯店的泳池畔有個女人給我一罐啤酒＋我喝了。

和茱蒂睡上下鋪。

史塔基老師要我讀【狄奧朵·施篤姆（Theodor Storm）的

《茵夢湖》（*Immensee*）。

一本很棒的書。

鮑柏＋我試圖將實驗室裡的各種殺蟻劑混合在一起。

海梅＋莉兒‧邁爾森＋兩個女兒。白屋百貨公司。

薇薇安‧塔潘醫生——她的辦公室就位於家裡。

國家（電影院）。

拉喬拉（夜總會）。

先鋒旅館。

聖塔瑞塔旅館。

一條有著柔銀亮彩大飾釦的皮帶。

米奇在浴室講黃色故事給我聽（「征服者」飯店）。

有輛車駛在達拉曲街上，從紐約來的別克（Buick）。

隔壁鄰門是紅髮的雪莉‧曼戴爾。

麥克墨崔女士。

在「征服者」飯店的飯廳，肚子痛。

落日中學：有個八年級的女孩叫法蘭絲‧法蘭西斯。

夏樂尼‧保羅。苦惱。

泳池畔點唱機的旋律（「征服者」飯店）。

收集八年級的《經典作品漫畫改編系列》（*Classic Comics*）。

1/15/57

二十四歲的規矩＋責任【蘇珊‧桑塔格出生於一九三三年一月十六日。】

　　1. 儀態更佳。
　　2. 一週寫三次信給母親。
　　3. 吃少一些。
　　4. 一天至少寫作兩小時。
　　5. 不再公開場合抱怨布蘭迪斯大學或錢。
　　6. 教大衛閱讀。

昨晚，菲利普說，「我不想再那麼自覺了。我討厭黑格爾＋那些將自覺當成至高成就的人。我會因為自覺而死！」

「嗯，如果你做那些事時不希望我告訴你，那我就不說。」

＊

喬伊絲說起珍‧德葛雷斯：「她就像幼鴿一樣溫馴。」

這就對了。有的就是這樣，不再有其他的了。

若能獲得哈佛的獎學金就好了！這樣一來至少我可以知道在原本的圈子，豐饒的安巢外，自己有幾兩重。

獨處時我是自己嗎？

我知道與人為伍，就連與菲利普相伴時，我都不是自己──這種自覺引發我持續的惱怒，惱怒他，也惱怒我自己。但獨處的我就能是我自己嗎？似乎也不可能。

正進行中的計畫：

「婚姻札記」
「詮釋札記」
論文：「論作為倫理典範之自覺」

詮釋：

詮釋乃文化之輸送。若典籍敘述不再為人所信，就得靠詮釋。

在詮釋的稜鏡照射下，神話會變得「支離破碎」。

~~找出許多關於：~~
~~成為這方面的博學之士：~~

~~1. 中世紀法國神學家亞伯拉爾（Peter Abelard）的生活和哲學~~
~~2. 海洋生物學，尤其是水母~~
~~3. 巴容・本生（Baron Bunsen）~~
~~4. 史賓諾莎的哲學~~

5. ~~聖經《約伯記》（*Book of Job*）~~

閱讀：《安伯雷家書》（*The Amberley Papers*）【羅素雙親之書信與日記】（The Letters and Diaries of Bertrand Russell's Parents）。

＊

「對於自己的失敗，他有兩套詮釋體系。」（沙特〔Sartre〕）

【以下只標示一九五七年，未載詳細日期，極有可能是一月或二月初】

(A) 開始收集視覺設計雜誌《*Print*》（真實的，非複製本）

(B) 學希臘文

＊

奧圖・西門森（Otto von Simson），《哥德式主教堂》（*The Gothic Cathedral*），Bollingen 出版社，一九五六年，六點五美元。

＊

俚語

「軟銷術」（the soft sell〔相對於強銷術〕）

「把鉛甩掉，加快腳步」（get the lead out）

「怪胎」（an odd-ball）

【一九五七年未載明日期的演講札記】

美國藝術家暨哲學家【保羅】・齊夫（Paul Ziff）：「對黑格爾來說，理

解意味著分析崩解。『理性』乃是合。」

此種做法乃為了避開對休謨（Hume）加以論戰。理解黑格爾，就能欣賞休謨。

＊

德國表現主義、達達主義等的展覽（第一次世界大戰後）

奧圖・迪克斯（Otto Dix, 1891–）

喬治・葛洛茲（George Grosz, 1893–）

麥克斯・貝克曼（Max Beckmann, 1884–1950）

卡爾・史密德・羅特洛夫（Karl Schmidt-Rottluff, 1884–）

艾瑞曲・黑克爾（Erich Heckel, 1883–）

麥克斯・貝克斯坦（Max Pechstein, 1881–）

克里斯汀・羅夫（Christian Rohlfs, 1849–1938）

恩斯特・巴拉赫（Ernst Barlach, 1870–1938）

凱特・寇維茲（Käthe Kollwitz, 1867–1945）

兩位最重要的達達主義者：

科爾特・史維塔斯（Kurt Schwitters, 1887–1948）

麥克斯・恩斯特（Max Ernst, 1891–）

＊

文章：古羅馬詩人暨哲學家魯克里修（Lucretius）

……何種狀況下的表揚才能無私公正？何時技術的

讚賞與評等之關聯。

……希臘歷史學家修昔底德（Thucydides）、尼采論讚賞表揚之目標如何失去原有價值……

……我們想要「真理對應論」（The Correspondence Theory of Truth），但或許會滿足於倫理的「真理一致論」（The Coherence Theory of Truth）。（參見一九五六年的譯注 12 與 13。）

當代文學的主流之一即是惡魔主義（diabolism），亦即自覺地逆轉道德價值。這並非對道德價值加以否定的虛無主義，而是對其反向逆轉的操弄：雖仍禮教規矩取向，但其所服膺的是「邪惡的道德」而非「良善的道德」。

例證：

(1)薩德（de Sade）──可將之視為康德「目的王國」（the kingdom of ends）的反向逆轉，亦即所有人應該被迫將彼此視為手段（means）而非目的（ends）。薩德和康德一樣，他認為就算敗德行徑也是具理性＋一致性（換言

之，普遍化）。參見英國人類學家賈菲爾‧哥爾（Geoffrey Gorer）著作中所提到的薩德的烏托邦。

(2)法國小說家尚‧惹內（Jean Genet），《嚴密監視》（*Deathwatch*）——雪球＝上帝，監獄＝世界，罪惡等級＝道德評等，謀殺＝慈悲，不幸＝幸福。這本書呈現出兩種對於犯罪的不同態度：一種是書中人物綠眼（Green-Eyes）的看法——犯罪是一種慈悲舉動，是被給予的；另一種是書中人物喬治（Georgie）的看法——犯罪必須透過主觀意志才能實現。

【類似於】兩種基督教立場

小說《夜森林》

*

這樣不對——對作家不公平，因為他們的思想都是真誠的。說他們是／曾是偽裝的逆行宗教（參見天主教對法國詩人波特萊爾〔Baudelaire〕的看法）。這些人的惡魔主義是真誠不造作的。

儘管如此，他們的作品是彰顯他們的價值之力量的一種痛苦證言。不見羅馬農神節（Saturnalia）般的狂歡喧囂。

幾乎終年不壓抑；沒有追思彌撒，不具一般性的惡魔主義。其不過是膚淺的。

諷刺性模仿詩文（*Parody*）

在否定道德價值的各種方式當中，這種方式最有力量——盡是仿效嘲弄的諷刺性模仿詩文 ——披上相同外衣，翻轉實質內容。

另一個例子是卡夫卡（無神論者）。

*

「惡魔主義的文學」是重要的文化工具，讓我們看見鮮明對比：康德或沙特、宗教領袖尚‧喀爾文（Jean Calvin）或惹內。我們因此得有其他選擇，讓我們震驚，不再滿足於現有的。

*

「自由派」認為，若你有 (a) 可以選，就會經常得到 (b)。這顯然不對。

1/19/57

昨晚和艾倫‧芬克＋芭芭拉‧史旺共進晚餐，再次聊起：慣俗性與自發性。這是一種辯證式的選擇，取決於你對自己時代所做的判斷。如果你判斷你的時代充斥著空洞虛偽的繁文縟節，那你就可以堅決支持自發性，甚至支持桀傲無禮的行徑……許多倫理道德是為了與個人的年齡相互彌補，所以可能會讓人在錯誤時機高舉不合宜的美德。在一個被繁文縟節掏空的時代，我們應該自我訓練，學會讓自己言行舉止乃出於自發性。

三點四十五分在【哈佛的】溫德勒（Widener）【圖書館】遇見喬伊絲‧【卡爾】，一起去海耶斯－畢克福咖啡館（Hayes-Bickford）喝

茶。在圖汀書店（Tutin's）翻書。她買了亨福雷・華爾德夫人（Mrs. Humphry Ward）的小說，說要送菲利普。我陪她走回家，在她家喝雪莉酒，待了五分鐘＋六點半回家。

今天，大衛扮演希臘神話裡的將領小埃阿斯（Ajax the Lesser）＋我則是大埃阿斯。我們兩個都「所向無敵」，這是他新學會的詞彙。我跟他親吻道晚安＋離開他房間之前，他說的最後一句話是：「明天見，大埃阿斯。」然後，爆出銀鈴笑聲。

＊

菲利普和我偶爾交談就會爭吵不斷。我扮演了弒夫角色，變成多蘿絲・布魯克・卡薩伍奔恩（Dorothea Brooke Casaubon）【喬治・艾略特小說《米德鎮的春天》（*Middlemarch*）裡的人物】。

整個晚上閱讀「亨福雷・華爾德夫人」，直到凌晨兩點。

1/20/57

早上八點半大衛來我們房間，我問他，他和保母蘿絲聊些什麼。他說：「喔，我問她世界是如何存在的。」

我撥電話給母親，好讓大衛可以唱「山脈上的家」給她聽。

……

愛默森（Emerson）說：「人就是他整天所思所想之物。」愛默生真是一位存在主義者啊。

【以下只載年分一九五七年，未載詳細日期，但極有可能是一月或二月】

故事構想

教授
年輕新娘

1. 他的童年——美國知識分子那種喬伊特式的孤獨。【這是指十九世紀牛津大學的古典學家班傑明·喬伊特（*Benjamin Jowett*）】
2. 兩人相遇＋結婚＞才智 vs. 性欲（妻子）
3. 各式各樣的爭吵：體驗權力（敵對狀態）
4. 義大利佛羅倫斯——藝術中心，旅遊勝地——妻子無動於衷
5.【丈夫】遇見一位男性友人——談起妻子這話題——友人建議那個丈夫離開妻子＋還說會幫他找工作（老友）

2/14/57

在婚姻中，我承受了個性喪失的痛苦——一開始這種喪失是愉快的，輕鬆的；但現在開始折磨我，擾動我不滿新威權的性格。

2/15/57

昨晚法國人演奏的【理查·史特勞斯（Richard Strauss）】的「英雄的

生涯」（Ein Heldenleben）真是精彩絕倫。沒那麼具華格納風格，但音樂精實、簡潔、有力。指揮【查爾斯·】孟許（Charles Munch）帶領的演奏速度很快，我從未聽過這樣的速度，他成功地呈現出一個散發美感而非情欲的史特勞斯。

2/18/57

「我兒子，四歲，首次閱讀荷馬作品」

圓嘟嘟，布滿絨毛的小臉蛋
納悶疑惑地發怔。
我慷慨激昂地朗讀。

知道許多奇怪的名字，以及宙斯情欲造就的許多結果。

恐懼追隨恐懼。
可憐的帕特羅克洛斯（Patroclus）。
稍後見了，大埃阿斯！

兒子感動得掉淚，他發現這個埃阿斯雖然強壯，卻是個傻瓜。
在赫克托爾（Hector）面前，他是無感覺的，死去，受虐、
　　他的骨頭被火焚白。

可憐的赫克托爾。我們替特洛伊（Troy）難過。可憐的特洛
　　伊。
儘管如此，我兒子仍希望當希臘人。因為他們打贏了。
這孩子接受暴力的神祕面，就像希臘人一樣。

他不會因為他們哀悼的時間如此短暫，享用美食的時間如此
冗長而感到厭惡。

他會受道德約束，但只有片刻：
海倫不值得他被道德束縛。

他明白阿奇里斯（Achilles）為何哭泣，
他掉淚是為了他的黃金盔甲、他的頭盔、他的盾牌、他的
護具，還有自己被赫克托爾所捕，以及摯愛的帕特羅克洛
斯被殺害……

【未載詳細日期，極有可能是一九五七年二月末】

有興趣的領域：⑴語言學家倫納德·布盧姆菲爾德（Leonard
Bloomfield），⑵歷史知識的問題，歷史哲學，⑶哲學上的矛盾，
⑷條文法規，⑸身心問題，⑹規範性（normative）＋描述性的
（descriptive）

＊

新教神學家【保羅·】逖爾理屈（Paul Tillich）打敗【漢斯·】康
奈流斯（Hans Cornelius；康德派學者 —— 馬堡學派〔Marburg
School〕的成員），成為法蘭克福（Frankfurt）大學的哲學系正教授
（Ordinarius）。授課內容包括謝林（Schelling）、一些黑格爾。沒有康
德學派。他曾是基督教徒，＋那是過去的事了。

海德格（Martin Heidegger）繼任赫爾曼·柯亨（Hermann Cohen）在

法蘭克福大學的教職。柯亨逝於一九一八年。

【納漢‧】葛雷澤（Nahum Glatzer）【生於一九〇三年，卒於一九九〇年，菲利普在布蘭迪斯大學（*Brandeis*）的同事，是家庭朋友，也是大衛的教父。】

【未載詳細日期，極有可能是一九五七年的二月末或三月初】

不要

1. 公開批評哈佛的任何人──
2. 拐彎抹角提年齡（誇耀、裝得很恭敬之類的）
3. 談論金錢
4. 談論布蘭迪斯大學

要

1. 隔一天洗澡
2. 隔一天就寫信給母親

＊

……昆布──日本的海草（可食用／乾燥過），來自北日本……

貝多芬第九交響曲的尾拍乃受到土耳其軍樂隊的啟發。這種稱為「馬特爾」的軍樂隊（Mahter）將鐃鈸＋鼓引進現代西方音樂領域。

＊

區分

重生

1. 死亡營（瑪德尼克〔Maidanek〕，奧許維茲〔Auschwitz〕，奧斯威辛〔Oświęcim〕，畢爾科瑙〔Birkenau〕）

2. 集中營（布亨瓦〔Buchenwald〕，達考〔Dachau〕，薩克森豪森〔Sachsenhausen〕，貝爾根—貝爾森〔Bergen-Belsen〕）

死亡營多半在波蘭＋只「處理」猶太人——一九四二年秋天開始運作，直到一九九四年秋天由納粹黨衛軍頭子希姆萊（Heinrich Himmler）關閉。

關於死亡營的相關資料，最好的是里昂‧波立阿凱夫（Léon Poliakov）的《怨恨祈禱書》（*Bréviaire de la haine*）一九五一年，法國出版。

《根源在人》（*The Root Is Man*）——德魏特‧麥克唐諾（Dwight Macdonald）。阿爾漢布若市（Alhambra）：康寧漢出版社（The Cunningham Press），一九五三年。

3/19/57

我想，我很擅長只思考邏輯，其他都不想。不過這需要「在理性上做出很大的犧牲」，表現得似是而非

【以下這封寫給牛津大學薩默維爾學院（*Somerville College*）校長的信件，初稿日期很可能是一九五七年二月】

瓦漢博士（Dr. Vaughan）鈞鑒：

重生

⑴獲得牛津獎學金

⑵將在牛津念哲學，並持續研究計畫

⑶我將【以傅爾布萊特獎學金（Fulbright）得主的身分，我
希望】為 B. 菲爾而攻讀……

【日記邊緣空白處】【賀博特‧】哈特（Herbert Hart）教授允許我把他
的名字寫在讓牛津打聽我過去事蹟的徵詢名單上。

【未載明日期】

荷蘭─美國航運
瓦丹號（Vandam）
瑞內丹號（Rhinedam）
馬士丹號（Maasdam）

從紐澤西州的哈柏肯市（Hoboken）離美到英國
第一等船艙
八天航程
兩百六十美元

3/27/57

菲利普在情感方面是個極權主義者。

「家庭」是他的謎。

突然哭泣。

重生

*

一五三六年——亨利八世徵收了英格蘭的修道院。這是事實。而這事實代表什麼意思？沒人——沒哪個重要的階級或職業——發出不平之鳴。代表這個原本讓許多人拋頭顱灑熱血＋全心仰望的政體已經死了。世界散布著死掉的體制。就算我們的大學受到威脅，或者美國的猶太會堂被艾森豪將軍（Gen Eisenhower）沒收，我們當中也不會有人舉起一根手指發出異議。若不是被徵召入伍，有誰會【「為國捐軀」這幾個字被刪除】保衛國家呢？

世界散布著垂死的體制。

*

1805：拿破崙贏得奧斯特里茨戰役（Battle of Austerlitz）

1809：英國詩人丁尼生（Tennyson）出生

1811：德國戲劇詩人克萊斯特（Kleist）自殺

1813：丹麥哲學家齊克果（Søren Kierkegaard）出生

1814：拿破崙挫敗

1831：黑格爾辭世

1844：英國詩人霍普金斯（Hopkins）出生

1850：丁尼生作品《悼念》（*In Memoriam*）出版

1855：齊克果辭世

1856：心理分析大師佛洛依德出生

1859：達爾文的《物種起源》（*Origin of Species*）出版

1861：英國詩人克勞夫（A. H. Clough）辭世

　　　　　　　　　　　　　　　　　　　　　　　　重生

1864：【杜思妥也夫斯基】《地下室手記》（*Notes from Underground*）出版

1865：葉慈出生

1875：里爾克出生

1882：詹姆斯‧喬伊斯出生

1885：勞倫斯出生

1888：英國詩人馬修‧阿爾諾（Matthew Arnold）辭世

1889：霍普金斯辭世

1892：丁尼生辭世

1900：尼采辭世

1926：里爾克辭世

【未載詳細日期，極有可能是一九五七年四月】

語言的理論：

思想侷限＝語言。語言是感知＋世界的連結。

法國哲學家孔狄亞克（Condillac）

閱讀孔狄亞克！

【摘錄】哈特教授：「他帶我在問題上兜圈子，就像有百道門的迷宮；闖進一道門，左右張望，然後又闖出來。」

【未載詳細日期，應該是一九五七年夏天】

閱讀吳爾芙（Virgina Woolf）刁鑽的女性主義作品《三枚金幣》（*Three*

重生　　　　　　　　　　　　　　　　　　　　　186

Guineas)。【以及義大利詩人賽沙·】帕維斯（Cesare Pavese）的《月亮與營火》（*The Moon + the Bonfires*〔二十五分錢〕），【以及他的】《只在女人當中》（*Among Women Only*）。

8/29/57

昨晚，偏頭痛欲裂；服藥後沒睡著，整晚從這房間走到那房間——和菲利普躺在床上，他花了很多力氣將打包行李放進車裡，累翻了；去找兒子，我以嘴唇磨蹭大衛柔細的肌膚；進廚房和正在燙衣、炸食物的蘿絲聊天；開支票，隨興將文件分類歸檔……

早上五點大衛大哭——我衝到房間＋母子擁抱＋親吻一小時。他要當墨西哥士兵（＋所以我也是），我們篡改歷史好讓墨西哥能攻下德州。「爸拔」則是美國士兵。

他今早問我是否曾害怕過。我告訴他，當然有，有過一次——桑塔格外公家的垃圾焚化爐著火那次＋我以為房子要燒起來了。

菲利普和我從未真正有機會好好道別——最近這幾天甚至不曾有過長談——唯有這樣才不會爭吵。我仍因這種苦澀的婚姻生活而麻木遲鈍＋假裝我們沒彼此仇恨羞辱，沒因虛偽而讓生活裡的一切都變得瑣碎無謂。

是有眼淚與毫無情欲的緊緊擁抱，還請對方珍重，照顧自己，但僅止於此。分離的感覺很模糊，因為就連分別都這麼不真實。

我進屋，將紅色睡衣外面那件灰色風雨衣脫掉＋上床。屋裡的空洞迴

聲很響亮。我好冷，牙齒打顫，頭有一百磅重——但沒真正睡著，浮在睡眠之上，拖延自己沉睡的時間，以便能聽見鐵路貨運公司的卡車前來搬運書箱。

蘿絲留了三塊雞肉＋我吃了一塊。再睡。十一點半布蘭迪斯大學圖書館打電話來催我還書。正午左右走到外頭街道，——打電話給火車貨運公司，他們打官腔式地保證卡車就要到了。又吃了一塊雞肉。卡車抵達時已經四點半。葛拉漢・格林太太打電話來。她會在波士頓待一天參觀娃娃展；她想知道有沒有哪間博物館下午五點後仍開放＋哪裡有不錯的女性用品店。將東西歸類，又整理了更多文件。

六點半去 U.T. 爆米花戲院。《金玉盟》（*An Affair to Remember*；卡萊葛倫〔Cary Grant〕、黛博拉寇兒〔Deborah Kerr〕主演）——難看透了！《赤子神羊》（*A Kid for 2 Farthings*；西莉雅・強森〔Celia Johnson〕）——很棒。看到哭了。溫柔、有智慧的猶太裁縫師，想要寵物的小男孩，信任＋黑髮。這些讓我感動哭泣！

讀了一點【亞伯特・】古拉德（Albert Guerard）的《為藝術而藝術》（*Art for Art's Sake*〔感覺自信滿滿＋差不多二十頁〕）。還沒十二點就想睡了。

一點半菲利普從加拿大安大略省的倫敦市打電話來，說旅程順利——大衛很雀躍，小狗很平靜。

8/30/57

八點被掛號吵醒——D.L.E.A 的支票＋來自中心的二分之一旅遊花費（一千四百美元）。回去睡到十一點。整理佛洛依德資料，將東西歸檔（還有好多沒做）。下午一點，朱利亞斯・莫拉席克打電話來道別＋說他【透過】「英語母語協會」找到公寓，我也應該以這種方式試試看。更衣＋一點外出——先去哈佛書店＋以三點五美元賣掉四本書，然後去銀行存一千四百美元。之後去庫伯文具店＋買了這本札記的補充活頁紙（見到馬叟・舒門——他握手的力道真強）。接著去【莫頓・】懷特教授的辦公室（威得恩大學〔Widener U.〕），告訴他：「套句葛楚・史坦對威廉・詹姆斯說的話，我今天也不怎麼想做哲學。另外約了週二的十一點見面。

在愛爾西【劍橋市的三明治店鋪】：買了烤牛肉三明治，切開的蘋果蛋糕以及礦泉水（共六十五毛錢）。三點十五回家。繼續整理佛洛依德的資料，做札記，處理第二章困難的那幾段落。【蘇珊・桑塔格指的是《佛洛依德：道德主義者的頭腦》（*Freud: The Mind of the Moralist*），這是 她和夫婿菲利普・瑞夫在婚姻後半段共同完成的著作，但後來兩人分居而後離婚，這本書就由菲利普・瑞夫單獨執筆撰寫。】

莫拉席克五點打電話來，給我「英語母語協會」的地址。我寫信給當初幫他的 K. L. 太太。另外也寫信給牛津大學的聖安學院（St Anne's College），告訴他們我抵達的日期。

七點半外出——走到中央廣場＋給自己塞進一塊席米翁披薩店裡尚可的披薩（一點五八美元）。在中央廣場戲院看了後一小時的《科學怪

人的詛咒》(*The Curse of Frankenstein*〔彩色片、嚴肅、英語發音〕)。十點半前回家（在麻薩諸塞州大道搭公車）。

扯掉大衛房間的床褥。

十一點菲利普打電話來；他說八點他們抵達芝加哥時他打來過，我沒接到。這趟旅途很順利。蘿絲正出去遛狗，大衛唱「替老芝加哥揮旗」給我聽——跟他說了兩次話。「我一直看偵探片，妳知道嗎？他們還丟炸彈欸！」（他這句話說了兩次）菲利普說他還是會開車，因為整路開起來應該很簡單。他明天再打給我。

喝了一杯牛奶。

我該去沖澡＋洗頭，不過覺得好懶。讀了五十四頁海明威的《旭日依舊東升》(*The Sun Also Rises*)（沉悶）＋還沒十二點半就想睡覺。

8/31/57

十一點半醒來。將更多東西清掉。謄寫一些與佛洛依德有關的札記，將散落的書放回書架上歸位。打電話給曼德瑞克書店，問是否能跟他們要些包裝紙，以便寄更多佛洛依德資料給聖安學院。處理了第三章的附註。三點半外出，將東西帶到曼德瑞克書店包裝，＋週二早上會過來拿。在李永中國餐館，吃了一頓很棒的餐點（肋排＋鼓汁蝦＋鮮菇），二點七九美元。我坐下來時裡頭空蕩蕩，＋吃完離開時只有兩桌客人……

四點四十五分左右走路回家，買了份《紐約時報》。在飯廳看報，同

時播放「布蘭詩歌」(Carmina Burana)；喝了一杯牛奶；將走道書架上的書排整齊；打電話給亨利・溫哈德想跟他道別（出於禮貌），沒人接。六點半打電話給母親——母女很自然地談心幾句。N. 在奧勒岡州，茱蒂斯明天就要搬出去。

七點上樓，洗了些貼身衣物，＋開始準備去準備【原文照登】要給懷特的資料。先睡了一小時。九點左右開始寫；十點菲利普打電話來（對方付費——他父親生氣昨晚我們講太久）＋也跟大衛講上話。菲利普說他安排了週二的司機＋他們週五會搭機（！）又讀了一些海明威。十二點，沖澡——洗頭。瀏覽懷特的書，想培養撰寫他那種論文的情緒。兩點左右睡覺——寫這種東西真助眠。

9/1/57

十一點迅速起床。整理資料＋書，清空垃圾桶，打包其他行李。播放海頓的「納爾遜彌撒」(Nelsonmesse)＋給自己準備了兩顆蛋黃不熟的蛋＋一杯牛奶。寫信給大衛，寫張便條給亨利・溫哈德。一點左右開始認真進行懷特的報告。兩點左右吃了一小罐鮪魚＋半罐醃蘑菇。打電話給「古佛納・克林頓」(Gouverneur Clinton〔紐約市的旅館〕)預定週二晚上的房間。工作到四點半。喝了一小罐罐頭湯。洗貼身衣物和睡衣。又讀了一些海明威。六點半外出。走在布雷托路和旁邊巷弄，欣賞十九世紀中木構屋的屋頂上那些裝飾板條。七點二十分進布雷托戲院，看《三段禁忌故事》(*Three Forbidden Stories*〔普普通通——＋剪接很爛〕)。九點半走回家。兩個帶著惱人紐約口音的男孩從戲院開始就不怎麼認真地尾隨我，我走到他們汽車所停放的那棟屋

　　　　　　　　　　　　　　　重生

子前——他們問我要不要搭便車？回到家將剩下的湯熱一熱，吃掉。打電話給艾倫·葛威區，想跟他道別，沒人接。

整天都在跟那份報告奮戰——一份蠢報告＋毫無興趣。事實上，我現在根本不想碰哲學的東西。我的心空洞，因無法平靜而受折磨。過去三天我在屋裡肯定走上了好幾哩。睡覺前（大約一點）讀完《旭日依舊東升》；又讀了四、五篇海明威的故事＋他的劇本《第五縱隊》（*The Fifth Column*）。真墮落！就像 A 女士說的。

9/2/57

十點就醒（怎麼會這樣？）在樓上忙東忙西，下樓，吃了半熟蛋，果汁＋一盤蘋果。

花了一小時包裝＋明天要和其他東西一起寄出去的論文捆紮起來（以防萬一……我實在沒時間將需要的東西重新謄寫）。現在我知道為何我這麼懶散，習慣將用不著的東西隨手丟成一堆。因為若我想保持乾淨——隨時自己將東西整理收齊——我就會開始強迫自己整理到底；這樣一來就要花很多時間在上面。

在一個舊信封上找到幾張三分錢的郵票＋花了半小時將這些郵票弄下來黏到我的信上。花了兩趟才走到郵筒——半途發現有張郵票的邊緣沒黏好，折返回家重黏！

針對艾布拉姆斯（Abrams）的書做了些札記，以便第四章可以用，【並且】參考美國文評家萊諾·崔凌（Lionel Trilling）論馬修·阿爾諾

的著作的附註格式。

吃了一些豆子湯（＋白酒＋檸檬汁），又開了一罐沙丁魚。打電話給葛威區家——他們這家人真冷淡（這評語應該會讓【出版人】寇特‧沃夫很高興）。試著睡一小時。

四點出去散步。在 U.T. 戲院看了一小時的《大河邊緣》（*The River's Edge*；安東尼‧昆〔Anthony Quinn〕主演〔尚可——彩色〕）。五點十五分回到家。

沉浸在靜寂中；精神疲憊，煩躁不安……

工作一小時左右。喝了杯柳橙汁。聽新聞廣播。將行李拿到樓下客廳。打電話給鐵路局問一、兩點左右是否有快車。有。打電話給蘿莎‧勾德史坦道別——沒人接。倒了一杯薄荷甜酒＋上樓。八點開始沉浸於工作中，直到十點三十分結束。打電話給菲利普，他在他父母家。他說芝加哥很可怕，很巴爾扎克的感覺（錢錢錢）。

火力全開——熬夜工作到早上六點＋終於完成那白癡的東西。將鬧鐘設定在九點。

9/3/57

【我本決定要將蘇珊‧桑塔格在劍橋市的最後一天的完整紀錄放進這本書中，事實上這天也是她婚姻的最後一天，她詳細記錄了這天的生活，不過後來決定將她搭火車去紐約的過程，以及在那裡的第一個晚上的詳細敘述刪除。】

九點，我緊閉的雙眼好刺痛，不過整個人緊繃到不覺疲憊，所以毫無困難就起床了。伸直懶腰＋將「最後的東西」推到一旁，在文件資料＋放置索引卡片的箱子上貼了一張「請勿開啟」的貼紙。打了報告的後兩段，沖澡，更衣＋十點半拿著大小包行李離開屋子＋幾封便條紙，衣服（要帶去芝加哥的），等物品，準備去寄信。蹣跚走到曼德瑞克書店（麻薩諸塞大道上攔不到計程車），拿取請他們額外包裝的東西；將所有東西寄放在那裡＋越過廣場【哈佛廣場】，去叫計程車，跟計程車回書店，將所有東西放進車裡＋開了三個路口到郵局。（這時已經十一點十分，而我和懷特約十一點見面。）郵局裡辦公的職員數人，不過仍花了點時間……前去威得恩大學途中，和懷特先生在麻薩諸塞大道上以反方向錯身而過；他已經在辦公室等了我一些時間（幸好有事情可做）＋現在要去辦點事情──書店＋銀行。我們約好二十分鐘後在他辦公室見＋我在愛爾西三明治店吃了烤牛肉特餐。

到威得恩大學，敲門沒人應答。幾分鐘後懷特匆忙從走廊上跑過來，開門讓我進去＋我們坐下來談了一小時的哲學（聲音低沉、密集熱烈，雙方偶有異議但最後總能達成共識）。我問他維根斯坦（Ludwig Wittgenstein）理論的「治療」層面在牛津盛行的狀況，他說，不怎麼受歡迎──只有劍橋的【約翰‧】威世頓（John Wisdom）會認真看待這種東西。我說──那麼，【哲學家】奧斯丁（J. L. Austin）的看法呢？他認為若哲學家真的很厲害＋知道自己在做什麼，就不會有哲學了，這時哲學的問題就不在於解惑（resolved）而在於解謎（dissolved）。他（明智地）說，嗯，他認為這些觀點是不同的。奧斯丁認為有些問題是可以被解謎，但即使這樣，哲學仍有事情可以做。

任何聽過他講述【威廉‧】詹姆斯（William James）課程的人都不會懷疑奧斯丁所做的就是哲學，＋是一種建設性的哲學。等等，等等。

他問我，我對【身為司法哲學家與前任英國紐倫堡大審裏閱檢察官】哈特（H.L.A Hart）的研討會有何看法——我委婉客氣地予以否定：我知道他所採取的態度。然後「我們」開始剖析這場研討會。我說，哈特對於律師、小說家＋歷史學家之間的因果探索所進行的基本類比（更——該說他所假定的身分）有誤。事實上他們都不同——＋我在我的報告中就沿著此點加以發揮：譬如利用和正當化之間沒有差異等。他說（＋以下是這一小時的討論中唯一有洞識的一點），在牛津的研究當中（很自然地，奧斯丁除外）最讓他不滿的是他們似乎對未釐清之論述的現象性描述有興趣。我說，的確如此；而且他們還認為這就是所有哲學有把握處理的東西——若往前推進一步（帶著「理性重構論」〔rational reconstructionist〕風格），只會得到「混亂」和「謎團」之類的——而這也是哲學該解謎的東西。懷特認為這類似於美國經濟學家之間的論戰：「制度學派（Institutionalism）」（譬如范伯倫〔Veblen〕）＋那些對於建構經濟行為的抽象模型（或數學方程式）有興趣的人。很自然地，懷特認為雙方既對也錯，所以他呼籲要走中間道路。

一小時會談的最後部分用來閒聊……【以及】聊起在倫敦＋牛津要住哪裡——他推薦牛津的「林庭旅社」（Linton Lodge）。他建議我要去倫敦聽【哲學家 A. J.】艾耶爾（Ayer）和【卡爾‧】波普（Karl Popper）的哲學課。他寫了封介紹信給奧斯丁（在信中他將我的名字重改為「桑塔格小姐」，略顯不友善）。粗魯地告退。我先出門＋站在

電梯前，然後他跟來＋下到二樓。

我下到一樓＋從後門出到麻薩諸塞大道＋走路回家。這時一點了。我給廚房櫥櫃上鎖，闔上行李箱，上廁所，然後打電話到哈佛計程車行。三分鐘後有位討人喜歡的老先生開車過來。一點十五分。我要他沿著麻薩諸塞大道開。(1)停在溫德勒圖書館的入口，好讓我還書（【約翰·】凱〔John Gay〕的劇本——艾比編纂，附音樂）；然後(2)到郵局，將其他包裹寄出去，包括要寄到芝加哥的舊衣服；接著，(3)到布雷托路的布拉德利房仲公司將一份租賃契約＋房子鑰匙留給滿臉大汗、匆忙倉亂的艾略特先生；然後，(4)去後灣車站（Back Bay Station）。計程車抵達時約兩點，＋再五分鐘火車就要開，＋放眼望去沒見半個挑夫可以幫我扛行李。看我有點急了，司機說願意幫我（這是違反規定的）——他將行李拿進車站，那裡也不見挑夫，＋然後下樓梯到月臺，這時火車正好駛入。感謝他幫我，加上計程車資（二點一五美元），我共給他四美元——他脫帽跟我致謝＋祝我一路順風，隨車服務員幫我把行李搬上車＋我就這麼離開了。

9/5/57

【這天蘇珊·桑塔格搭船到英國】

【先和青少年時期的老友彼得·海杜共進早餐，他此時是哥倫比亞大學文學碩士的候選人】

我疾步回旅館，上樓，沖澡，換衣，＋闔上行李箱。這時約十一點＋我驚覺或許十一點半的啟航時間一分鐘都延誤不得（這可不像波士頓

的「紐芬蘭號」〔Newfoundland〕）【一九五一年蘇珊‧桑塔格和菲利
普‧瑞夫曾搭這艘船到歐洲──兩人只一起出國過這麼一次】。我趕
緊將行李拖到電梯，匆忙付帳，開支票，＋進計程車……【我正準備
衝上梯板時】看見賈可柏‧陶伯斯（Jacob Taubes），一九二三年生，
一九八七年卒，宗教社會學家】──他說，他已經等我一小時了。
我很感動──如此體貼之舉，誰不受感動？我跟他親吻打招呼＋登
船──他不斷揮手，直到船駛離他的視線。

一登上船，我開始煩躁──沮喪＋心煩到無法在甲板上欣賞紐約天際
線＋驚呼連連＋拿相機猛拍，＋聽到第一頓午餐即將開始，我鬆了一
大口氣……

【蘇珊‧桑塔格非常詳盡記錄了在船上的生活，不過這些日記多半只
是幾點起床，幾點上床，幾點吃飯之類的。至於抵達英國那天沒寫日
記。接下來所記錄的就是她已經抵達倫敦的生活。】

9/17/57

九點醒來，去上廁所，然後躺回床上寫信給菲利普。九點半，珍
【‧德葛雷斯】打電話來，約好十一點左右到英國智庫「夏珊之屋」
（Chatham House）【倫敦皇家國際事務研究所（The Royal Institute of
International Affairs London）】喝咖啡。該起床吃早餐，不過被窩實在
太舒服。寫信給兒子大衛，跟他聊古雅典著名大理石雕像「埃爾金」
（Elgin Marbles）……

……【和珍‧德葛雷斯及她一位在「夏珊之屋」的同事】走了長長

一段路——她們堅持要讓這餐物超所值——執意到老康普頓街（Old Compton）的「山多·羅瑪諾」（Santo Romano）餐館。點了套餐菜單上的 4/6【4 磅牛排 /6 先令】。我點了後腿肉部位的牛排，端上桌，看起來好小一塊＋難吃。沉悶的交談。午餐後離開她們去富瑤（Foyles）【書店】（很近）；在哲學區待了一小時。打從六年前開始這書店就每況愈下。什麼都沒買。

開始反胃——還頭痛欲裂。【從三十多歲起，蘇珊·桑塔格就有嚴重的偏頭痛。】沿著托騰漢院路（Tottenham Court Road）的左側走；看見電影院外有《拉羅馬納》（*La Romana*）和《粒粒皆辛苦》（*Riso amaro*）的廣告，走進去看。看了第一部的大部分劇情，第二部則完整看到。兩場電影之間買了難吃的香草冰淇淋。

六點走出電影院，感覺很糟。搭巴士（一路）回旅館，褪衣＋上床。睡到九點半。仍躺在床上，打開 BBC 電臺「第三節目」（Third Programme）＋聽到後三分之二紀德【的小說】《梵蒂岡的地窖》（*Les Caves du Vatican*）的新英語譯本的演出。十點四十五分左右結束，＋這時頭痛程度達到高峰。我應該早點吞些止痛藥的，但就是逃避不想面對。造成的惡果之一——接下來三小時我還是吞了五種處方藥＋三顆可待因藥錠，這才舒服一些。

凌晨兩點，頭痛減弱，不過整晚仍如往常清醒。讀了兩小時義大利語，寫信給敏達·蕾、母親＋蘿絲——＋寄張卡片給詹姆士·葛利分——（週日我不小心拿到他的筆）。再讀幕里黑（Muirhead）的《倫敦旅遊指南》＋計畫要帶大衛去玩的地方。愈讀愈興奮。早上六點，

開始寫這則日記，＋現在要試著好好睡一覺。

【一九五七年九月最後一週及十月第一週，蘇珊·桑塔格和珍·德葛雷斯去義大利度假。蘇珊·桑塔格的日記對於這段假期鉅細靡遺地詳加記錄，不過內容多半是她所見所聞，火車如何，兩人住在什麼旅館，吃了些什麼。在這些日記當中，我唯一納入的是蘇珊·桑塔格對佛羅倫斯的描述，這是她第一次到該城市。】

佛羅倫斯美到極不真實；現代城市的美，跟具有歷史美感的建築遺跡（譬如波士頓、巴黎和米蘭）相比，在於其力量、殘酷、非人情味，以及巨大＋多樣化的展現（譬如紐約和倫敦），而在佛羅倫斯所見到的，並不是這樣的美。佛羅倫斯的美是徹底的，徹底根植於過去，可說是一座博物館城市，其中有現代（馬力增強的偉士牌機車、美國電影、成千上萬的觀光客──多半是美國人＋德國人），但其城市之現代成分，譬如宏偉＋同質性美感──至少在義大利人這部分──卻無損或扞格這城市的美。

戰爭沒摧毀佛羅倫斯，不過一九四四年德軍撤退時卻炸掉許多老房子＋建築物，以及所有古老的橋，除了最著名的維奇歐老橋（Ponte Vecchio）。城市裡有許多新建築工程正在進行，不過典型的佛羅倫斯建築結構（譬如紅磚屋頂、三或四層樓高、白或褐的灰泥牆、裝有百葉窗且可以敞開的長方形窗戶）仍被妥善保存＋廣受尊重。

天氣完美，溫暖到可以整天只穿著棉薄衫或襯衫（跟加州一樣，晚上氣溫不會驟降），但又不會過熱。我住的房間有扇大窗戶，約七呎高。我昨天讓百葉窗整晚開著，＋今晚也打算這麼做……

……聖十字教堂（Santa Croce）下午的彌撒讓我感動萬分。在西方只有一種宗教可行。新教（Protestantism）──這名字一聽就很有分量；具有抗議（protest）的意思，還兼具美學＋宗教之意涵（若兩者能加以區分的話），其所要對抗的是庶民、壓迫、東方正統天主教。然而，若沒有天主教會，新教也會變得沒意義＋無趣……

【以下日記寫於活頁札記中，日期只標示一九五七年九月】

看那些她知道正處於狂喜或昏睡的臉龐的照片，真教人難以忍受。

【只標示一九五七年──牛津】

生命是自殺，間接的自殺。

這溫暖的小圓錐體，我的身軀──其保護部位（鼻子和手指）冰凍了。

說到冰凍的手指。

私人生活，私人生活。

努力實行我的孝心，我的理想主義。

所有的陳述不能分割成正確＋錯誤。在瑣碎處或許可以如此劃分，但這樣一來就會失去意義。

要自覺，將自己的自我視為別人般加以覺察。監督自己。

我懶惰、虛榮、輕率。就算不覺得好笑也會做作地笑。

乍然發覺自己內心聲音，提筆書寫的祕密是什麼？試試威士忌。也讓

自己溫熱起來。

10/15/57

【蘇珊·桑塔格鉅細靡遺記錄了她在牛津所上的課。而這札記裡包含了她上奧斯丁哲學課的札記。在此不收入這部分內容。就私人意義而言，比較重要的應該是蘇珊·桑塔格在札記封面內側隨意記下的內容，當時她正加快腳步，準備前往巴黎。】

發泡奶咖啡（café crème）——晚餐後的白色咖啡

自行加奶的咖啡（café au lait）——早餐喝的咖啡

une fine（白蘭地酒）

潘諾茴香酒（un Pernod〔就跟美國的可樂一樣普遍〕）

「Copar」（共同贊助的）Comité Parisienne（巴黎女市民委員會），位於蘇弗洛街十五號（15 rue Soufflot〔就是巴黎萬神殿（Pantheon）所在的那條路〕）。在這個委員會裡可以領取學生餐廳的食物券，譬如位於王子【路】（M. Le Prince【rue】）上的富瑤以瑟瑞利特國際餐廳（Foyer Israelite International Rest）。

音樂會節目單 —— 從「法國青年音樂家」（Jeunesses Musicales de France〔學生組織〕）拿到的，很有價值——買到便宜座位。

詢問戲院或美術館是否有「tarif étudiant」（學生優惠票）。

【未載詳細日期，極有可能是一九五七年秋末】

文藝復興時代畫家波許（【Hieronymus】Bosch）

荷蘭美術館裡有波許的素描展：有幅畫是兩邊長了兩隻耳朵的樹，這樹彷彿在聆聽森林，＋而森林地面則散落著眼睛。

這幅畫所陳述的是某種未知語言，但其訴說的東西非常清楚＋傳達的情緒足以擾動人的心靈深處。

*

英國詩人郝思曼（A. E. Housman）誕生於一八五九年三月二十六日。

11/2/57

昨天傍晚，我騎單車打滑＋整個人摔到人行道上。昨晚就夢見身體左側有個大傷口，血從傷口流出，我快死了但仍四處走動。

11/4/57

試著喝威士忌。找到聲音。述說。

而非閒聊。

*

猶太人被利用了嗎？我以身為猶太人為傲。但，所傲為何呢？

古羅馬司令官斯凱沃拉（【Mucius】Scaevola）——羅馬的年輕貴族，
將手放進火裡也不改神色。

提基（Tiki）——玻里尼亞人和毛利人的神，據說這神創造了世界第
一個人。因此可謂人類祖先、始祖；另外，也根據人的形象創造出木
頭或石頭的偶像。

科黛（Charlotte Corday, 1768-1793）——刺殺法國大革命領袖馬哈
（Marat）的女刺客（反革命）。

哈瑟兒（Hathor）——埃及掌管愛＋愉悅的女神，經常以牛頭、牛角和
牛耳的形象出現。

約翰牛（John Bull）——英國人
山姆大叔（Uncle Sam）——美國人
尚蟾蜍（Jean Crapaud）——法國人

歐克（Orc）——想像中的帶甲生物，或龍，或半獸人，這名字取自亞
理斯多德《憤怒的奧蘭多》（*Orlando Furioso*）中，那頭被奧蘭多殺死
的海怪名字

偶發的（adventitious）
微不足道（penny-ante〔工作或情況〕）
易怒的（fractious）

吹毛求疵的（captious）

11/28/57

【這則日記記錄在蘇珊‧桑塔格資料中找到的活頁紙】

隔絕（deracination）

《蒙娜》（*Der Monat*）——柏林
猶太人＞功利主義

波西米亞主義（Bohemianism）的本質是嫉羨——對扎實的知識分子
來說，這種本質一定是邊緣的——只存在於某些社群中——譬如舊金
山和紐約＋當然，波西米亞的預備學校——芝加哥（大學）＋黑山
（大學）等。

倫理道德知會經驗，而非經驗知會倫理道德。

沒藝術涵養的市儈者，或者
「以文化取代真諦」

創意的錯誤
放肆浮誇的心智——關係門路

倫理道德【減去】自我利益＝找尋承諾、忠誠——
要不／或者——漠不關心即為支持——
沒有和平主義——但有正確的仇恨

神妓教派：

杜思妥也夫斯基、英國詩人拉夫瑞斯

愛＝死亡（「黑影夫人」，致命女人香）：

華格納（Wagner）、勞倫斯（D. H. Lawrence）

對史懷哲（Albert Schweitzer）【尊重生命（Reverence for life）之哲學】的回應——若所有生命都具價值——連螞蟻亦如是——那麼就不能殺蟻，因其生命價值與我相同。反過來說，這就清楚代表我的生命亦如螞蟻般毫無價值——並非人人同一，具相同價值——讓邪惡有機會出現，就是助長邪惡——公正的暴力該存在。

社群——兄弟之情——「多體面啊」——所謂的中產階級之道就是不享受、破碎的家庭、聯手欺瞞——

政治是可能的藝術——「抗議性的投票」？

貴族式的猶太教——是或不是「我們之一」或者非猶太者（Goyim）【異教徒／非猶太人】——完美之汝——有選舉，有菁英——

12/29/57

巴黎的聖傑曼德佩區（St. Germain des Prés），不像紐約的格林威治村，不完全像。其一，巴黎的外國人（美國人、義大利人、英國人、南美人和德國人）跟那些到紐約的外地人（譬如來自芝加哥、西岸或南方的小鬼）相比，具有不同角色＋自我感覺。在紐約，沒有國籍認同的衝突和不當認同。語言相同。隨時可以回家。總之，格林威治村

的人多數就是紐約人——就算來自不同都市，總還是自己人。

如常造訪咖啡館。下班後，或想寫作或畫畫，就去咖啡館找認識的人。最好有人陪，或者至少相約碰面……一個人該有幾個咖啡館可去——平均說來：一晚要去四個。

況且，在紐約（格林威治村）有一種身為猶太人的共通喜劇。這東西在巴黎這個波西米亞之城也見不到。沒那麼哈姆立克博士【給人的居家味道】。在格林威治村，義大利人——孤寂猶太人的普羅背景＋外地人在此展現他們的才智＋情欲精湛技藝——勾織出混亂生動但無害的街景。但在巴黎這裡，卻有騷亂搶劫的阿拉伯人。

【未載明日期，應是一九五七年末：蘇珊·桑塔格抵達巴黎之後沒多久，就在一札記中畫滿了她遇見的人物的簡單小素描，塗繪她所優游的新世界。裡頭對於海芮葉特的描述並未正式承認兩人的關係。】

馬克·攸赫——來自美國底特律——好像三十歲？——一頭長髮過肩，因為（他說）長髮很漂亮，男人也該有漂亮的權利——蓄鬍——很會下棋，還到過德國漢堡、西班牙巴賽隆納等地參加比賽——飲食講究健康——去年在羅馬時他認為自己要有些服裝打扮＋給自己做了六種不同顏色的頭巾＋六件搭配的絲質襯衫，加上一件很大的紅絲絨斗篷，真像嘉年華會中魔術師會穿的衣服……

J——將近三十歲，法國人，具猶太血統——有個私生子——嗑藥（裝在瓶子中的白色粉末）——「告訴海芮葉特，三個月內我會去以色列」——雙親都死在集中營，她躲著——被一個非猶太家庭藏起來——

一頭蓬鬆黑髮，黑色大眼，黑毛衣，身軀瘦小。總是醉醺醺……

赫塔·豪斯曼——德國女畫家（但不是抽象畫）——在蒙帕那斯區（Montparnasse）的畫室下方的院子裡有個「chien mechant」（狗販）——匈牙利籍的男友迪歐卡……

里卡多·維貢——古巴人；三十歲；來巴黎有八到十年了；兩年前在電影資料館（Cinemathèque）研習，也寫詩；最近這兩年在聯合國教科文組織（UNESCO）當翻譯（譯入語為西班牙語）。有段期間對宗教極為狂熱，＋曾在巴黎外的修道院住過一小段時間。以前抗拒過自己的同性戀傾向，後來完全臣服接受。

艾略特·史丹——三十二歲左右——來自紐約——替（在倫敦出版的刊物）《歌劇》（Opera）擔任巴黎記者——醉心於文化，具有矯揉造作的娘娘腔品味——熱愛電影（「最喜歡的電影」：金剛）。收集色情書刊和影片。

愛莉絲·歐文——來自紐約，二十八歲，曾以「海莉耶特·戴姆樂」為筆名寫過五本色情書刊——塗著濃黑眼妝（彷彿以炭筆塗過）——結過婚……在巴納德學院（Barnard）念書時是班上最聰明的女生，本以為可以上哥倫比亞大學研究所和美國著名文學評論家萊諾·崔凌里林一起念書。男友叫塔吉思（希臘籍的雕刻家）。

澤曼——另一個古巴人。高個子。有「假設的」妻子和一個五歲的兒子。在「電影資料館」研習。

山姆·沃分斯坦——父親是個功成名就的醫生＋業餘的古典學者。哥

哥是著名布魯克海文國家實驗室（Brookhaven）的著名物理學家……山姆一九四八年在以色列打仗——受傷——肢體嚴重殘障——卻從未得到任何補償，憎恨以色列。

艾倫・金斯博——住在 Git-le-Coeur 路的旅館——男友彼得【・歐洛夫史凱】留著一頭金色長髮＋五官立體突出。

H. 芬耐斯特，可說是美式波西米亞之花。紐約人。七〇和八〇年代跟家人住在一起。父親是中產階級商人（不是專業人士），幾位姑姑都是共產黨員。曾跟 CP【共產黨（Communist Party）】廝混過。有黑人女僕，在紐約念高中，進紐約大學，在半調子的實驗性藝術學院念過書，住過舊金山【她和蘇珊・桑塔格就在那裡初識】，住在格林威治村。很早就有性經驗，對象包括黑人。同性戀者。會寫短篇故事。雙性雜交。巴黎。和一名畫家同居。父親搬到邁阿密。打道回美國。外國人形態的夜班工作。逐漸減少寫作。

*

【失敗的】比例，失意的知識分子（作家、藝術家、準博士候選人），像山姆・沃分斯坦【數學家】這樣的人，不良於行，提著公事包，生活空洞，沉迷電影，錙銖必較，有拾荒癖，以及乏味家人讓他想逃得遠遠——這些都讓我害怕。

12/30/57

和海芮葉特的關係讓我困惑。我真希望這是偶然發生的——但她對

「外遇」的看法卻對我造成陰影，擾亂我的平靜，讓我變得笨拙踉蹌。她有她對感情的不滿，我有我對愛情的憧憬和期望……出其不意的禮物：她變漂亮了。我還記得【從蘇珊・桑塔格在加州時】她真的不算漂亮，甚至還挺粗俗難看，但現在簡直完全變了個人。而對我來說，外在美非常重要，在我心中幾近病態地極具分量。

【未載詳細日期，應是一九五七年末】

月亮是天空中的一抹黃汙──夜空的一圈黃色指印。

*

電影札記

鏡頭的窺淫狂式親密。

電影的「美女影像」理論──電影是一連串美的影像……vs. 電影是完全整合的移動影像。

鏡頭，透過四處移動，巧妙地邀請我們擁抱影片裡的某個人物＋排除另一個；仰頭看＋敬畏英雄或恐懼惡霸；低俯看＋感受到輕視或憐憫；鏡頭往旁一瞥，提醒我們麻煩將至；鏡頭左右搖晃，故意違反德國數學與物理學家魏爾（Hermann Weyl）在討論對稱概念一書中所說的慣用右手之習慣，會給人＋地方一種毛骨悚然的感覺。

電影是移動的小說；潛在來說其是最少的理性主義，最多主觀色彩的媒介。

12/31/57

繼續寫日記

對日記的粗淺理解，就是將之當成某人隱私思想的容器——就像一個既聾又啞，還目不識丁的知己女友。我在日記所揭露的自己不會比在任何人面前更赤裸；在日記中的我是被我創造出來的。

日記是用來表現我個性的工具。它代表我是一個在情感和精神上都是獨立自主的人。因此（唉），它根本不是單純記錄我的每天的真實生活，而是——有許多則日記正是如此——提供了與我實際生活不同的其他可能性。

我們對某人的行為所代表的意義，與我們在日記中所抒發對該人的感覺，經常相反矛盾。但這不表示外在行為膚淺表面，唯有對自己的告白才算有深度。告白，我說的當然是衷心的告白，有可能比行為更膚淺。當下我想起今天（去聖日爾曼大道 B【oulevar】d S【ain】t-G【ermain】看海芮葉特的郵件），見到了她在日記裡對我的描述——在對我做出草率、苛刻又不公平的評斷，還下了這樣的結論：她並不真的喜歡我，只不過是我對她的愛戀還算適當，讓她尚可接受。天哪，好傷人，我憤怒，無地自容。我們罕能知道別人眼中的我們（或者，更確切地說，罕去想到別人是怎麼看待我們）……看到不該我看的，我會有罪惡感嗎？不會。日記或日誌的主要（社會）功能之一，正是讓別人偷看，讓那些只

能在日記中才能誠實相對的人（譬如父母＋愛人）看到。那麼，海芮葉特會讀到我這段話嗎？

＊

書寫。帶著教化意圖，想提升道德標準的書寫是邪惡的。

什麼都不能阻止我成為作家，好作家，唯除懶惰。

為何書寫很重要？我想，主要是出於自負吧。因為我想成為大人物，成為作家，而非因為我有東西非寫不可。然而，話說回來，這有何不可能？有點自傲——正如這本日記呈現的既定事實——我就能獲得自信心，相信我有東西可寫，應該把那東西寫出來。

我的「我」弱小卑微、小心翼翼、過於清醒。而好的作家應該是狂妄的自負者，狂妄到甚至愚蠢。我的清醒，讓我只能當評論家，臧否他們——而他們的清醒乃是依附在天才的創意才華上。

1958

1/2/58

我可憐的小自我，妳今天覺得如何？不怎麼好，我害怕——相當挫痛、酸楚、備受創傷。羞恥的熱浪一波波攻襲。我從未幻想她會愛上我，但我確實認為她喜歡我。

*

今晚（應該是昨晚！）在保羅家，我「枕的」[1]開口說法語，說了「蒿機個種頭」[2]，和他及他親切的雙親度過很愉快的一晚！！

*

……自我策略。

---

1 學法國人說英語「真的」的口音。
2 學法國人說英語「好幾個鐘頭」的口音。

如何讓我的悲傷不只是感覺哀嘆？如何感覺？如何燒焚？如何讓我的痛苦變得形而上？

十八世紀英浪漫詩人布雷克（William Blake）說：

> 一旦太陽和月亮開始疑惑
> 它們就會瞬間滅熄。

我怕了，被婚姻戰爭搞得麻木呆滯。這種死寂可怕的冷戰，與戀人之間劇烈痛苦的爭執對立相反。戀人以刀和鞭相向，夫妻則以毒菇、安眠藥和濕毯戕害對方。

【以下內容記載於封面標示為一九五七年十二月的札記本中，然而這些內容非常確定寫於一九五八年初，但月分未知。以下故事幾乎可說是蘇珊‧桑塔格決定離開丈夫，從牛津前往巴黎的真實故事。故事主角名叫莉，正是蘇珊‧桑塔格的中間名。莉的丈夫叫馬丁，而這正是菲利普‧瑞夫弟弟的名字。有趣的是，以海芮葉特為原型所塑造的巴黎愛人變成男人，叫海茲利特，而海茲利特的西班牙情人的名字瑪莉雅，也與蘇珊‧桑塔格在海芮葉特之後的女愛人艾琳‧佛妮絲（*Irene Fornes*）的第一個名字相同。以下摘錄的是蘇珊‧桑塔格對這個故事的介紹及第一部分的內容。我將原本寫在日記尾聲，關於莉決定去歐洲的過程融入前面的段落中。】

【序言】

書寫以取悅別人的時候結束了，我不再為取悅別人或自己而書寫。這本書是一種手段，一項工具——必定很硬澀＋形態就像工具，長長、

厚厚、直言不諱。

這本札記裡記載的不是日記，不是回憶的輔助品，不是讓我可以記住
這一天或那一天，譬如我看了布紐爾（Buñuel）的電影，或者我對 J
有多不悅，或者西班牙的加的斯（Cádiz）有多美而馬德里有多醜。

【內文】

……她覺得自己需要愈來愈多睡眠。早晨醒來，她就開始想什麼時候
能再躺下來睡覺——發生在早上教完書後，或者下午討論會之前。

她開始看電影

在六年的婚姻生活後，莉想出國一年＋申請獎學金以便能順利成行。
原本如常計畫，夫妻結伴同行，丈夫馬丁也去，不過出發前一刻他發
現自己未來一年留在原單位的工作報酬更好。她順利拿到獎學金，他
央求她別走，但這獎學金是官方給的，難以延期，況且她早就偷偷地
展開自己的學術生涯，否則她也沒那個膽說走就走。哭泣、吵鬧的反
應當然有，不過一轉眼就到了該說再會的時候。輾轉難眠的她離開與
丈夫共眠的床褥，走到孩子的房間。早晨來到，馬丁、兒子和保母開
車離家，幾天後莉前往紐約，搭船遠渡重洋。

【決定離開的另一種版本】

「馬丁，親愛的，」有天莉來到馬丁的書房，對他說：「我想要離開一陣
子。」馬丁穿著 T 恤和沒燙整的休閒褲，外頭罩著浴袍，問她：「妳要
去哪裡？」並將打字機從自己膝上移開。

「你知道的,去旅行──真正的旅行──去歐洲。」

「可是,老婆,我們之前就談過了啊,明年,等我手上這本書結束,我們兩個一起申請國外教職,之前已經說好的。」

「可是我等不及了!」她高聲說:「每次都說明年,明年,結果什麼都沒發生。我們成天屁股黏在這鼠窩裡,等到步入中年,大腹便便──」她頓住,意識到她要說的不是「我們」,發現這番攻擊完全沒被挑釁起來。

剛嫁給馬丁時,她是個雀躍、溫柔、愛哭的女孩;而現在變得既軟弱又像潑婦,沒血沒淚,提早出現的尖酸刻薄……馬丁在工作中要怎麼依賴她……

【回到第一版本】

她認識一些紐約人,出版商、大學教授──全是她和馬丁共同的熟識──不過她單獨一人時不想和他們見面,所以她沒讓任何人知道她來紐約,也因此不會有人來接船。她起床太晚,差點錯過十一點的航班。

【離開過程的另一種版本】

……她強烈渴望前往歐洲,與歐洲有關的所有想像在她內心迴盪。墮落的歐洲、陳舊的歐洲、超越道德的歐洲。早熟的她在二十四歲時覺得自己太過愚蠢天真,她真希望自己的天真能被褻瀆汙損。

她從船上凝視月光迤邐的粼粼海面,喃喃告訴自己:我過去活在天真

重生

的夢境中。

我的天真讓我哭泣。

她自言自語，我病了。我是病人但同時也是醫生，然而這種自知並不是我要開給自己的藥單。我想竭盡所能自知自覺——不再讓自己受騙——但自覺並不是我要追尋的目標。力量，力量才是我要的，而我要的不是忍耐的力量，這種力量我已具備，但它只會讓我變得軟弱——是行動的力量——

【回到第一版】

她先到英國，在大學裡度過寂寞但雀躍的一年，和大學生廝混，不怎麼用功，重新發現打情罵俏與獨居的樂趣——彷彿回到十六歲——但那裡的氛圍太像她在美國感受到的——學術圈裡緊張氣氛的成就野心，以及各種是非之語。她受夠了八卦、書本和知識圈，也受夠了教授的限制要求。

十二月，她到巴黎度假，本來打算六週後回牛津，但她此去不復返，在巴黎一頭栽入不倫戀情。毫不遲疑，不再妥協地否認壓抑多年的情欲。巴黎那男人擁有馬丁所沒有的一切：那男人不愛她，在肉體和言語方面完全不溫柔。但她為了那狂烈徹底的肉體性愛而接受一切，不在乎他性格如何。

啊，她心想，我厭煩了那種相互交融、彼此施受的老套自我——包括我自己在內；她現在願以最大、最寬厚容忍度來接受情人的冷漠。

重生

在巴黎的情人也是個美國人，住在巴黎近十年，是個脫逃的知識分子，對知識深惡痛絕。他來巴黎本是為了作畫，而現在即便甚少拿起畫筆，卻仍住在這裡。他的情婦多半是畫家或雕刻家⋯⋯

⋯⋯海茲利特老是提起他的前情人瑪莉雅，她是個西班牙籍的畫家——縱欲狂野、原始自然，纖細敏感。他們在一起三年，但僅同居一小段時間。她離開他和巴黎之後三個月茱蒂斯出現【在這裡莉變成了茱蒂斯，而這正是蘇珊‧桑塔格妹妹的名字】，但他仍然強烈深情地愛著她⋯⋯

【內容在故事中間戛然而止，之後僅有以下這段話。】將生命加以情欲化，透過這故事的比喻來看世界，情欲的吸引、情欲的探險、情欲的挫敗

1/2/58

⋯⋯我的情緒生活：在渴望隱私，以及投入與他人之熱情關係當中的掙扎辯證。註——我和菲利普之間既沒有隱私也沒有熱情。沒有隱私與孤寂所帶來的至高自我，也沒有伴隨熱情而來的英雄壯烈般的自我喪失。

我有更多理由去進行我知道的那件事。但理由無法讓我行動，我只能憑靠意志來進行。

1/3/58

我過的這一天，太痛苦＋太麻煩到難以記述。七年，好長的時間，不是嗎？事實上像整輩子那麼長。我給了你我的青春、軟弱和希望。而我從你身上取走你的男子氣概、自信和力量──但沒（唉）取走你的希望。

1/4/58

昨晚，看了一部很驚豔的電影《瘋狂仙師》（*Les maîtres fous*），這影片探討的是迦納首都阿克拉（Accra）的「毫窟教派」（Haouka〔一九二七─〕）的故事。這部電影以戲劇化的方式來呈現世界，透過一個奇想天真的 vivant（活人）蠻夷狀態來看待死亡的莊重文明表現……除了這部非洲電影，還看了瑞典影片《裸夜》（*La Nuit des forains*）。電影一開場那段長長的靜默鏡頭無疑是最具張力的畫面＋電影史上最美麗的呈現──只略遜於《波坦金戰艦》（*Battleship Potemkin*）中那「奧德塞臺階」（The Odessa Steps）的畫面。影片其他部分有點虎頭蛇尾，不過整體來說仍是部非常棒的作品。演員面部表情＋女孩的特寫鏡頭令人歎為觀止。

＊

【論巴黎】

城市。這城市就是一座迷宮（事實上這國家根本沒半座迷宮）。除了其他方面，這一點也很吸引我。

重生

這城市是垂直的，而鄉村（＋郊區）是水平的。

我在這城市裡「安頓自己」……

這城市的藝術表現：招牌、廣告、建築物、制服、沒有觀眾的奇景。

這城市所根植的原則：季節（大自然）不重要，無關緊要。因為有自動化空調、中央暖氣系統、計程車等。這城市沒有季節之分，但白晝＋黑夜的強烈對比卻遠甚於鄉村。這城市克服了黑夜（以人工化的照明＋酒吧、餐館和派對中人工化社交場景），這城市利用夜晚——然而這時候的鄉村黑夜仍是無法利用的負面時刻。

重要的發展：隨著汽車問世，動物開始從城市消失。若馬糞臭味薰天，那會把城市變成什麼德性？

樹木從人行道長出。死沉的自然、劃清界限，修剪整齊。柏油地面的遊樂場。

警察指引迷宮，扮演城市秩序的守護神。

都市社交性的侷限。隱私（vs. 孤獨）是都市的獨特產物。

天空，如城市中所見，是負面的——而建築物並不是負面。

義務、責任。對我來說這些詞彙確實意味著什麼。然而，一旦我承認我有義務，那我不就殘酷地承認它們與我的性格傾向相對立？我可以承認自己有義務責任，卻不知道那是什麼嗎？我可以知道它們是什麼，卻不履行這些義務嗎？

了解世界就是跳脫自己的情緒觀點來看世界。這就是了解與行動之間的自然差異，雖然這種差異可被消弭——正如紀德對「acte gratuit」（無償的衝動之舉）之闡述。

我以書本來洗滌我蒼白的心智。

難以參透的失序人類關係。

海芮葉特發現我的品行缺點【蘇珊·桑塔格本來寫了「惡習」一詞，後來將之刪除】。（我這人還不夠有趣到會有惡習。）若把她因個人的混亂與防衛心而做出的所有解釋擺到一旁，她有可能發現嗎？譬如，對誠實這個現象加以思考。為什麼要誠實？為什麼渴望揭露自己，讓自己變得透明？可憎啊，倘若是為了博取他人同情。

真實感＝感受到事情必須如此（史賓諾莎、斯多葛學派〔stoics〕）。在我身上，這種感受很有療效但過早出現。早在染病之前我就先進行治療。

自由的代價就是不幸福。我必須扭曲我的靈魂，為了書寫，為了自由。

*

立體派初期（Pre-cubism）畫風當中，唯名論者（Nominalist）對物體的態度。

二十世紀表現主義畫家康丁斯基（Wassily Kandinsky）跟瑞士畫家克利（Paul Klee）相比，顯得不怎麼傑出（上週六下午和海芮葉特去參觀康丁斯基一九二七至一九四〇年之間的水彩畫＋水粉畫展覽），不

過很有趣：他預告＋預視了某世紀會出現的物體形狀：電視天線的幾何形狀、火箭發射臺、機器的內部構造（比雷捷〔Fernand Léger〕的畫更細緻）；衛星軌道＋宇宙太空……

*

凱薩琳・赫本（Katharine Hepburn）——往後盤梳的頭髮、消瘦骨感的五官、量身定做的高領上衣；果決的神情；不掩嬌羞的笑容；——這就是女性主義者認為最完美的女人化身（有趣的是她一直是菲利普最喜歡的好萊塢女星）。若可奉為典範的獨立女性（女性主義形象）是同性戀——譬如嘉寶（Greta Garbo）、赫本、西蒙・波娃（Simone de Beauvoir）（還有今天媒體報導的安娜特・【米雀爾森〔Annette Michelson〕影評家暨學者】）——如此一來會削弱女性主義者的論點嗎？

*

海芮葉特明天就要回去。我好難過，受夠了那種就要結束的預期心情。她沒寫下隻字片語。今晚，《天堂的孩子》（*Les Enfants du Paradis*）電影（我在波那帕提【戲院】看這影片），起頭音樂很大聲，非常優美的旋律，我差點痛哭。數月來我第一次發現自己有能力哭泣……

音樂讓我想起電影裡——濃縮的——巨大悲傷。一連串無法實現的愛：W愛X，但X愛Y，而Y愛Z。「我愛你。」娜塔莉對巴帝斯戴・德畢拉這麼說，「可是你愛的是佳倫絲，而佳倫絲愛的是費德瑞

克。」「妳為何這麼說？」巴帝斯戴吼著說。「因為他們住在一起。」「唉，」巴帝斯戴回答：「若住在一起的人都彼此相愛，這地球就會像陽光般燦爛！」

我可預見海芮葉特的冷漠態度，以及我的笨拙——試圖讓她愛我的蠢行。壓抑自己不去談，不去釐清；去找她談無疑自殺之舉，逼使她要不說謊（一直以來她就是這麼做），就是誠實。

明晚（今晚！），我和保羅去戲院之前，在《前鋒論壇報》前面打電話給她時，她會說她已經厭惡旅行＋想直接回家嗎？稍微沉默後（現在不像來到巴黎第二個週一，首晚獨處時那麼痛苦了），我聽見自己說，當然，我懂……不，我不會這麼說的。我不會溫順地附和她。若她問我介不介意，我就要說我介意，非常介意……

1/6/58

海芮葉特回來了；性愛遊戲、愛情、友誼、戲謔、沉思、重新開始。訴說在都柏林時放蕩精彩的時光。天哪，她好美！難以面對她，即使跟著她一起口是心非。以自我為中心，急躁、嘲弄、厭煩我、厭煩巴黎、厭煩她自己。

接下來九天我們會投宿在宇宙世界【大】飯店（【Grand】Hôtel de l'Univers），住在天花板挑高的白色房間內。

*

昨晚和保羅＋他當公務員的一些朋友去看義大利劇作家皮藍德婁

（Luigi Pirandello）的《亨利四世》（*Henri IV*）（在 TNP【國立人民劇場】〔Théâtre National Populaire〕：導演尚・維拉〔Jean Vilar〕）

雖然我只聽得懂一半的法文＋人不舒服，想到十二點和海芮葉特約見面，我就緊張得胃痛，但我仍有心情來被這齣戲深深感動。皮藍德婁這傷感作品中所呈現的虛幻＆真實深深吸引我*。另外，我也喜歡那明亮、有活力的舞臺設計；以及丑角式的簡單服裝造型（四名朝臣的衣服顏色分別是藍＋綠，紅＋黃，紅＋藍，綠＋黃；黃帝則身著紅袍）；但不怎麼喜歡演員的演出方式——除了維拉之外，他把里察二世演得唯妙唯肖。對了，法國人在戲劇舞臺上的表演方式非常華麗誇張——與他們的電影不同，在法國電影中瀰漫的是國際性的「現實主義」風格。這些法國演員一出場就帶著高度格式化的加重語氣——更甚的是，那種語氣經常變得有點歇斯底里，就為了呈現某種激動情緒。

沒有面具全然是面具。作家和心理學家曾探索過充作面具的面容，但他們不怎麼欣賞充作面容的面具。毋庸置疑，有些人的確將面具當成護套，以保護底下柔弱卻令人難以忍受的情緒。不過，多數人戴著面具當然是為了抹去面具底下的東西，讓自己變成面具所呈現的樣子。

比用來隱藏或偽裝的面具更有趣的是作為投射或志向的面具。透過行為的面具，我並沒保護我的真正自我——而是克服。

*

週六下午半醉地和安娜特・米雀爾森聊了很久，談的多半是婚姻。我

---

* 一九七九年，蘇珊・桑塔格曾在義大利的杜林劇場（Teatro Stabile di Torino）執導皮藍德婁的作品《當你想要我》（*As You Desire Me*）。

重生

設法描述菲利普的無知給她聽，還說到他是如何促使我只在牛津待一小段時間＋剩下一年決定待在巴黎。「到巴黎一定很有趣。」安娜特立刻懂我在說什麼，＋回答：「看來，他不明白，他正在割斷自己的喉嚨。」

*

昨晚夢見八歲的大衛變得好漂亮、好成熟，我滔滔不絕，不加思索地告訴他我的情緒困境，就像我母親當年跟我說話一樣——那時的我九歲、十歲、十一歲……大衛對我深表同情，在跟他談論我自己時，我覺得好平靜。

我很少夢見大衛，也沒經常想到他。在我夢幻似的生活中，他很少侵擾我。和他在一起時，我毫不遲疑全心寵愛他，但一離開後，只要知道有人把他照顧得很好，他在我心目中的分量就很快縮小。在我摯愛的人當中，他是讓我最不靠心智來愛的人，他和我之間的愛最為強烈真實。

*

國立人民劇場（TNP）整棟建築讓人聯想到蘇聯的遊憩與文化中心（Soviet Palace of Rest and Culture）。壯觀、粗俗、造價昂貴，大理石牆和少數玻璃材質，巨大樓梯和電梯、挑高到難以置信的天花板、銅製的欄杆和大幅壁畫。保羅說，這裡是巴黎最大的劇院。觀賞演出之後，＋之前我和海芮葉特相約見面，兩人站在夏佑宮（Palais de Chaillot），望向一覽無遺之前方所矗立的艾菲爾鐵塔——鐵塔雄偉壯

觀＋在飄浮白雲及皎潔月光的美麗夜空襯托下顯露出完美清晰的黝黑姿態。

1/7/58

海芮葉特變得好遙遠、充滿敵意，自私自利。

思考地獄，偶爾腦海冒出我昨晚在歌劇院觀賞的那齣視覺華麗，音樂卻普通的《唐·喬凡尼》。思考地獄是什麼，想著宇宙有個大垃圾桶，宇宙是自動化的處理機器。對羅馬天主教會的喀爾文派教徒（Calvinists）來說，地獄似乎符合公平正義，但對日後的新教徒來說，卻不慈悲為懷。對公義（審判）的堅持會被慈善之舉所消溶嗎？

死後世界，包括地獄的觀念是由宗教的目的論所支配？道德簿記會對各項事蹟加以記錄判定。有些企業興盛，有些被判為破產、詐欺，或兩者兼有之──而且，一定有懲罰＋獎賞，因為生命是嚴肅的。要了解正義美德，＋審判的藝術和顧忌，是如何與生命的嚴肅態度並行實非難事──較難的是把慈善視為嚴肅之舉，因為許多看似客觀的【原文照登】慈善舉動行為乃源自冷漠及無力表現道德憤慨。

我想起去年春天在【麻薩諸塞州】劍橋和賀博特·哈特聊天（站在麻薩諸塞州大道上的斯恩霍夫外語書店〔Schoenhof's〕外頭，那時他剛演講完）。我們聊到紐倫堡大審，他打斷我的話，然後這麼說：「我不怎麼喜歡論斷自己。」這真是太荒謬，太惡劣！

我覺得，那些認為宗教必須嚴肅，否則就不是真正宗教的看法非常新

教徒（Protestant）。猶太教的哈西德教派（Chassidim）有歡天喜地的慶典，佛斯特（【E. M.】Forster）所描述的印度教儀式也有其美學＋混亂狀態。

對我來說嚴肅真的是美德，是【我】在存在方面可以接受，而情感方面也願意接受的少數美德之一。我也喜歡開朗快樂，神經大條，然而只有在嚴肅之必要的背景襯托下，這種歡樂才有意義。

1/8/58

身為作家，我欠缺【蘇珊‧桑塔格原本在這裡寫的是「想要」，但隨後將之刪除】的是(1)創造力，以及(2)維繫精確意義的能力。今天我們起床後，海芮葉特進她自己房間，直到午餐前才出來。我整個下午都在了解索邦大學（Sorbonne）＋晚餐前一小時在凱爾克特（Celtic）看馬克斯兄弟（Marx Brothers）的電影《黑色猴門企業》（*Monkey Business*）。

今天美國運通來了一連串的信（五封！）──內容可憐兮兮、溫柔善感──全來自菲利普。

1/9/58

菲利普被布蘭迪斯大學（Brandeis）開除了，我實在不知該有何感覺。慶幸自己不在他身邊＋不需要輔導、激勵、安慰他……他現在一定痛苦焦慮，值得同情……有點害怕我原本看似堅固的生活就要在我腳底下裂開了──每件事都逼得我必須做決定、行動、一回去就和他

分手。

至於和海芮葉特的關係，似乎變得更好——不過，話說回來我無法確實知道，況且以前（在她去都柏林之前那幾個禮拜）我的感覺大錯特錯。

昨天，和安娜特吃晚餐（在木匠餐廳〔Charpentier〕）＋在老科龍畢耶劇場（〔Théâtre du〕Vieux Colombier）看【拉辛】（Racine）的《勃里塔尼古斯》（*Britannicus*）。她故意表現得比平常更活潑＋做作。她很不喜歡海芮葉特，所以我並不喜歡她。對我來說拉辛的劇比日本的歌舞伎更陌生——在他的戲劇當中，情緒具體外放，非常精確。這齣劇包含了兩位或頂多三位主角之間的一連串衝突（沒有莎士比亞式的浪費！）；其傳遞知識的媒介既非對話也非獨白，而是介於兩者間的某種東西，一種讓我覺得很不舒服的東西——長篇攻擊性的演說。沒有動作，只有姿勢。

瑪格麗特·潔默思飾演阿格麗嬪（Agrippine），看起來很華麗＋做作——有點像我想像中的英國女詩人伊迪絲·西特維爾（Edith Sitwell）。

海芮葉特昨晚非常晚回來，讓我心煩。她凌晨兩點十五分進門，一回來直接進自己房間……我站在窗邊＋望向外面狹窄街道，看著一個乞丐，兩隻貓，和一個男人閒晃＋最後他站在「cremerie」（乳品店）的門邊，等待某人——我聆聽腳步聲，等了一小時＋半小時，聽到的都不是她的腳步聲。

1/12/58

海芮葉特剛剛去上班，我先回旅館換衣服。七點半要在「老海軍」【咖啡館】和艾爾文·杰夫見面。海芮葉特好漂亮，輕鬆自在，溫柔深情，把我——迷得昏頭轉向，強烈渴望她，需要她，那種快樂……天哪，好棒，我真的好快樂！我帶著疼痛的心＋未被好好使用過的肉體，心想她不需要給予太多，就能讓我快樂。然而不全是這麼一回事，我這樣說對她和我都不公平。是她，是她，是她。

週五晚上，去觀賞《玫瑰騎士》（*Der Rosenkavalier*），普普通通。我獨自馳騁在情欲幻想的浪頭，沉浸在熟悉優美的旋律中……之後在「佛羅拉」【咖啡館】和海芮葉特見面，然後去「聖日耳曼」俱樂部及「塔堡」酒吧喝了五杯左右的威士忌。還不至於酩酊大醉，不過醉意足以讓我們隨著「聖日耳曼」那不怎麼樣的爵士樂搖擺，以及黎明前在床上來一場銷魂的性愛。

傍晚聽到來自美國的消息後，我就決定今晚要讓自己喝醉。先在「香榭大道」酒吧喝一杯，然後和【艾瑞克】·凡史托漢、【路易斯】·朱維特＋羅杰·伯林去看電影《阿里比》（*L'Alibi*）。省略晚餐，在雨中走向歌劇院。

昨天，週六，我們睡到很晚，在隔壁的希臘餐館吃飯，到「老海軍」等里卡多。等了一會兒，去拿收音機＋鞋子。海芮葉特訂了一件褲子；然後她去參加《前鋒【論壇】報》的雞尾酒會＋我臨時起意與瀚恩（我不喜歡他）及莫妮卡（我完全不懂她）見面。九點在海芮葉特房間和她碰面。在「美藝」吃了一頓大餐。花了一小時接人——寶拉

＋布魯諾，瀚恩＋莫妮卡──＋開車前往後來變得有點「嚴肅」的
《前鋒【論壇】報》的派對。布魯諾很扯，幾乎把派對毀了。那個打
扮得太誇張的肥短金髮女人，西拉蕊──似乎是海芮葉特的朋友──
她大剌剌地勾引我，我還挺喜歡她這種行徑。我沒被她吸引，不過這
種受女人而非男人青睞的自在感覺真好⋯⋯我們離開時，瀚恩偷了張
椅子⋯⋯莫妮卡＋我深入聊了性、愛、女人、男人、她丈夫、我的情
人⋯⋯

今天睡到下午三點。在「老海軍」吃了難吃的三明治。討厭的人過來
加入我們──迪亞哥、艾芙林、龍帝恩。海芮葉特今晚看起來好美，
盛裝打扮，準備前往《前鋒報》。

2/8/58

打破這種沉默的時候到了──不知怎麼地，這本日記已經被施了魔
法，基本上我覺得它注定要記錄真正的 bonheur（幸福）以及天地毀
滅的時刻，這一刻就發生在我生日我們那天搬進「Hôtel de Poitou」旅
館的時候。想在這日記本裡書寫的衝動不再了。

我和海芮葉特戀情的瓦解來得如此突然，我無法相信就這麼結束了。
週三晚上──一起去看【卓別林】的《摩登時代》（*Modern Times*），
午夜時她提早出現在「佛羅拉」咖啡館，然後我們去了「五十五俱樂
部」。她在房間等我，最重要的，那時的她好溫柔，**全心全意**在我身
上──那感覺真美好；我好快樂──我並沒欺騙自己說她愛我如同我
愛她，不過我真的認為她在我們這段關係中也滿快樂，而且她也喜歡

我，我們在一起感覺很棒。週四，我們搬家——結果週四晚上，在Lapérouse 餐廳和戲院（【皮藍德婁的】電影《*Ce soir on improvise*》）時，我突然體會到很少經歷的地獄感覺。我覺得自己茫然地走過痛苦森林，我的內在雙眼緊閉，不想流出淚水（但在 Lapérouse 餐廳時眼淚差點奪眶而出）。接著，週五、週六、週日待在旅館，＋幾乎一樣——我痛苦得無言昏沉，像隻動物——而她一直陰晴不定、只顧自己、喜怒無常，折磨摧殘我……

週日下午，走路去聖路易島教堂（l'Île St. Louis），週日晚，在大雪紛飛的顛簸迷人旅程中搭機到倫敦——接著是準備返回法國的瘋狂一週。在那週內，我的心情既不在這裡（巴黎），也不在那裡，而是懸宕——疑惑不已。

週日晚——一月二十六日——我回巴黎，一趟乏味的冗長飛行。將行李拖進房間——已是凌晨一點半——發現海芮葉特如常在家，但我沮喪難過到無法親吻她。我離開前四天受到詛咒，而她在我返回後四、五天深陷痛苦中（她讓我發現的）。沒有性愛，關係仍糟，在床上她挪動身軀避開我的碰觸……

從那天到現在，已是我返回的第十三天，我們做愛約三、四次——一次是上週一晚上，很美妙。那次之後又一次。每天下午她在她位於聖日耳曼大道二二六號的房間工作。

週六晚上，她和幾個朋友、房東，某個叫西妮・里屈的人吃飯。西妮幫她找到翻譯差事，所以她才能辭掉在《前鋒報》的工作。十點了。我十一點要和她在「老海軍」碰面。

重生

沒吃晚餐，閱讀伊芳塔洛‧斯維沃（Italo Svevo）的《季諾的告白》（*The Confessions of Zeno*）深受感動。

*

再次告訴自己，結束了。真的：不是因為海芮葉特不再愛我，事實上她從沒愛過我，而是因為她不再玩愛情遊戲了。她不愛我，但我們的確曾是戀人，只不過現在不再是了。自從搬進這鬼旅館後，和她的鬼魂與她對艾琳【‧佛妮絲】的回憶一起翻攪後，我們就不再是情侶了。讓我作嘔的是她不喜歡我就算了，還從來不覺得需要掩飾這種感覺。她公然地對我無禮，週五在「美藝」吃完午餐，匆忙出去時在我面前用力甩上門。羞辱、推擠、皺眉。沒一句親暱，沒半個擁抱、握手或溫柔眼神。簡言之，她認為我們的關係很可笑，她對我既不喜愛也毫無情欲渴望。果然很可笑。

……釘死十字架，最近這兩週……自作自受。愛情是荒謬。持續感覺臉潮紅＋眩暈：週二深夜的確發燒，躺在床上──吃著海芮葉特（週三）中午離開前拿來的一些食糧──她週三離開一整天。

週一，coeur blessé（傷痛的心）……

週四下午，我受邀進她房間、艾琳的房間（*兩個房間都是她的，也是艾琳的*），去幫忙，編輯、翻譯。喔，天哪，我真不想記得這事！那天晚上，走在雪中──好灼熱，好灼熱──遇見西拉蕊＋約翰‧佛林特＋然後「摩納哥」的喧鬧，十二點半在「雙偶咖啡館」（Les Deux Magots）碰面。我幾乎無法忍受那種盲目＋相思病苦，還有揪心扯肺

的痛楚。

昨天好多了，整個下午和莫妮卡＋艾爾文在一起——讓我忘掉一些痛苦，在說法語的費力動腦過程中走出血跡斑斑的殘破自我。但，之後！海芮葉特和她朋友雷基進行了聖傑曼德佩區（St. Germain des Prés）風格的反省和商談。四點到六點在帕西區（Passy）有一場難以形容的「派對」……

面對現實吧，孩子。妳已經……

＊

海芮葉特認為她很可悲，因為她進入了一段不管肉體或情感上都不吸引她的關係當中。那麼，我也很可悲吧？明明知道她的真正感覺，卻仍緊巴著她不放？

「……他們發現……這戀人犯了不可饒恕的錯誤，這錯誤就是讓自己不存在——他們手裡抱著假人走來。」（《夜森林》）

2/15/58

我不知道自己是真的好多了，還是麻木了。不過心中的確有一種寧靜，即使很確定將面臨莫大的可怕宿命或被拒。我想，我好多了。現在能從另一角度來看事情——不再期望過高，每次失望就陷入沮喪低谷。我現在毫無企求，偶爾得到一些，就能讓自己無比雀躍。

＊

將納旦尼爾‧韋斯特（Nathanael West）的作品集給海芮葉特。開始讀《史涅爾的夢境人生》（*The Dream Life of Balso Snell*），這故事很有趣，也充滿痛苦，非常棒。讀完《季諾的告白》。

*

菲利普在紐約找工作，毫無所獲。我愈來愈討厭寫作，也停止寫日記。好幾天風雨衣的口袋裡裝著一張寫了一半的皺巴巴紙張到處走來走去。

回去舊有生活這種念頭——幾乎不再是會讓我掙扎的兩難了。我無法，也不會這麼做的。我現在可以毫不猶豫地這麼說。

點滴和被吊點滴者，嘲弄者和被嘲弄者。要把手戳入蜘蛛網簾竟如此困難。那麼多年，我仍辦不到，沒有那個意志力。

而現在容易了——我已經處在另一頭，在這頭就不可能復返了。

婚姻有點像雙方之間的沉默狩獵。所有的配偶世界，在小屋裡的每一對，看著自己的小利益＋燉煮自己的隱私——這真是最可憎的世界。已婚愛情中的排除性應該被消弭。

2/19/58

海芮葉特昨天說了一些暮鼓晨鐘之語。她提到山姆‧沃分斯坦（Sam W.）家裡的巨大圖書館，他的藏書方式，「就像與某人結婚只是為了和他睡覺」。

所言甚是……

利用圖書館！

我們住進沃分斯坦的公寓已兩個月——我仍無法想像為什麼她還要和我同居，感覺上她的確……

……昨天（傍晚），我參加了來到巴黎的第一個雞尾酒會，在尚·瓦爾（Jean Wahl）【一八八一——一九七四年，索邦大學哲學系教授】家舉行——有噁心的艾倫·布倫陪同。瓦爾的模樣跟我期望得差不多——像鳥一般的瘦小老人家，一頭平直的白髮，寬薄的嘴巴，相當俊美，有演員巴洛特（Jean-Louis Barrault）六十五歲的味道，不過今晚的瓦爾心不在焉，蓬頭垢面。他穿著一件鬆垮的黑西裝，後背破了三個大洞，從中可以看見底下的（白色）內衣，＋他剛從索邦大學演講回來，主題是劇作家【保羅·】克勞岱（Paul Claudel）。他的妻子是突尼西亞人，身材修長，長得很美（臉龐圓潤，一頭黑髮往後紮緊），年紀約莫只有他的一半，我猜三十五到四十歲左右，＋三、四個年幼的孩子。在場的還有桑提拉納（Giorgio de Santillana）【麻省理工學院的科學史教授】；兩個日本藝術家；幾位戴著皮毛帽的消瘦老太太；一位來自《證據》（*Preuves*）雜誌的男子；還有身材中等的孩童穿著嘉年華會似的服裝，活像從畫家巴爾杜斯（Balthus）畫中走出來；有個男子長得很像沙特；還有許多名字對我來說毫無意義的人。我跟瓦爾及桑提拉納交談＋（免不了地）也跟布倫閒聊。這位於魯貝爾提耶街（Rue Le Peletier）的公寓讓人讚歎——所有牆壁被孩童和主人的藝術家朋友塗鴉＋速寫＋彩繪——深色的北非雕飾家具，成千上

萬本書，厚重的桌巾、花朵、畫作、玩具、水果──相當美的失序感。

2/20/58

對那 s'appele（名叫）【原文照登】海莉耶特‧戴姆樂的色情書刊作家的評論如下：「她是個雅痞，不會緊張兮兮。」

我的心躲開我，我必須出其不意以交談舉動從後面驚嚇它。

夜晚很糟。輾轉難眠，躺在那個唯一讓我渴望，卻始終無法突破，讓對方也渴望我的人身旁。並肩躺著，或者像湯匙頭腳並列，都得小心別碰觸！可怕糟透的 déjà été（似曾相識的夏日感覺），因為和菲利普初識的第一年我也曾強烈渴望他。

我最在意的是海芮葉特的肉體拒絕我，遠甚於其他。走到這一步，我願意接受她對我的任何態度，任何評斷──就算厭惡──也無所謂，只要我們之間有肉體的溫暖。若連這個也沒有，那繼續愛著她的我不就真的成了受虐狂？愛情的代價是什麼？我完全不喜歡自己陷入的角色，也不喜歡她這種輕佻虐人風格。這幾天有好幾次我差點抓著她肩膀猛搖，想甩她一巴掌──不是為了殲滅或唾棄她的存在（她推我、戳我的背後意義正是如此），而是要逼她正視我的存在，若需要帶著恨意也無所謂，逼她停止她這種身心分離的愚蠢生活。

*

「透過夜晚放下的百葉窗，我也沒法閉上雙眼，伸出雙手嗎？
　那些女孩也一樣，她們將白天變晚上，還有年輕人、毒癮

　　　　　　　　　　　　　　　　　　　　　重生

者、浪蕩子、醉漢、以及最可憐的人，痛苦恐懼地看著漫漫長夜的愛人。這些人都無法再過白天的生活……」

《夜森林》

*

2/21/58

昨晚（和保羅）去看了有點皮藍德婁風格的【德國戲劇大師布雷希特】（Brecht）的《高加索灰闌記》（*The Caucasian Chalk Circle*）：我喜歡其風格所呈現的效果——音樂（鼓、鈸鐃、笛子和吉他）以及粗獷的醒目動作；演員臉上那三分之二大的閃耀面具直蓋到上唇，因此誇大了嘴巴動作；傾斜的舞臺及隨意的布景道具（與京劇劇院一樣，演員親自將道具帶上舞臺），敘述者使用的技巧，Dédoublement（一分為二）和劇中劇的普遍魅力……

皮藍德婁、布雷希特、法國小說家尚‧惹內——這三人論述方式各異，卻都足當典範——都認為劇場是戲劇的主體。對動態畫家（Action Painters）來說，繪畫的主體是畫家的動作。將【皮藍德婁】的《今晚我們即興創作》（*Ce soir on improvise*）、【惹內的】《女僕》（*Les Bonnes*）、布雷希特的《高加索灰闌記》相互比較……對我來說，這就是布雷希特的趣味所在，雖然他的劇情故意呈現出庶民般的童稚簡風，而且他意圖教化觀眾關於這個世界、正義公理之類的。

惹內的新劇作，他正在修改的這齣，運用了銀幕——而且這戲也全與——銀幕有關。他讓劇中人物在銀幕上作畫，將東西放進銀幕裡，

重生

利用銀幕投射出隱藏的人物，同時又讓人物參與「實際的」行動。一種全新、視覺性的獨白劇……

銀幕＋面具，成了黑板。

我不喜歡教化式的劇作。不過我喜歡哲學性、好玩的劇。

心理劇？所要處理的議題更難。或許法國人不喜歡心理劇、心理小說，以及一般心理學──白種美國人和德國人所說的那種。

關於在劇中將心理洞識予以具體化的戲劇，參見劇作家亞陶（Artaud）的說法：「……因此，劇場必須創造出一種言語、動作和表達方式的形而上學，才能從心理和人性的原地踏步中解放。」

2/23/58

雀茲‧沃分斯坦──感覺那難以承受的巨大負擔卸下了。海芮葉特，我深愛的人──她好美，好美。她辦得到嗎？和我在這裡能稍微快樂一些嗎？……我們昨晚來到這裡，吃吃喝喝，隨著里察‧【維宏】（Ricardo【Vigón】）的唱片跳舞，晚上和義大利人（泰瑞、皮亞）到托洛斯噴泉餐廳，然後去涂爾濃【咖啡館】。在涂爾濃：海芮葉特呈現優雅的醉態，說話、大笑、在彈珠臺上打彈珠；那個以色列人瀚恩跟我調情；週二黑人和【此處空白】約會……

……我的企圖心──我的慰藉──在於了解世界。（對作家靈性的誤解？）現在我只想學著好好在世界裡活著。海芮葉特教我很多，而她那特別的毀滅性自覺和對他人的覺知更教導我這一點。從這點來看，

她的確有讓自己滿足的能力……

昨天——或者前天？——我想跟她談這些，不過如同往常，談不下去。她總是拿我的想法大做文章，總認為這是我的知識性格使然。她認為自己反知識。

「嘴巴飢餓，而非肚子飢餓……」

2/25/58

晚上閱讀、乖乖寫信，有種私密與平靜感。

瓊安‧夏特林下午來這裡。她來之前，我 Métro'd（搭地鐵）到美國運通取信。已經兩個星期沒拿信——到目前為止最久的一段時間。隨著我愈來愈懶得寫信給菲利普，我也愈來愈懶得（甚至厭惡）來拿取和閱讀他的來信。今天拿的這批信裡有個好消息：他應該會被柏克萊任用。顯然該是我下定決心的時候了，現在我不能再給自己找藉口——

想了很多關於菲利普的事——他的膽怯、善感、沒精打采、天真無知。有一種男人——處男型——我想在英國很多。他非常在乎家庭這個庇護所——自從我打破他和他父母之間的自憐與依賴魔咒後，他就很在乎大衛和我，幾乎不管其他人。他這種生活，這種性格，一旦被傷害就難以修復。菲利普是個容易受傷出血的人，身體和情緒上都是。他不會因為我的離開而悲傷死去，但永遠都無法康復。

*

為了防衛，就邀請、煽動別人攻擊。記住！！X可憐兮兮、深情款款地看著Y；而Y因自我怨恨的感覺升高而惱怒，這種感覺既被憎惡但也沒受到足夠關心；因此Y克制不住地對X殘酷。

虐待、敵意是愛情裡的主要成分。因此，要牢記的重點：愛是彼此敵意的交換。

教訓：別讓心臣服在別人不想要的地方。

魔羯座【蘇珊·桑塔格的星座】寧可選擇友誼，不願接受溫冷的戀情。這就是昨晚她在「塔堡」酒吧給我的禮物，對我咧出大笑臉……

魔羯座的人這兩種都不想要。不能接受這兩種，而且厭惡這兩種。

海芮葉特，這種原則如何適用？或許可以套在妳身上？但完全不適用於我。

*

親愛的海芮葉特，妳的不知足正是妳知足的天賦在妳身上以慰藉的方式展現出來。無法獲得想要的，就是不想要（或渴望）已有的，除非，有時候，等那東西被奪走。

2/26/58

……昨晚（和杰夫）在索邦大學聽西蒙·波娃談論小說（小說可以被談論嗎？）。她消瘦精實，一頭黑髮，以她年齡來說有這般外貌算是出色。不過她的聲音不怎麼悅耳，尖銳怪怪的＋緊張而加快速度。

傍晚閱讀卡森・麥克勒絲（Carson McCullers）的《金眼的反映》（*Reflections in a Golden Eye*）。靈巧、真是很簡約的「書寫」，不過我不會被書裡那種冷漠、緊張和對動物的移情所激勵……（我是指在小說中！）

2/27/58

今晚索邦大學的音樂會很棒——布蘭登堡協奏曲第六號，貝多芬小提琴協奏曲（喬治・泰斯爾），兩首莫札特的詠嘆調（《我的平靜全賴她》〔*Dalla sua pace*〕＋另一首）＋《加冕彌撒曲》（*Coronation Mass*）。

……「這段錯誤與危險的關係」對我來說，比對海芮葉特更錯、更危險。對我來說真真實實，而對她來說不過是她以四分之一心力來維繫，但也無法從中得到滿足的東西——這時，她也正哀嘆著她的艾琳。

讀艾瑪・顧德曼（Emma Goldman）的《活出我的生命》（*Living My Life*）……

3/1/58

和海芮葉特的關係降到低谷。週四晚上她的做愛方式是荒誕的粗暴羞辱——而昨天則是全然的冷漠疏離……我知道哪裡不對勁嗎？我應該問問自己一些問題。四點，我哭著逃進地鐵站——衝進電影院，《大飯店》（*Grand Hotel*），嘉寶和克勞馥（Crawford）主演；回「老海軍」和莫妮卡見面，瀚恩也在；到「高帝默思」吃晚餐，被梅子白蘭蒂灌

醉，沒聽見，真的聽不見；回到香榭大道看了另一齣電影，《*Témoin à charge*》【情婦】（*Witness for the Prosecution*）——仍聽不見，也無法專注；午夜和瀚恩＋莫妮卡進地鐵站，＋然後我丟臉地愚蠢地在協和廣場站衝出去，搭了計程車回到「老海軍」。我在想——我希望她在那裡吧，雖然明知她不會去……

3/24/58

別再讓這本日記只記錄著我和海芮葉特的戀情！形象之形象之形象……夠了——或者太多了——我對她的愛，光凝視她就讓我無比喜悅，久久做愛一次，然後……藉著記錄這些戀情當中的高低起伏，就某種意義來說，是竄改它們，我開始欺騙自己，以為這些全都是，或許是，真實的。遊戲玩夠了，或說這種嘗試夠了。想把分數加總起來，實在是錯誤之舉……

……我們處得來。當我們處得來，或者當她——或我們兩個——喝醉的時候。三個星期前的週日凌晨，她醉了，她＋我和寶拉＋傑瑞回來這裡，進房間，她打我的臉，抓傷我的背，咆哮說她恨我＋我讓她覺得很噁心。我哭泣，想反擊，但真的無法……接下來五天相安無事，我們又是一對戀人，自從十二月在維多的房間後，我們幾乎不像情侶了——然而到了週末，三月八日派對開始之前，蜜月期結束。我臉上的瘀青褪去，最後終於消失，而我們之間的情欲溫度，以及兩人原本就罕有的想像力連結也跟著不見。但隔天在瑪麗－皮耶的社交聚會上，它又再次燃起，隨後逐漸消失，永遠不再出現。

*

……昨晚在電影資料館看了令人讚歎的影片,史卓漢(Stroheim)的《愚妻》(*Foolish Wives*)。唐璜式的影片,帶有史卓漢美妙情色的面貌、陽剛式性感的華麗服裝造型,以及虐待式的風格。在美國的電影中不會承認淫穢這種題材——史卓漢是【D.W.】葛里費斯(Griffith)的助理!

4/15/58

在西班牙待了兩週(馬德里、塞維亞〔Seville〕、加的斯、丹吉爾〔Tangier〕)後,我自己回到巴黎……為什麼不繼續旅行下去?因為我知道同行的海芮葉特其實走的是自己的行程。真可笑,我們兩個待在旅館房間,在彼此面前提筆寫東西——創作的卻是我們私下的自我,彩繪的是我們私人的地獄——

事情比我想像得更好+更壞——我們既沒吵架,也不怎麼親密(唯一爭執是在塞維亞那可笑的一天。那天下午她和我做完愛後,我的臉色背叛了我,流露出我的絕望+被徹底排斥的感覺,結果她將我這種神色視為對她的拒絕)……我無法否定自己確實感受到她悶悶不樂,也無法拋開西班牙和西語是如何讓她想起艾琳。我們相敬如賓、冷漠如冰……

……塞維亞鬥牛,第一隻牛倒在沙地上,我的五臟六腑翻攪的感覺。週二在馬德里,波許(Bosch)的畫和佛朗明哥的音樂整夜在我腦海奔湧……還有塞維亞某個行進隊伍裡士兵頭上那頂具納粹風格的帽子。

我的左腳跟好痛,被我們離開這城市當天所買的新鞋磨傷了——聖赫

莫尼諾大道（Carrera San Jerónimo）上那間西班牙小菜酒吧——搭三等車廂的火車到塞維亞時經歷如惡夢般的旅程，和六個下流噁心的西班牙「vitelloni」（遊手好閒者）：「諾曼·梅勒」、「職員」、「克拉克·蓋博」、「肥朋友」、在另一側靠窗座位上的粗魯人「bota」（裝葡萄酒的皮袋）——週六下午在崔阿納橋等「paso」【西班牙復活節「聖週」（Holy Week）遊行隊伍中會用到的木製花車】——老覺得餓，我猜想這是因為我很焦慮，一直懷疑是否該來這趟旅行，急切＋難過＋享受，同時湧現——讓人煩擾的雜陳感受……

上週三下午在馬德里買了一雙運動鞋——遊行隊伍中瀰漫著香燭和爆米花的氣味。

加的斯是我見過的西班牙城市當中最美的——市中心非常乾淨又現代化，海邊堤岸旁又有貧窮的悲哀沉默美感。城市壯觀但廣場內斂，有許多狹窄的人行街道，處處可見孩童、水手、海洋和陽光。

——我們沿著海邊堤岸散步，赤腳的孩童一路跟隨我們。

——我們到加的斯第一晚，餐廳裡胖嘟嘟的年輕侍者想和海芮葉特約會。

——搭乘馬車回旅館。

在從加的斯開往阿爾赫西拉斯（Algeciras）的巴士上，海芮葉特告訴我艾琳＋她給彼此取的小名（「章章」〔Pup〕從西班牙語的「章魚」〔Pulpo〕而來的）——然後她對我＋她自己生氣，因為她洩漏了她們的親密關係。

在阿爾赫西拉斯的碼頭咖啡館吃 crevettes（蝦）……

海芮葉特覺得我很煩，因為我在船上過度雀躍地瞭望直布羅陀。

……在丹吉爾的一對女同性戀人——珊蒂，金髮，消瘦，一臉大學生模樣的「T」，瑪麗則是「婆」，大鼻子，大胸脯，葡萄牙人。

……海芮葉特在「Socco」（丹吉爾的大廣場）買了一只燙金的皮夾——我們在蘇丹王宮裡的咖啡館喝薄荷茶＋聽三個阿拉伯音樂家蹲在廣場中央的地上演奏。

塞維亞的氣味——香燭、爆米花、茉莉花和「churros」（西班牙油條）。

4/20/58

陳腐和支配——這是我在康乃迪克大學所寫下的字【幾年前蘇珊·桑塔格曾在那裡教書】，果然如此……

鑑賞力的貴族階層與智識的貴族階層。完全不喜歡這種概念，完全不想被當成一般庶民！

得有足夠的自尊來支撐我的感受。若我太敏感（譬如表現出能察覺海芮葉特的心情、明白她對我的真正看法），我就永遠不敢去擁抱她……

戀愛——一種難以遺忘對方獨特性的纖細敏銳感受。沒人像她，沒人跳舞像她，悲傷像她，口才便給像她，愚蠢和粗俗像她……

我受夠了芭芭拉的存在。我對海芮葉特的愛太過強烈，太過情欲渴望，以致於無法不怨恨——愈來愈怨恨——這三姊妹。在高挑女孩俱樂部演出的那三個。雖然是芭芭拉的存在讓海芮葉特分心＋或許讓她對我更加沒耐心。

4/26/58

生病、發燒，無法控制自己。愛戀是一種病。就在我以為自己重獲掌控權，逐漸康復之際，病情又冒出，一拳痛擊我腰際以下……我一直以為自己沒那麼愛海芮葉特的啊；當然，這段戀情腐蝕我，她還不斷攻擊我的自我感覺——我對食物的品味（記得那天在塞維亞，走在西爾皮斯街，就在我喝了杏仁茶後，她說我的「鑑賞力很粗俗」）、對藝術或人的看法，還有我在公眾場合的行為、我的性欲需求——她攻擊我的愛。我告訴自己，她這是利用敵意和粗鄙之語來摧殘我對她的愛，而我只需要任憑她這麼做，就能發現自己雖悲傷但自由了。然而，這並非那麼……

4/27/58

閱讀海明威的《春潮》（*Torrents of Spring*）；【俄小說家岡察洛夫（Ivan Goncharov）】的《奧伯洛默夫》（*Oblomov*）；【奧斯卡·王爾德（Oscar Wilde）】的《情自深處》（*De Profundis*），

> 「所有的試煉都是對人生命的審判，就像所有的刑期都是死
> 刑。」（王爾德）

5/31/58

我們坐在荷蘭人反閃米特族（閃米特族包括猶太人）的汽車裡，駛在「Autobahn」（德國那條著名無速限的高速公路）朝向慕尼黑，看見「Dachau, 7km」（距離達考集中營，七公里），我心中感慨萬千！

*

被動的活動，積極的被動。

海芮葉特是這麼看我的：「更確切來說，妳是對妳自己厭煩。妳不能把生命建立在情緒與情欲的觀光上。妳需要休假……」

觀光主要是一種被動的活動。把自己放入特定環境中——期待能因此雀躍興奮、愉快歡樂。你本身沒帶進任何東西到那情境中——情境本身就能充分地提供你這些東西。

觀光和乏味。

6/1/58

慕尼黑。

天空一團團雲朵。

頹墟詩歌。

廣闊、空蕩、柏油路面；奶油色的不知名建築物；肥頸碩臀的美國大兵坐在寬長的粉色汽車裡暗中梭巡。

有兩座乳型高塔的聖母院（Frauenkirche）。

6/25/58

【在這則日記旁邊附有蘇珊・桑塔格臥躺的素描自畫像。】

……別為了形狀——場景——去看抽象畫，因為透過畫，人能有所領悟。這是以文學而非塑膠的方式來看待畫作，不過這樣一來對於畫作就會所言有限或無話可言……

7/4/58

這兩種狀況有何不同？一個人清醒而世界瘋狂，以及一個人瘋狂而其他人清醒？

沒有不同。

他們的處境都一樣。瘋狂和清醒毫無二致，同樣都處於隔絕狀態中。

7/4/58

從德國回來後開始閱讀：義大利作家【艾伯托・】莫拉維亞（Alberto Moravia）的《正午幽靈》（*A Ghost at Noon*）＋福克納（Faulkner）的《聖殿》（*Sanctuary*）。重讀【葛楚・】史坦那令人稱奇的《美蘭莎》。

*

布雷希特戲劇之觀賞筆記：逼真的服裝、姿態、髮型和家具，讓人

驚歎，呈現出完美的現實主義（譬如在《恐懼與不幸》〔*Furcht und Elend*〕裡，年輕希特勒那場景中，母親的頭髮真的就是一九三五年代的髮型，而父親閱讀的《人民觀察家報》〔*Völkischer Beobachter*〕也是當天真正的納粹報紙）。不過現實主義是被建構出來的，涵蓋在某種更大的東西裡，就像演員在舞臺上那架高的臺子上演戲，舞臺上的小舞臺。

7/13/58

雅典。

所有人都有自己的謎。

每個男子隨著布祖基琴（bouzouki）音樂的跳舞方式，都傳達出自己身上的謎。他在對自己祈禱。他撫慰自己的謎，他神馳狂喜，經歷淨化過程。

舞者陶醉迷幻的眼神。他在均衡寧靜的邊際上嬉遊。他成了蟒蛇纏繞自己身軀。他成了鳥兒，雙手撲拍如翅。他成了動物四肢著地。

舞者拍打自己大腿或摔自己，持續控制自己的出神狀態。

一人起舞，其他人觀看。每支舞單獨進行。觀看者發出噓聲以驅趕不友善的靈。舞蹈結束後大家祝頌舞者身體健康；他們不鼓掌，因為這不是表演。

*

布祖基琴的歌者是個瘦小女人，頭大手短，聲音半巫半童，時而哀嘆，時而抗辯，時而狂喜，時而低鳴……

品嘗新城市就像品嘗新酒。

【以下這則日記寫在活頁紙中，只載明一九五八年】

不正當是最完美的情人。

偏執狂＋感受力之間的親近關係。

薩德【侯爵】（Marquis de Sade's）的「冷漠療法」。

紐約：所有的感官享受都會被轉化成情欲。

7/14/58

……和海芮葉特同居意味著徹底攻訐我自己的性格——我的鑑賞力、智慧、每一層面。而我的外貌所遭受到的不是批評而是憎恨。

但我認為，對我來說這是好的。我這麼想——不是因為這種批評來自於我深愛的人。這幾年和菲利普在一起讓我變得自滿，我愈來愈習於他那貧乏的奉承，對自己不再嚴厲，把自己的缺陷當成可愛的特質，因為這些缺點都為他所愛。然而，那些都是真的——海芮葉特加諸於我的批評——我對他人和他人的所思所想都不夠犀利，雖然我很確定自己心中具有移情與直覺力。我的感覺變遲鈍，尤其嗅覺。或許這是必要的，將感覺往內壓抑，駑鈍我的感受和敏銳度。否則，我就無法活下去。為了保持清醒，我變得有點麻木。而現在我必須冒著清醒的

風險，重拾我的神經感覺。

再者，我從菲利普那裡學到許多貧瘠枯乏的習慣。我學會優柔寡斷，學會嘮叨囉唆，重複述說同一個觀察或想法（他不聽我說話，所以若沒反覆叨唸，我的話就不被聽見，若沒讓他覺得對他具拘束力，他就不會同意）。菲利普對周圍旁人的想法、感覺（想起了六年前在布蘭迪斯大學訪問【教授法蘭克・】曼紐爾的失敗經驗），以及旁人心裡掛念的事情極為遲鈍。跟他在一起，我也變得較沒感覺——雖然在派對、訪談和會議之後，回到車裡時，我都會跟他來場「驗屍」討論，教他如何警覺一些。

而且，菲利普也說服我接受他對愛情的觀念——一個人可以擁有另一個人，所以我可以是他性格的延伸，而他也是我的一部分，至於兒子大衛則是我們兩個共同的延伸。愛，吸附吞沒另一個人，割斷個人意志的韌腱。愛，是自我的祭品。

*

我的舉止呆滯無生氣，譬如我梳髮的樣子，走路的姿勢。海芮葉特說得沒錯，雖然她沒權利憎恨我這種姿勢。

*

記住。我的無知不【在日記中，「不」字底下畫了兩條線】迷人。

最好懂一些花朵的名字，不要裝出小女孩無辜的模樣承認自己對大自然事物一無所知。

最好有點方向感，別老說自己有多常迷路。

這些坦承加總起來很傲人，但我根本沒什麼好誇口。

最好有知識，不要如此無知。我不再是小女孩了。

果決、固執勝於有禮、順從、屈服於他人的選擇。

當自己被欺騙，被占便宜（少耽溺於這種樂趣）時，要承認自己的錯誤。或許別人會同情，但事實上他們多少鄙夷你。懦弱會傳染，強壯的人理所當然排斥弱者。

*

菲利普寄給我的信裡充滿著怨恨、絕望和自以為是。他數算我的罪孽、我的愚行、我的蠢事、我的任性。他告訴我大衛很可憐，孤單哭泣——都是我讓他受苦。

我絕不原諒他對大衛的折磨，這些年來他裝模作樣，就為了讓我的寶貝受到比他所該受的更多苦。我不會因此心懷愧疚，我很確信我帶給大衛的傷痛不至於太嚴重。寶貝，我心愛的寶貝，原諒我！我會好好彌補你，會把你帶在我身邊，讓你過得快樂——以正確的方式對待你，不會占有你，或讓你恐懼，或者要你依照我的方式活著。

菲利普真卑鄙，我們之間會戰到死——為了大衛。我現在接受這個事實了，我不會心軟屈服，不是他死就是我活。

他的信是痛苦與自憐的哀號。基本的懇求其實是一種威脅，就跟他那

猶太老母親（他母親和馬丁【馬丁是菲利普．瑞夫的弟弟】）對操控的兒子或女兒所提出的威脅相同。你們若離開我，或者娶那個非猶太女【馬丁．瑞夫娶了天主教女孩】──我一定會心臟病發作，要不，我自己死給你們看。菲利普寫道：「妳不是妳，妳是我們⋯⋯」後面附上他可憐的身體狀況──哭泣、失眠、結腸炎。「我應該活不到四十歲。」

確實如此！但我若回到他身邊，我就不是我。他不可能把問題釐清的。我們的婚姻根本是一連串輪流自我犧牲的過程，他為我犧牲，我為他犧牲，我們兩個為大衛犧牲。我們的婚姻，這樣的婚姻，是「客觀的、正確的、自然的、必然的」家庭制度。

7/16/58

希臘的德爾菲城（Delphi）

壯麗山巒、驚險懸崖，一片汪洋慵懶躺臥在如巨缽的山谷底。松樹氣味瀰漫、兩側的灰色大理石柱宛若巨大原木──半掩在地面裡，蟬聲喧騰，猴子嘶鳴又哀啼（假裝很痛苦），聲聲迴盪在峭壁間，黑髭男人，炙熱烈陽，山腰梯田種植的橄欖樹閃爍銀綠波光，還有老婦的微笑──

我想，體會過這種美好，我可以不需要海芮葉特了⋯⋯

7/17/58

雅典

雅典是故事的絕佳場景——關於外國人、關於旅行的故事。因為這裡有許多鮮明迷人的道具。

如美國女皇般壯碩肥嘟的雅典父女，街道因建築工程遍布而漫天塵埃飛舞。夜晚在小酒館的庭院裡聆聽布祖基琴樂團，品嘗濃厚的優格和切片番茄、綠色小豆子，品飲松香酒。街道上奔馳著凱迪拉克大計程車，行走或坐在公園的中年男子手捻琥珀色念珠，烤玉米的小販坐在街角的炭盆旁。希臘水手穿著緊身白褲，佩戴寬大的黑肩帶。從衛城（Acropolis）見到草莓般的夕陽紅暈緩緩沉入雅典的山丘後方。街坊老人坐在階梯上，打量你之後跟你乞錢——

【以下未載明日期，不過很確定是一九五八年七月，蘇珊・桑塔格和海芮葉特到希臘遊玩期間所寫】

在我們婚姻的曲目中，沒留太多自由的情緒表現——向來只有不滿＋依賴的狹窄圈圈

1959

【以下未載明日期，但幾乎可確定是一九五九年初】

醜陋的紐約，不過我真的喜歡這裡，甚至喜歡《評論》（*Commentary*）雜誌社【蘇珊・桑塔格曾在《評論》雜誌當編輯，撰寫文章或評論稿】。在紐約，所有的感官享受都會被轉化成情欲——在這裡的感覺沒有回應對象，沒有美麗河川、美麗房屋和美麗的人，只有街道上的可怕臭味和骯髒……除了吃，和床上的狂野行徑。

*

融入這城市 vs. 讓這城市更能提供解答來回答我的自我。

4/3/59

閱讀《罪與罰》（*Crime and Punishment*）及英國詩人威廉・布雷克（William Blake）的長詩《彌爾頓》（*Milton*）。想讀法國超現實主義詩

人阿波里奈爾（Guillaume Apollinaire）的詩。

【以下日記未載明日期，應該是一九五九年春天所寫，主要提到《評論》雜誌的第一任編輯艾略特・科恩（*Elliot Cohen*）。蘇珊・桑塔格一月回紐約後就在這裡工作。科恩去世之前開始發瘋，那時蘇珊・桑塔格還在雜誌社工作。】

艾略特・科恩——

> 他整個人生都被強烈的操控欲所主宰，對於任何事情都是從權力的角度來看。「艾略特有主見愛論斷。他懂人，他喜歡周旋在正直者身邊，為了利用他們。」【這句話來源不明，很可能是蘇珊・桑塔格在《評論》雜誌的同事馬丁・格林博格所言。】

「我們體衰的釣魚大王」

妻子在西奈山工作；有個兒子湯姆在電視臺

西城八十五街東側一號

五〇年代他反共產主義，三〇年代卻支持共產主義

出生於阿拉巴馬州的莫比（Mobile）

發掘出【文評家萊諾・】崔凌

鮑柏・瓦沙【作家，雜誌社的影評人】在艾略特的臨終病榻前當著馬丁【・格林博格？】的面數落他，顯然很恨他

＊

豐盈充沛就是美（布雷克）

4/12/59

我狀況很不好。決定在日記裡寫出來；我寫得好慢，不過從筆跡來看，似乎還好。和馬丁·格林博格喝了兩杯伏特加，覺得頭好沉重，菸抽起來好苦。湯尼和那個有張酸乳臉的小伙子（【社會批評家】麥可·哈靈頓）正在討論「斯比」智力量表（Stanford-Binet Intelligent Scale）。德國劇作家克萊斯特（Heinrich von Kleist）很棒。尼采啊，尼采

6/12/59

好的性高潮 vs. 不好的。

性高潮有各種尺寸：大、中、小。

女人的性高潮比男人深沉。「這點人盡皆知。」【原來的札記沒有引號。】有些男人從未有高潮；他們只是麻木地射精。

操 vs. 被操。更深沉——更讓人銷魂——的經驗來自於被操。同樣的道理可運用於在上面 vs. 在下面。好幾年來艾琳若在下面就不能有高潮，因為（？）她不能接受完全放手，讓自己單純「獲得」。

「完全陽剛」的「T」絕不允許她的伴侶主動碰觸她。

【以下未載明日期，不過幾乎可確定是一九五九年夏初所寫】

羅馬軍隊的單位

　　百人團（Century）──一百人

　　中隊（Maniple）──兩百人

　　大隊（Cohort）──六百人

　　軍團（Legion）──六個大隊（六千人）

*

「我是傷口也是刀刃！……是死囚又是劊子手。」

──波特萊爾（Baudelaire）

「我在荒野中揮舞著虛無的手勢。」

──阿波里奈爾

「家這個觀念──『家，甜蜜的家』──應該像街道這種觀念，
一起被摧毀。」

──荷蘭畫家蒙德里安（Piet Mondrian）

「世人被詛咒而相互虧欠……我要像空氣一樣自由：沉浸在全
世界的書籍中。」

──法國導演梅爾維爾（Melville）

【以下未載明日期，不過也幾乎可確定是一九五九年夏初所寫】

我的企圖心被壓抑窒息，造成這些結果：

(A) 相信男人能獲得許可，女人不能，【因此導致】女人對男人的恐懼；柔弱、纖細、哭泣的女人

(B) 可以對肉體的攻擊生氣，因為我母親在肉體上是柔弱的（這與她無關——au contraire〔相反〕！）

穿褲子（看起來懶散）就跟小孩沒兩樣，沒有成人的樣子（＋男人的樣子）

還小時我沒什麼力氣——但現在更脆弱，更易成為受害者

【以下未載明日期，不過幾乎可確定是一九五九年秋天所寫】

猶太人的希伯來文：haf（湯匙），Mash heh（飲料）——名詞，yada（經歷——性欲的）——動詞，例如：交媾

西元一二一五年的羅馬教會「拉特蘭大公會議」（Lateran Council）制定反閃米族的措施

被逐出英國—— 西元一二九〇年

聖經詩篇的作者有「懷恨者」（同伴；一起祈禱者；不只是朋友），詩篇第一一九篇第六十三節。

該年是一五一九年【原文照登】（一九五八至一九五九年）

Rosh Ha-Shanah（猶太新年，吹角節）
Yom Kippur（猶太教的贖罪日，信徒須於此日禁食並懺悔祈禱）

Hanukkah（猶太人的光明節，又稱修殿節，歷時八天）

Purim（普珥節，當天會刻意化妝慶祝）

Pesach（逾越節）

美國前總統羅斯福（Teddy Roosevelt）強烈熱愛閃米族；這就是為什麼德國猶太人都是共和黨員。

華沙貧民窟——一九四三年四月十九日（逾越節）

對今天在美國受過教育的猶太人來說，選擇信仰猶太教的前提是拒絕基督教

猶太教的影響烙印在我的個性、品味、知識信念，以及我的人格氣質

繼續努力正當化自己的猶太人身分

十九世紀，猶太人從伊拉克的巴格達、摩索爾（Mosul）＋巴斯拉（Basra）移居到印度

希伯來先知瑪拉基（Malachi）強烈抨擊一夫多妻制

「Histadrut」——以色列總工會

衣索比亞已經取代伊拉克成為以色列最主要的肉品供應國

以色列有五所大專院校

1. 位於耶路撒冷的希伯來大學（Hebrew U.）
2. 位於海法（Haifa）的科技理工學院（Technion）

3. 位於伯奈巴瑞克（Bnei Brak）的巴依蘭大學（Bar-Ilan U.）

4. 特拉維夫市民大學（Tel Aviv Municipal U.）

5. 雷霍沃特（Rehovot）的魏茲曼科學研究院（Weizmann Institute of Science）

Aliyah ＝猶太人向以色列移居

六芒星稱為「大衛之星」（Magen David）──保護大衛王的星星

拉迪諾語（Ladino）對今日西班牙語的意義！

*

研究──

大衛・可羅斯福吉爾（David I. Grossvogel）的《當代法國戲劇裡的自覺性舞臺》（*The Self-Conscious Stage in Modern French Drama*；哥倫比亞大學出版，一九五八年）、劇作家阿德莫夫（Adamov）、尤涅斯科（Ionesco）、阿波里奈爾等。

小說──

約翰・巴斯（John Barth）《路的盡頭》（*The End of the Road*；Doubleday 出版，一九五八年）

史丹利・波恩（Stanley Berne）的「正文與大洲」（Bodies + Continents），收錄在《新敘述之首書》（*A First Book of the Neo-Narrative*，一九五九年出版）

*

哈洛德·羅森伯格（Harold Rosenberg）的《新的傳統》（*The Tradition of the New*；Horizon Press 出版，一九五九年出版）

*

文學經紀人（紐約市）

麥克林朵（J. F. McCrindle）

約翰·蕭福納（John Shaffner）

湯尼·史特勞斯曼（Toni Strassman；詹姆士·普迪爾〔James Purdy〕）

坎帝達·多納迪歐（Candida Donadio；阿佛烈得【·雀斯特〔Alfred *Chester*〕·一九二八——九七一年，美國實驗科幻小說作家，著有《精美屍體》〔*The Exquisite Corpse*〕，蘇珊·桑塔格透過艾琳·佛妮絲認識他】）

【未載詳盡日期，也可確定是一九五九年秋天所寫】

莎岡（Françoise Sagan）的世界——一群巴黎人，其中多數與藝術有關，他們形成一個醉心情欲，不在乎是否能天長地久的圈子。

【以下數則日記未載詳盡日期，不過幾可確定這個札記本裡的日記多半是一九五九年秋天所寫。】

德國建築大師密斯‧凡‧德羅（Mies van der Rohe）：「少即是多。」

珍‧奧斯汀（Jane Austen）：「我寫的是與愛情＋金錢有關的東西。除此之外，有何好寫？」

卡夫卡：「從前方某個點開始，不再有回頭路。這就是我要抵達的那一點。」

*

尤涅斯科的反英國主義——將《禿頭女高音》（*The Bald Soprano*）當成美國郊區的客廳生活來演出，毫無意義可言。

*

《紐約客》【雜誌】的風格：

> 中上流階級的措詞飾以口語用詞，給人一種荒謬扭曲的紳士味——業餘的才智——這種風格無法傳達觀念或提供深刻感覺。

我母親放棄她原本的喜好以改善行為舉止。

【未載明日期，應是一九五九年秋】

自覺的結果：觀眾與演員皆屬同一。我要讓我的生活過得像奇觀，像給我自己的啟發。我過著我的生活，但沒有活在裡頭。在人際關係中所潛藏的直覺……

一九五九年九月【除月分外，未載詳盡日期】

1. 態度立場要一致。
2. 不要在別人面前談論他（例如說有關他的好笑事情）。
   （別讓他有自覺。）
3. 別針對那些我不會永遠認為是好的事情而讚賞他。
4. 別為一些他被允許做的事情而嚴厲斥責他。
5. 每天作息：吃飯、寫功課、洗澡、刷牙、進房、說故事、
   上床睡覺。
6. 周圍有其他人時，別允許他獨占我。
7. 經常說他爸爸的好話（說到他時不擺臉色、不嘆氣、不露
   出不耐煩等神色）。
8. 別扼殺他稚氣的幻想。
9. 讓他知道有個與他無關的大人世界。
10. 別假定我不喜歡做的事（譬如洗澡、洗頭），他也不喜
    歡。

一九五九年九月【除月分外，未載詳盡日期】

我不虔信（pious）但會滔滔不絕（co-pious）

11/19/59

性高潮改變了我的生活。我解放了，不過這麼說不夠精確。更重要的
是：這種高潮的經驗窄化了我，關閉無垠的可能性，讓我手中的選擇
更清晰明確。我不再是無邊無際的茫然，換句話說我不再是什麼都不

是。

情欲是範例。以前,我的情欲是水平的,是一條無盡延伸的直線,可以被無限地切斷細分。而現在它是垂直的;可以往上超越,要不就一無所有。

*

性高潮讓我整個心思聚焦,我開始渴望寫作。性高潮的體會不是救贖,更重要的是自我的誕生。我無法書寫,直到找著自我。【我】唯一想成為的作家,是那種暴露自己……寫作就是消耗自己、賭上自己,但到現在我甚至還不喜歡我自己的名字念起來的感覺。要書寫,我就得喜歡自己的名字,因為作家要和自己談戀愛……在與自己的相遇及狂熱相戀中寫出他的作品。

11/20/59

我對任何人從未像對自己這麼苛求。我嫉妒和她相見的每個人,她離開我的每分鐘,我都承受苦痛。若我主動離開她,知道她仍在那裡,就不會痛苦。我的愛想與她徹底融合,想吞噬她,我的愛很自私。

印度神話:
四種基本概念 // 體現於四個「人」

　　創造神——梵天(Brahma)

　　保護神——毘濕奴(Vishnu)

　　破壞神——濕婆神(Siva)

重建神——黑天（Krishna）

英國詩人雪萊（Shelley）追隨約翰·法蘭克·紐頓（John Frank Newton〔雪萊於一八一二年認識他〕）將柏拉圖詮釋為古希臘奧菲教式（Orphic）的詩人，在其對話錄中呈現出奧菲教式的救贖圖像（新柏拉圖主義者對柏拉圖所進行的神祕詮釋）

雪萊在其著作《普羅米修斯之解放》（*Prometheus Unbound*）當中，讓魔王（Demogorgon）說出這麼一句話：「深刻的真相是無相的。」詩本身是「絢爛繽紛的玻璃穹頂」，其「玷汙了永恆光芒」。

參見英國作家皮考克（【Thomas Love】Peacock），《雪萊回憶錄》

奧菲教式的飲食之道（畢達歌拉斯〔Pythagoras〕，亦如是）：絕不碰動物皮肉（淨化）

奧菲教來自印度教嗎？？

參見雪萊在〈詩之答辯〉（A Defence of Poetry）中對柏拉圖的詩觀點的評論（此文乃為了回應皮考克在〈詩的四個世紀〉（【The】Four Ages of Poetry）中對於詩的模仿攻訐）

*

德國思想家喬治·克里斯多夫·李希登堡（Georg Christoph Lichtenberg），《Gedenkbuch》：「國家精進，其神祇也精進。」

*

康德：倫理道德＝法律

＊

「年幼」不等於「乳臭未乾」

「為人所知」不等於「發生過」

＊

「書寫就是存在，就是成為自己。」（法國作家古爾蒙〔Remy de Gourmont〕）

12/21/59

今晚，她【艾琳・佛妮絲】下班後去「聖羅密歐」咖啡館和依娜姿見面，安・莫里賽特【記者與劇作家】也在那裡。然後，她去了西達酒吧，晚上十二點才回到家；那時我已睡著……她上床，告訴我今晚和他們談了些什麼，兩點要我把燈熄掉，然後上床睡覺。我動彈不得，沉默無言，淚水湧現。我起身抽菸，她睡得安穩。

12/24/59

賈可柏・【陶伯斯】，昨晚打電話來談起上週三和馬庫色的談話。

我有敵人——菲利普。

我渴望【蘇珊・桑塔格一開始寫的是「需要」，但隨後刪除】書寫，

這種渴望與我的同性戀有關。我需要有個認同的身分當武器，來反擊社會對我的敵視。

此舉無法正當化我的同性戀傾向，不過的確能帶給我 —— 讓我感覺到 ——擁有特許的感覺。

我才剛意識到我對自己的「酷兒」（queer，同性戀）身分有多大的罪惡感。和海芮葉特在一起時，我以為這種身分不會困擾我，但我是在欺騙自己。我讓其他人（例如安娜特・米雀爾森）相信全是因為海芮葉特，是她把我帶壞的，只要離開她，我就不會是酷兒，或者至少不會讓同性戀成為我主要的性欲傾向。

我把恐懼和罪惡感歸咎到菲利普身上，因為他把我的同志身分向全世界公開，為了贏得明年夏天另一場監護權爭奪戰。然而，或許他只會弄巧成拙。既然如此，我為什麼要繼續欺騙賈可柏【・陶伯斯】呢？

成為酷兒讓我覺得自己更脆弱，讓我更想躲避，變成隱形人——不過反正我本來就經常有這種感覺。

12/28/59

……直到現在我都覺得唯一能讓我深刻認識或者真正深愛的人，是我可悲自我的複製品或類似品（我的智識與性欲感覺經常亂倫）。現在我認識＋愛上了某個不像我——譬如不是猶太人，沒有紐約類型的知識背景）的人——卻未因此得不到親密感。我總是意識到我【是】外來陌生身分，感覺與別人缺乏共通背景——這讓我大鬆一口氣。

1960

【一九六〇年一月（除月分外，未載詳盡日期）】

Cogito ergo est（我思，某些人事物才存在）

1/3/60

俄國作家高爾基（Gorky）的《托爾斯泰、契訶夫和安得列夫之回憶錄》（*Reminiscences of Tolstoy, Chekhov, and Andreyev*）：

> 「尼采在某處說過：『所有作家都是某種道德的僕人。』但劇作家史特林堡（Strindberg）不是道德奴僕。我是奴僕＋我服侍我不相信也不敬重的夫人。我認識過她嗎？或許從未認識。由此可見重點為何。契訶夫啊（Chekhov, Anton Pavlovich）對我來說，這實在悲哀＋沮喪。既然你在這方面也不愉快，那我就不跟你討論我沉重的精神束縛了吧。」

1/11/60

我在負面的感覺之上覆蓋一層正面感覺……

柯爾治（Coleridge）是一個探討「吾—汝」（I-Thou）關係的哲學家……

……頌揚她乳房的八行詩

法國小說家斯丹達爾（Stendhal）論社會行為或藝術（？）：「創造出一種效果，然後迅速離開。」

我喜歡他，我希望自己可以愛上他（或者：我根本不喜歡他，但希望自己曾愛過他）。所以我給他這種感覺——我的意思是，我將這當成禮物，想藉此打發他走——不過現在他深信我真的愛他。他把我給他的那張芭樂票拿去兌現，結果跳票。

我只是想表現友善，不料現在卻讓自己成了詐欺犯，還覺得自己被他利用，受他壓迫。

開口告訴他這支票有問題，請將它丟棄，實在是很可恥的事情。（我以為他不會拿去兌現！）

他打電話來要我付錢，我將鐵幕重重拉下：不回電話，不拆信，橫越街道避免和他碰面。

*

艾琳：妳知道為什麼妳覺得活下來那麼難嗎？因為妳沒有汽

油卻硬要行駛。

　她你：怎麼說？誠實是汽油嗎？

　艾琳：不，誠實只是汽油的味道。

＊

艾琳的形象：我披的那張尼龍皮必須花許多時間＋力氣來修補，而且也不合身，不過，我就是害怕把這層皮剝掉，因為我覺得底下的真皮會無法承受。

我害怕，我如此說。我害怕拿掉蓋子會讓我的生活改變，讓我放棄。我說，我不想知道我真正的想法，如果這想法代表我要「放棄教書，將大衛送去孤兒院，讓艾琳去白馬。」然而艾琳回答：「真的，什麼都無所謂。」我開始哭泣。

「寧可傷害別人，也別讓自己不完整。」

信任我的肌膚。

＊

我母親對女兒的影響：

A.「對我撒謊，因為我很脆弱」──她這種說法讓我們以為誠實等於殘酷。去年八月妹妹茱蒂斯開始叛逆而且崩潰，就是（再次！）因為這一點＋我責罵茱蒂斯怎麼會在他們兩人面前對媽媽那麼誠實，＋媽媽說：「沒錯。」

重生　　　　　　　　　　　　　　　　　　　　　　　270

B. 她無力承受痛苦：接受壞消息，從腳上拔出圖釘——這些應該去做的事情。她只會打電話給我小時候的保母蘿絲，＋躲進另一個房間直到事情結束。

「進另一個房間」：

> ——我下樓【這是指蘇珊·桑塔格和菲利普·瑞夫在麻薩諸塞州劍橋市夏恩西街二十九號的那間屋子】，到大衛＋蘿絲的房間，躺下來，蓋住耳朵，這時菲利普在跟醫生討論以兔子來檢測是否懷孕的驗孕法的結果（一九五四年夏天）。

> ——週六晚上我帶大衛到湯普森街，讓艾琳打電話給海芮葉特（＋她拿起電話時，我走到前面房間）。

不管我說了什麼，我的生活、我的舉動都顯示出我不愛真相，我不想要真相。

＊

賈可柏【·陶伯斯】：猶太教神學家舒勒姆（【Gershom】Scholem）的偉大著作就是他對猶太教神祕律典（Lurianic caballa）的研究。他認為這部律典是對西班牙大災難的回應，是對放逐、流放的概念進行神學上的角力。

沒有所謂意識到當代偉大事件這種事情——不論在神學或文學中——可沒人付錢給六百萬人，要他們來了解以色列這個國家。在這個國家建國時也沒人來了解他們——所以以色列政治家本·古里安（Ben-

Gurion）才能玩弄他的政治把戲。

＊

艾琳說海芮葉特齷齪的地方在於她不誠實；那種行徑很下流。誠實意味著永遠誠實，而非只有能負擔誠實代價時才誠實。海芮葉特在表達她不悅的感覺時很直接，但她並不誠實。

1/13/60

……我可能得花五年才能明白為什麼我不喜歡接電話……

……我必須從好多層面來探討自己的電話心結……當代語言，自我分析的成熟詞彙，幫助我持續活在自我的表象中。我可以說是因為我害羞、緊張、或者對電話所代表的隱私之侵犯過於敏感。（這是那天在海倫·林德家，我在喝酒乾杯之際提出這問題時，沃夫·史匹澤所說的理論。）──我拒絕接受這種說法，甚至認為與「心理」有關的看法都不值得考慮，譬如這導因於「我兩歲的時候我媽媽要我用電話」、「黑色的電話有性象徵的意涵」等。

＊

閱讀殉道士游斯丁（Justin Martyr）和猶太教拉比特里弗（Trypho）在以弗所城那段著名的對話──時間是西元二世紀（基督教 vs. 猶太教）

重新閱讀《安娜卡列尼娜》（*Anna Karenina*）

西元前幾世紀，有些希臘神殿被當成隱居所，任何情緒波擾不定的人

都可以在那裡的平靜＋安寧氛圍中獲得復原（「環境療法」）

1/14/60

我今天（事實上是昨天，因為現在是凌晨一點了）對康德有超越性的看法。學期末幾堂讓人讚歎的課：我對這十幾個孩子起了無比的溫柔心──

1. 康德的起點正確，他將衝突或遲疑的情況視為道德情境的典範，尤其是性格傾向＋責任感之間的衝突。
   跟亞理斯多德相較之下，康德說到重點。亞理斯多德給我們道德哲學，告訴我們好人應該要有哪些特性，以及應該表現出哪一範圍內的行為（他所想的是行為的類型範圍，而非個人的具體決定）。

2. 因此，範疇性的命令是無效的。

3. 要治療，就要讓生命變得整體。

1/21/60

除非說話，否則我幾乎無法思考，難怪我的話這麼多。

難怪我無法寫作。

*

阿佛烈得‧【雀斯特】說我非常不圓滑──但這不代表我不仁慈，想

傷害別人。事實上，我覺得要表現出刻薄姿態——故意傷害別人——還真難（這是一種 X 的心態）。相反地，我是個很遲鈍、太不敏感的人。海芮葉特這麼說過，茱蒂斯這麼說過，現在連阿佛烈得都如此說。但艾琳沒這麼說，因為她不知道我有多遲鈍，她以為我清楚自己在做什麼，只是不知道自己很殘酷。

X：受到約束，被他人強迫。不過妳不會釋放自己，因為妳想要別人來釋放妳。因此長期關係當中懷有 X 心態的人事實上具有惡意，雖然乍看之下溫暖＋愉快。

一夜情當中，或者在電話裡的 X 心態：無法說出「不」。

X 心態與羞愧感有關。X＝強迫自己成為別人要的樣子。

＊

對我來說，靈感本身是以焦慮的方式呈現。

【在接下來的空白數頁底下塞著一張殘破的紙張，上面寫著：】布雷克：生活＋「在我們欲望床褥上的一點肉體帷幕」。

【未載詳細日期，極有可能是一九六〇年一月末】

要買

　　艾倫（J. W. Allen），《十六世紀政治思想史》（【A】*History of Political Thought in the 16th Century*；Methuen 出版，第三版，一九五一年）

克拉克（G. N. Clark），《十七世紀》（*The Seventeenth Century*；O.U.P 出版，一九三一年）

崔弗林（G. M. Trevelyan），《布倫亨：安妮女王底下的英國》（*Blenheim: England under Queen Anne*；Longmans 出版，一九三一年）

提里亞德（E. M. Tillyard），《依莉莎白的世界圖像》（*The Elizabethan World Picture*；Chatto 出版，一九四八年）

福勒（W. W. Fowler），《羅馬人的宗教經驗》（*The Religious Experience of the Roman People*；一九一一年）

鄧尼斯・德・魯日蒙（Denis de Rougemont），《熱情與社會》（*Passion and Society*）【這本書在清單中被刪除，可能是買了之後劃掉的。】

布里佛特（R. Briffault），《母親》（*The Mother*s）

喀爾文（Calvin），《基督教要義》（*Institutes*【*of the Christian Religion*】；兩冊）

懷特（A. D. White），《基督教世界科學與神學論戰史》（【*A*】*History of the Warfare of Science with Theology in Christendom*；兩冊，一八九六年）

慕瑞（M. Murray），《西歐的巫教》（*The Witch-Cult in Western Europe*）

馬林諾斯基（B. Malinowski），《蠻族社會的性與壓抑》（*Sex and Repression in Savage Society*）

威斯特瑪克（Westermarck），《道德理念的起源與發展》（*The Origin + Development of Moral Ideas*；兩冊）

霍普豪斯（Hobhouse），《演化中的道德》（*Morals in Evolution*）

虞格仁（Anders Nygren），《歷代基督教愛觀的研究》（*Agape and Eros*）

卡爾‧巴斯（Karl Barth），《教會教義學》（*Church Dogmatics*；三冊）

韋伯（Max Weber），《古代猶太教》（*Ancient Judaism*；自行出版）【這本書在清單中被刪除，可能是買了之後劃掉的。】

洛威索（M. Lowenthal），《德國的猶太人》（*The Jews of Germany*；一九三六年）

西奧多‧加斯特（Theodor Gaster），《賽士比斯：古代近東的儀式、迷思與戲劇》（*Thespis: Ritual, Myth, + Drama in the Ancient Near East*）

馬格立斯與馬克思（Margolis and Marx），《猶太人的歷史》（*A History of the Jewish People*）

格斯與米爾斯（Gerth and Mills），《韋伯文選》（*From Max Weber*）【這本書在清單中被刪除，可能是買了之後劃掉。】

舒勒姆（Scholem），《猶太教的神祕主義》（*Jewish Mysticism*）【這本書也被劃掉】

史懷哲（Schweitzer），《歷史耶穌的探索》（*The Quest of the Historical Jesus*）

【這則日記未載詳細日期，極有可能是一九六〇年一月末】

美國精神：即時更新的，善於預測輿論變化，創立

俚語：爆笑（cracking up）、狂熱激動（flipping）

【未載詳細日期，極有可能是一九六〇年一月末】

她希望我不存在。昨天她告訴我，對她而言，我代表拉丁文、陌生、好品味、性欲經驗、未受教育的知識（——這麼說不正確，根據字典，教育是性格＋心智力量及系統化教導的過程）。

今天，我強迫她稍微揭開這些事情底下那股力量的滾珠承軸，她卻把我推開。我打電話給她＋她過來＋開始和我做愛。是我想要的，但我要怎麼欺騙自己說她也想要——我辦不到。艾琳自己解釋，她從來都不想要。證據，性高潮。難道她不知道這不是她給我的嗎？是我從她身上拔過來的嗎？我就是這樣欺瞞自己，用她以前從未給過我的當證據。她以前從未給過我，＋她從未給我過。是我自己得到的，直到她開始想盡辦法阻止我得到。這決定和她與海芮葉特的分手有關，純粹

是出於巧合嗎？這不正是她和我初次面對面＋對我的存在、我的入侵感到狂怒的時候嗎？

【未載詳細日期，極有可能是一九六〇年一月末】

> 預期敘述法（prolepsis）──預料
> 殺嬰（prolicide）──殺害子孫，尤其是出生之前或即將臨盆的
> 出生後（after birth〔拉丁字的 proles──後裔〕）
> 冗長（prolix）──冗長、嘮叨、厭煩
> 勤勉（sedulous）──辛勤、堅持、一絲不苟、不辭辛勞
> 反叛（不成功）vs. 革命（成功）

＊

英國歷史學術期刊《過去與現在》（*Past + Present*），第十五期（一九五九年四月）：諾曼·本鮑姆（Norman Birnbaum），〈蘇黎世之斯文利教徒的改革〉（The Zwinglian Reformation in Zurich）

＊

神話的／史詩的

＊

讀布許（Bush），《科學與英詩》（*Science +*【*English*】*Poetry*）、華茲華斯（Wordsworth）的《行旅》（【*The*】*Excursion*），第四冊，將希臘的多神教與自然宗教相關聯。

英國一八八〇年的科幻小說《平面國度》（*Flatland*），作者艾柏特（E. A. Abbott；Dover 出版）

＊

里昂，德國占領期間，法國反抗組織（French Resistance）的首都。

＊

年輕時畫家弗拉曼克（Vlaminck）是位專業的單車競賽選手。

＊

一九一九年──《猶太人》雜誌（*Der Jude*）九月號（該期編輯馬丁‧布柏〔Martin Buber〕）：大衛‧包姆嘉德（David Baumgardt）寫了一篇談論猶太教贖罪日（Yom Kippur）的文章。

＊

史登（J. P. Stern），《里契騰柏格》（*Lichtenberg*；印第安那大學出版）

阿多諾（T. W. Adorno），《黑格爾之哲學面面觀》（*Aspekte der Hegelschen Philosophie*；Frankfurt am Main 出版，一九五七年）

佩斯濃（Pantheon）編輯的《格林童話故事集》（*Grimm's Fairy Tales*；紐約，一九四四年），由約瑟夫‧坎貝爾（Joseph Campbell）撰寫前言

＊

【一九六〇年春季，蘇珊‧桑塔格和賈可柏‧陶伯斯一起開設之宗教社

會學中的指定讀物】

(1)保羅書信（Letters of Paul）
(2)琳賽等（Lindsay, etc）：精神／超凡魅力 vs. 法律／制度
(3)《基督教與基督教界》(*Christianity and Christendom*〔齊克果〕)
(4)索姆（Sohm）＋韋伯（Weber）

＊

1/29/60

如宿舍般腐臭的靈魂之屋

要變得不那麼有趣，這點很重要。少說一點，多重複一些，省下思考以便書寫。

＊

悲劇的愉悅是代替式的自戕

【未載詳細日期，極有可能是一九六〇年一月末】

系列事件（帶有史特林堡《已婚》之風格）

1. 拯救式的婚姻
2. 性戰爭
3. 第二段婚姻
4. 跨越階級

5.「唐璜症候群」(Don Juanism)

6. 因同性不倫戀而被摧毀的婚姻

7. 寫信給丈夫（以一個離家妻子身分）

婚姻札記

婚姻＋整個家庭生活是一種紀律訓練，經常可與（東正教）修道院制度相提並論。兩者都是要磨去個性中的稜角，正如被海浪沖刷的礫石長久摩擦後變得圓潤。

【未載詳細日期，極有可能是一九六〇年一月末；在這裡蘇珊・桑塔格進行了一段關於善惡的學院式長篇討論，但不收錄於此。接下來這句子是她從尼采著作中摘錄出來的。】

別友善。友善不是美德。對你所友善的人來說，你的友善對他有害。友善乃將別人置於較低位置，等。

*

牛津的優雅敵意

霍桑（Hawthorne）的主題：疏離 vs. 親密

葉慈、布雷希特、詩人羅卡（Lorca）

卡農、曲目

搜尋真正認同的存在主義式主題

小說家桑德爾（Ramón Sender）是（西班牙內戰時期）馬德里卓越自由派報紙《El Sol》的編輯

＊

……默劇【電影】的明星臉孔——強調的是眼睛——而現在則強調嘴巴

不再有同樣的特寫鏡頭——臉看著觀眾、誘惑、懇求之類的。【現在】臉看的是銀幕裡的另一張臉

艾琳：在繪畫中，我逐漸了解摧毀的價值

＊

性愛和知識一樣層次繁複

【未載詳細日期，極有可能是一九六〇年二月初】

偶發的【在這則日記的文字旁邊畫了一個箱子。】

有些作家不理會美國以原子彈轟炸日本之後，酷兒現象已經融入當代生活。這些作家我並不喜歡。

五〇年代：

> 美國作家貝婁（Saul Bellow），《阿奇正傳》（*The Adventures of Augie March*）——全心接受美國式生活，裡頭人物就像成千上萬的美國男人一樣，自修自學

美國作家雷夫‧艾里森（Ralph Ellison）

美國作家鮑德溫（Baldwin）

美國小說家高爾德（【Herbert】Gold）

美國作家艾格林（Algren）

美國作家馬拉默德（Malamud）

接受美國經驗的現實面

去年：

托馬斯‧伯格（Thomas Berger），《發瘋在柏林》（*Crazy in Berlin*）——小說

阿佛列德‧葛洛斯曼（Alfred Grossman），《雜耍人之餘地》（*Acrobat Admits*）——熟悉到讓我目瞪口呆。殘忍精準地呈現猶太中產階級生活的細瑣面，諷刺地模仿美國文學或電視節目風格

葛雷絲‧佩萊（Grace Paley），《男人的小煩惱》（*The Little Disturbances of Man*）——故事

菲利普‧羅斯（Philip Roth），《再見吧，哥倫布》（*Goodbye, Columbus*）——故事

都會型的作家

猶太人的

荒誕奇想的散文

五〇年代：貝婁

2/4/60

康德的柏拉圖式觀點果然正確，我今早在莎拉勞倫斯學院（S【arah】L【awrence College】）針對笛卡兒所進行的演講中發現。

對應真相的真理意味著真理的模式是以資訊形式來建構。

此陳述為真：

「外頭正在下雨。」
「喀布爾是阿富汗的首都。」

＋這些陳述之所以為真，是因為*的確*為真，喀布爾*的確*是阿富汗的首都。再多的省思都得不出這些結果。

然而：

「2 ＋ 2 ＝ 4」
「讓孩子受苦是不對的。」

2/7/60

艾琳認為 X^1 心態是我無法同時跟兩個人說話（總是只能聚焦在一個

人身上）的原因，也正是因為 X，讓我和一個人在一起時，會阻止另一個人打岔——就算連佇者的不經意干擾也不行……

……之所以有 X 心態，是因為我認為跟我在一起的每個人都是最重要的。

所以和人在一起，代表我會背叛其他人，然後我就會有罪惡感，我的話語解釋又會一團混亂……

……母親從未對我生氣，她只是傷害我（感謝老天，我沒對大衛這麼做過）。艾琳說，她母親也是這樣，只不過沒那麼強烈。海芮葉特的母親總是歇斯底里大聲怒吼——或許就是因為這樣她才感覺不到 X。

我在芝加哥感覺到 X，所以我才不應答宿舍的門鈴，＋只給薛爾頓和 E 我的通關密語的按鈴方式。

我讓自己和牛津大學的聖安學院（St Anne's College）陷入 X 心態的關係中。

我對菲利普沒有感覺到 X，因為我會竭盡所能滿足他的需求，因為我不會和其他人討論他，因為他是最重要的。

【未載詳細日期，極有可能是一九六〇年二月中】

　　「神智清醒者若和瘋狂者進入敵對關係，他就不再清醒。」
　　　　《柏拉圖對話錄》中的〈費德魯斯篇〉（Phaedrus 245）

---

1 參見 P.291 及 P.366 內文中作者對 X 的定義。

【未載詳細日期，極有可能是一九六〇年二月中】

腦袋一團混亂——整天與心不在焉的愛人所進行的對話，衝動和幻想

2/18/60

艾琳和我不再真正交談。我們都累了，知道該說的早已說，或者至少說得比做得多（我們的話語裡有太多還未實踐的內容）。怨恨的淤泥不斷累積，逃避彼此的目光倒成了文明的事情。

我想起一開始和菲利普之間出現這種狀況的情景。那是在我們新婚後兩個月。第一次的爭吵讓人很震驚（在米德威‧得瑞斯爾公寓〔Midway Drexel〕，引爆點在於我把髒襪子丟在衣櫥的底板上；——我看完《美麗與詛咒》〔*The Beautiful and Damned*〕書中人物的爭吵方式後，哭了一個多禮拜），不過更糟的是，我們爭吵過後不再和好。一開始我們吵得兩人都很難過，冷戰不說話；然後其中一方會打破沉默，試圖解釋、祈求原諒，或者進一步指責；只有我們甩開悲傷，懊悔爭吵，哭泣，接著做愛之後，爭吵才會結束。不過後來就變成爭吵，＋延續爭吵。會有一、兩天無力痛苦的沉默——或許只是一個晚上——然後不自覺地，例常作息＋日常生活的責任義務（同住在一個屋簷下意味著必須採買日用雜貨＋換床單，詢問另一只鞋子在哪裡）逼使我們交談，變得友善，然後威脅解除，但爭吵並沒真正消除，只是被雙方的共識所掩蓋。

這狀況也發生在艾琳和我之間，不是因為我們不那麼愛對方（？），而是因為雙方都更堅持自我，更難以理解對方的侷限。

同樣的事情要抱怨幾次？

*

讀艾琳兩週前給我的字條，讓我想起之前讀海芮葉特字條時那種糟糕的感覺。不是因為我又發現自己被認為很粗俗而失望，而是因為瞥見我自己在讀這些字條而感到不舒服，彷彿我永遠都在別人的意見中找尋自己的方向。

*

（陶伯斯）

亞理斯多德 vs. 黑格爾：

　　黑格爾和基督教得以相容，而亞理斯多德不能

　　在黑格爾看來，改變信仰（脫離）是有可能的；但亞理斯多德認為：在自然成長的狀態下，人會變得更有人性，實踐自然目的

　　黑格爾的理念中有時間、自由和歷史——這些亞理斯多德都沒有。黑格爾是典型的當代哲學家。

*

閱讀：

奧德嘉・嘉塞（Ortega y Gasset）《論愛》（【 On 】 Love；Meridian 出版）

第一部分：評論法國小說家斯丹達爾論愛（具體化的教義）、自我中心的書。「智識上的分析」──顯然斯丹達爾從未愛過

第二部分：英海軍將領納爾遜之情婦「淑女漢彌爾敦」（Lady Hamilton）。這位神祕女人之所以讓那些偉大男人愛上她的理由

2/19/60

（艾琳）

「被動」意味著兩種狀況：被決定，不回應。這兩種狀況截然不同。在第一種狀況中，你可以是「主動的」（？）

阿佛烈得說，他覺得自己被這幾年來的活躍性生活欺騙了。因為他覺得自己在性方面愈來愈不行，陽具變得不敏銳，連整個身體都遲鈍。

哪個可以有比較多的愉悅感覺？拇指或嘴巴？嘴巴吧。為什麼？

九點半【晚上】

艾琳一小時前出去了。從她離開（而我在她身後甩上門）那一刻到現在，我不斷思索為什麼我不說：「請別走」（她不可能同意），然後說「請等一會兒再走，我們先談談」（反正大衛就要上床睡覺了）。但我都沒說這些。我只是覺得對她無比憤怒，彷彿她挑釁地宣布準備找我麻煩。

我不斷給自己找藉口——我還在生病、我很沮喪＋有點害怕這麼做，大衛病得比我重＋就在隔壁房間，還有電話隨時會響。不過這些都不重要。真正讓我難以接受的是艾琳不可靠、喜怒無常，總之（聽起來多蠢啊），她就是不完美……她是我「可憐的寶貝」——就像我是她「可憐的寶貝」，所有的寶貝都很可憐。

當她沮喪，我很少【「不曾」這個詞被劃掉，以「很少」取代】成功地安慰她，她對我生氣時，我永遠無法平撫她，這都是因為我總認為她一定是對的。她想的都對，所以必定比我強勢。

如果她對我生氣，我只知道【「感覺」一詞被劃掉】我做錯了什麼事＋她在懲罰我。有誰會去哄勸或誘騙那些懲罰別人的人？

還有她向來口是心非——或者逼我去詮釋她的話，弄懂她的真正意思——這種傾向跟我平常對她的看法扞格不入啊。

或許這就是為什麼我讀她的字條，發現她打從一開始交往就三不五時懷疑自己是否愛我，會讓我如此震驚和痛苦。

我絲毫不懷疑她的感情，堅定相信我們的愛情是奇蹟，如此愚蠢的我不值得受讚賞。

我早該懷疑的，但我下定決心這麼相信，並且放任自己陷下去。過去和現在的我都太草率地表達自己的感覺，又加以否定。

……我想起第一個禮拜我是如何追問她，她是否愛我，有多愛我（雖然那時我並不懷疑），彷彿打從一開始她的感覺就是我們兩人所接受

的愛情評斷標準。——從某種奇怪的角度來看，的確曾經如此。

上一次她離開——十一月時——我以為自己會心臟病發作。而現在，我潦草書寫，測量過去三個月充斥在我們兩人之間的麻木感覺。

今晚我告訴她，她總是讓我不斷說「對不起」。

她要我去讀性愛指南。

好難甩開這想法：她不可能【此處原來的「對我生氣」這幾個字被刪除】被我惡劣對待，因為她是比較強勢的那一方！我這種想法彷彿認定她犯了很大的錯＋對待我非常公平。

十二點

艾琳現在一定正猶豫該不該回家吧（這個她從未稱為家的地方）。或許她已經決定今晚不回來了吧。

我們之間的僵持太多：這房子，我們共同的家；性愛；大衛；工作。

為什麼我不叫艾琳退掉她在市區那間公寓？為什麼她不為我們兩人找大一點的地方？為什麼我們沒去她原來那裡＋拿她的東西？對這些事情的討論以及提議的過程，都讓我想起菲利普和我之前經常談到採用雙重避孕＋又開始做愛。事實上這些事情根本不會發生——不會有任何行動，我們只是說說罷了。我們一定早就知道會這樣。

……當下令人沮喪，唯有過去才顯得真實。艾琳對我們的過去記得一清二楚，連我曾經忘記的許多細節也記得，不過我現在想起那些了。

任何情侶當中必定有一方是兩人感情的歷史學家：對菲利普和我來說，記得一切的人是我；但和艾琳在一起，總是她記得……

【未載詳細日期，應是一九六〇年二月】

在美國，會推崇「討人喜歡」——希望被每個人喜歡，甚至包括自己不喜歡的那些人

【未載詳細日期，應是一九六〇年二月】

X，天譴。

「X」就是當你覺得自己是個物體，而非主體的時候。你想取悅別人，讓別人對你印象深刻，故意說些他們想聽的話，或者讓他們震驚，或者吹捧自己＋頻頻提起名人以自抬身價，或者故意表現得很酷。

美國是一個很 X 的國家。透過美國人沒清楚定義的階級＋性行為等規則來劃定 X 的界限。

言行失檢——不論對自己或對別人（對我來說兩種狀況經常相伴）——是 X 的典型徵狀。前幾天晚上阿佛烈得在白馬就指出這一點（這是第一次艾琳和我對別人提起 X）。阿佛烈得在這方面跟我很像，他也有很大的 X ！

多少次我告訴別人，佩兒・卡辛是迪倫・湯瑪士的正牌女友？還有，諾曼・梅勒有縱欲傾向？還說瑪西森是個同性戀？沒錯，這些事情眾所周知，但我算什麼東西要這樣到處嚷嚷別人的性癖好？

好幾次我痛罵自己這個壞習慣，雖然這習慣和我老愛搬出名人來自抬身價的作法相比，稍微沒那麼惹人厭（去年在《評論》雜誌工作時，我提到了幾次著名詩人艾倫·金斯堡〔Allen Ginsberg〕？）還有，我會應別人之請批評別人，譬如在馬丁·格林博格和海倫·林德【社會學家暨社會哲學家，一八九六——一九八二年】面前批評賈可柏·陶伯斯（那次的批評很溫和，因為海倫控制了氣氛），還有幾年前也在摩頓·懷特等人面前批評過馬丁。

我總是背叛朋友，難怪我每次使用「朋友」這個字時都帶著自傲，並謹慎為之。

＊

那些驕傲【蘇珊·桑塔格在這個詞彙旁邊畫了一個箱子】的人不會喚醒我們裡面的 X。因為他們不會懇求，我們不用擔心會傷害到他們。打從一開始他們就讓自己排除在我們的小遊戲之外。

驕傲，是對抗 X 的祕密武器。遇上驕傲，X 必死無疑。

……除了分析、嘲弄等，我要怎麼真正治癒自己的 X ？

艾琳說，分析對我很好，因為我的心智讓我陷入這個洞穴，我必須透過心智力量，把我自己挖出來。

但 X 所造成的真正結果是改變感覺。更精確來說，讓我的感覺和心智之間出現一種新關係。

X 起源於：我不知道自己的感覺。

我不知道自己的真正感覺，所以要別人（另一個人）來告訴我。於是那人把他或她希望我該有的感覺告訴我。對我來說這不成問題，反正我本來就不知道自己的感覺，我喜歡附和別人。

*

最初發現我不知道自己的感覺，是在巴黎，那時我和海芮葉特對電影意見相左：

> 安德烈‧華依達（Andrzej Wajda）的《地下水道》（*Kanal*〔我喜歡，她不喜歡〕）

> 英格瑪‧柏格曼（Ingmar Bergman）的《莫妮卡》（【*Summer with*】*Monika*〔我不喜歡，她喜歡〕）

> 維斯康堤（Visconti）的《白夜》（【*Le*】*Notti bianche*）——她和安娜特‧米雀爾森討厭瑪莉亞‧雪爾（Maria Schell）所飾演的角色。

不是因為我等著先聽別人怎麼說，事實上別人一問我有何看法，我通常立刻回答。不過後來我聽到海芮葉特＋瀚恩（《地下水道》）、海芮葉特＋山姆（《莫妮卡》）、海芮葉特和安娜特（《白夜》）的看法後，我發現他們是對的＋我是錯的，而且我找不出好理由來辯護自己原本的看法。

*

要怎麼知道自己的感覺？

我不認為我知道自己的任何感覺。我太忙著支持自己的感覺，忙著將它們收攏在一起。

*

我記得在巴黎時，海芮葉特曾說她不知道自己是否愛上某人，那時我覺得很有趣（＋覺得自己比她行）。我不明白她在說什麼。我說，這種事從不曾發生在我身上。當然不曾。對我來說，愛情是一種決定：我談戀愛了＋堅持這段戀情。我總是很清楚自己自己戀愛了。

*

我不知道我真正的感覺是什麼。這就是為什麼我對道德哲學如此有興趣，因為它能告訴我（或者至少讓我注意到）我應該要有什麼樣的感覺。我思忖，若你知道如何直接製造出精煉的金屬，又何須擔心分析粗糙的礦石？

⋯⋯為什麼我不知道自己的感覺？我沒傾聽嗎？或者我關閉自己的感覺？難道不是所有人很自然地對所有事物都有自己的反應嗎？（以前菲利普常惹惱我，因為他對很多事情沒反應──要坐這張或那張椅子，去看這部或那部電影，點這道菜或那道菜。）

⋯⋯當其他人對我們表現出 X 的態度時，為什麼我們不介意？我不是很鄙夷學校餐廳裡那些早禿的年輕人目光掃描整個餐廳的模樣嗎？我不是瞧不起賈可柏【‧陶伯斯】試圖讓自己顯得有魅力的德性嗎？上週四晚上他還對阿佛烈得及艾琳說，或許有天他會試著讓自己變成酷兒。

重生

我想起自己有多欣賞納漢‧葛雷澤參加布蘭迪思大學的教員派對時的舉止。晚上派對進行到一半，他說自己十點要離開，果然十點鐘一到，他就起身＋不管別人怎麼說，真的逕自離去。當然，通常別人不會因此說什麼——只是因為他看起來就是那種我行我素，會做這種事，而且絕不會被他人說服而違逆自己意願的人。

有祕密在其中，若能掌握這祕密，就沒有人能誘惑你。

我想起後來菲利普＋我討論納漢離席的情景。有一次我到納漢家，告訴他，我很欣賞他這點。他只是微笑，沒說什麼。

他和我們在一起的姿態多美啊，完全不會 X，不過他面對布蘭迪思大學的行政單位時就會表現出很 X 的樣子！

【未載詳細日期，應是一九六〇年二月。在這段期間，蘇珊‧桑塔格詳細記錄每天生活，以下是其中幾則具代表性的日記。】

週六：

七點起床

十點半去【當代】藝術館

艾琳一點抵達，喝咖啡＋吃中餐：看【電影】《天堂裡的煩惱》（*Trouble in Paradise*）

四點半到五點和艾琳喝咖啡；聊天；她和我搭計程車到第一一八街接大衛。

艾琳在第七十九街下車──她要去找阿佛烈得‧雀斯特。

餵大衛吃飯＋哄他上床。一通電話來催我去派對

閱讀週刊雜誌《傾聽者》（*Listener*）──打電話給傑克、海芮葉特──九點半離開

搭計程車到第十四街──買了【前衛電影導演】肯尼斯‧安格（Kenneth Anger）的電影票，參加皮藍德婁在時代廣場的派對，然後離開

碧姬‧芭杜（Bardot）的電影──【凌晨】四點到家

週日：

七點醒來──憤怒

九點打電話給阿佛烈得

九點十五分傑克來載我們

在「倫布雷梅爾餐館」吃早餐

走路到中央公園

和傑克＋安＋兩個朋友（傑克和海芮葉特）在皮爾飯店

搭計程車去阿佛烈得家

和艾琳＋安，在「波思」吃午餐

日場電影取消——艾琳和我去廣場

我們交談

六點四十五分回到阿佛烈得家

艾琳打電話給安——我們全都去「法蘭克披薩屋」，包括艾琳，安＋大衛＋我

八點在哈德遜街接艾琳——去卡內基音樂廳的劇院（Carnegie Hall Playhouse）看電影

十點半——搭計程車回家，讓大衛上床睡覺——艾琳想吃東西——做愛——沒交談——睡覺

週日【一週以後】：

沮喪，厭倦

五點吃了可提神的苯甲胺（Benzedrine）

六點搭計程車去華盛頓廣場，和安見面

晚餐在「法蘭克披薩屋」解決

之後在「雷吉歐」【格林威治村的咖啡館】喝咖啡

週三：

我累了

　　　　　　　　　　　　　　　　　　　　重生

CCNY【紐約市立大學】——課程很棒

十一點打電話給艾琳，告訴她我中午會回家

搭計程車回家

窩進床裡——兩人做愛——我沒達到高潮——她告訴我，她很納悶為什麼她沒對我不忠

三點十五分她回 CCNY（我遲到了）

兩人搭計程車回來，在古巴餐廳吃飯——

到「聯合」【超市】

大衛正等我

我去佩兒‧卡辛家——她不在——她＋艾琳去看電影——十二點半我們在以色列咖啡屋見面

做愛——我沒達到高潮

週二：

疲憊

大衛出去

艾琳起床——我哭泣：她說，她和安‧莫里賽特【記者與劇作家】吃晚餐約會——她茫然沒表情，不 X，開始放水準備

泡澡——我痛哭，低聲啜咽，離開，走路去位於第七十二街海倫‧林德家借車，繼續哭——

開車去莎拉羅倫斯學院

更多關於真相的道理剖析

十二點打電話到工作室給艾琳——十二點四十五分和學生（麥可‧凱倫柏格）【有約】

一點鐘泰勒演講

跟彼得‧里德借十美元

兩場（兩點到四點）關於沙特的討論會。言行不一，X 心態。

搭計程車，坐火車，搭計程車回家。

痛苦＋又受傷——一分鐘後大衛抵達——我打電話要艾琳回家——她說她很快就到——我試著睡覺，大衛在床上看書——六點半艾琳按門鈴——大衛＋我下樓——在「聯合」將支票兌現——吃三明治

搭計程車去瑪格莉塔家——安帶大衛上去

賈可柏【‧陶伯斯】有場黑格爾的研討會（七點十分）

搭計程車去第一〇〇街——艾琳和她母親說話——講黃色笑話——番石榴＋起司

　　　　　　　　　　　　　　　　　重生

搭計程車回家

大衛上床睡覺

我換褲子

搭計程車去溜冰場——安不在那裡

在「米爾」咖啡館——談論哲學＋我的「情欲」

搭計程車回家

我和艾琳做愛。她不想，跟我做

2/21/60

昨晚我告訴艾琳，我愈少做愛就愈不想要（這種事竟會發生在我們身上，真不可思議）。真是如此嗎？難道不是因為我遇到性愛障礙，想放棄，但又想繼續，至少有陣子如此，所以才這麼說。

【未載詳細日期，應是一九六〇年春天】

……我從未察覺自己的站姿這麼糟糕。一直以來我從未直挺挺站立，除非懷孕。

不只我的肩膀＋背拱起來，而且我的頭也往前戳。

我想，會有這種姿勢是因為我想游泳游得「自然」。所以在水中，我很自然把頭往前伸，換氣時把頭往左轉，讓嘴巴仍在水底下，但發現

這樣一來我不能呼吸，於是為了呼吸，我必須把脖子往後＋抬起頭，＋這就破壞了我手臂的划水動作。

＊

查爾斯·英格爾（Charles Ingle）《尾聲之水》（*The Waters of the End*；Lippincott 出版），小說。

＊

布雷克威爾書店（Blackwell's）
布勞德街（Broad Street）
牛津（Oxford）
「亞伯丁」大學（Aberdeen's）
第十三街＋第四大道。新書七五折
第五十九街＋麥迪遜
《Grandin's》——法國期刊

＊

閱讀：

齊克果對諷刺概念的論述（這是他的論文，一八四一年）

藝術理論家喬治·凱普斯（Gyorgy Kepes），《藝術與科學中的新景觀》（*The New Landscape in Art + Science*；芝加哥 P. Theobald 出版，一九五六年）

現代論大師葛爾納（E. Gellner），《文字與事物》（*Words + Things*；一九五九年）【二十一先令】

克魯克（D. Krook），《道德思想之三個傳統》（*Three Traditions of Moral Thought*；一九五九年）【三十先令】

格思里（Guthrie），《奧費斯與希臘宗教：奧費斯運動之研究》（*Orpheus and Greek Religion: A Study of the Orphic Movement*）

新教神學家保羅‧逖爾理屈（Paul Tillich），《文化之神學》（*Theology of Culture*；牛津出版，一九五九年）

德國批評家君特‧安德斯（Gunther Anders）《論卡夫卡》（*Kafka*）10/6

【在日記中，蘇珊‧桑塔格將這本書刪除，或許是她後來購買了】哲學家漢斯‧約納斯（Hans Jonas），《諾斯替宗教》（*The Gnostic Religion*；Beacon 出版，一九五八年）

生物學家達西‧湯普森（D'Arcy【Wentworth】Thompson），《論生長與形態》（*On Growth + Form*；一九五二年）

2/25/60

我們坐在廚房聊天（我正告訴她納漢‧葛雷澤的事），艾琳將手放在我右乳房上。我的話語頓住＋告訴她這會讓我分心。她說，這就是X。妳覺得妳必須有所反應，若非如此，妳就會不理睬我，繼續說下

去。

我有圖書館員的心理狀態：無法丟棄東西，老是尋找「有趣」＋「值得保存」的所有東西（尤其是文字）。

——將文字寫下來（譬如以法文寫）
——將英文的週刊拆解開來
——我喜歡買書、排書的樂趣

2/28/60

劇作家阿爾比（Albee）的《動物園故事》（*Zoo Story*）是對 X 所造成之痛苦的紀錄。裡面主角（彼得）坐在公園長椅上閱讀。傑瑞走過來＋說，我想跟你聊天——除非你想繼續看書。彼得當然想繼續看，不過他說，好啊＋放下書本。

X 的情境：

(a) 我和艾肯、威利斯・多尼去吃午餐之類的，但一點鐘時必須要（和菲利普）去接喬伊絲・卡爾，開車送她去機場
(b) 和艾倫・布倫在巴黎（「莫諾可」）那個晚上
(c) 讓亨利・鮑伯金親吻我

2/29/60

更多關於「X」的思考：

　　　　　　　　　　　　　　　　　　　　重生

X 就是我之所以慣性說謊的原因。我說的謊言正是我希望別人聽到的話語。

我對莎拉勞倫斯學院有 X 的感覺，就像我在《評論》雜誌最後一年時對那裡的感覺一樣。為什麼？因為我覺得我沒有盡到該有的義務和責任。我一直都不準時，沒有好好準備，之類的。

註記：這是真的，我怠忽職守。我蹺掉上週四的課。週二的課程我從未準備過。至於週四的課程，和我聯絡的人說我應該早上十點就到，但我總是午餐後才出現。我的確僥倖逃過指責，不過我對那裡的感覺因此變得不舒服，不純淨。

或許具有 X 傾向的人都是習慣不負責任吧？

我不懂完全「臣服於責任」與「鴕鳥式的不負責」之間的程度差異，而這種無知難道不是問題所在嗎？全有或全無，我的愛情生活中讓我自豪的正是這一點！

所有我鄙夷自己的東西全是 X：我是個道德懦夫、說謊成性、對自己＋他人輕率，欺騙、被動。

艾琳說她不明白怎麼會有人簽合約，要求自己承諾一些事情——譬如要工作一年。我說，我不明白人要如何才能脫離某些事情，擺脫自己的束縛。

＊

重生　　　　　　　　　　　　　　　　　　　　　　304

艾琳說，我在「第一層次」（食物、性愛、智識的層次──而非愛情層次）上無法滿足她。她說，海芮葉特也不能，而梅格可以──不過，這是她的弱點：無法去愛她不尊重的人。

艾琳說，我被我自己的家庭形象所宰制：當我母親的女兒。

*

沙特理念中的 X：「言行不一」（bad faith）

3/7/60

我們必須區分「真實」與「關於什麼之真相」的差異。這是真實的：⑴外頭下雪。⑵艾隆・諾藍在他買給我的咖啡裡加入牛奶。而關於什麼之真相：艾琳和我的關係不是所發生之事、所說之話語，所做過之事情的存貨總和。我們的關係是一種詮釋，一種洞識。

……「關於什麼之真相」有不同的等級。

語言真是精巧的工具啊。

3/8/60

透過可提神的苯甲胺，艾琳和普魯簫騰博士（Dr. Purushottam）【賈可柏・陶伯斯邀請到哥倫比亞大學演講的印度學者】的影響慢慢滲出。

上個禮拜。今天早上的授課內容是史賓諾莎之倫理觀。十月開始對康德進行長時間的思考。昨天對於「真實」與「關於什麼之真相」之差

異的想法。

3/9/60

週四晚上夢到演員凱爾帝（Jerome Kelty）：

> 那個下午我在《世界電訊》（*World-Telegram*）【當時紐約報紙】的戲劇版中看見潔若米‧凱爾帝的名字。我在紐約市立大學有個學生叫基爾帝（Keelty），他告訴我他的名字的發音是凱爾帝（我在夢中這麼以為）。

> 艾琳說，其實他代表的是罪惡感先生（Mr. Guilty）[2]。

> 我張開四肢，甚至躺在椅子上。

> 我的雙腳放在通道上。

> 然後，表演結束，我在自己的座位底下找到幾只襪子。

3/12/60

抗拒 X 的方式就是讓自己感覺到主動而非被動。電話一響我就焦慮——所以我不想接電話或者要別人接。克服這種焦慮的方法不是強迫我自己接電話，而是讓我自己成為主動打電話的人。

艾琳真是惡霸——今晚在廚房上演玻璃杯的戲碼。我開始恨她。

---

2 Guilty 的發音正與基爾帝相同。

上週末兩人關係徹底改變。憤怒＋憎恨的感覺開始流動，很難關掉了。所以昨晚我吃了藥後，在偏頭痛餘波猶存的睡眠中對她說：「我恨妳的心。」但我真正的意思不是這樣，而是我恨她這個人。

過去三個月的順從被動破功了，現在取而代之的是我心中的冷漠＋憤怒。

現在艾琳畫圖，情緒激動，是為了不「剝奪我自己的反應」嗎？沒有道歉，沒有正當性辯護，只有一句：「我就是這麼做；我就想這麼做。」

沒有誘惑這種東西。誘惑是一種欲望，一種渴望——但這種渴望會讓人事後懊悔＋希望當初沒那麼做（或者事先就知道事後將懊悔的事情）。所以沒有理由這麼說：「我不是故意這麼做。我被誘惑＋我克制不住。」唯一能做的只是誠實地說：「我做了，很抱歉我做了。」

感覺受傷是被動，感覺憤怒是主動。

憂鬱源自壓抑的憤怒（艾琳說她個性暴躁的父親從不憂鬱）。

3/14/60

這個禮拜——距離我們分開已經四十八小時——沒成功。但我不認為我有權利氣餒，更沒資格對艾琳抱怨。我是她的負債；我虧欠她一年的耐性。——這聽起來很醜陋也很 X，但事實上一點都不會——只要我感覺強壯，心中有愛，想要付出。

讓我最心傷的是艾琳不間斷的情感簿記舉動，她不斷批評數落我們在一起的這一年——她好悲慘，一段失敗的戀情啊。事實就是這樣，毋須多言。

昨晚（晚餐、法蘭克披薩屋、有大衛＋艾琳＋阿佛烈得），我感覺自己失去她了。這感覺就像時代廣場的新聞快報那麼醒目。我想告訴她（上個禮拜更有這種感覺，比我所明白或有膽明白的感覺更甚）。今早我告訴她了，她沒回答。

她不再愛我。不再迎向我，她眼神空洞，她放手了。

上週日我們從廣場回到阿佛烈得住處時，我就該信任自己的直覺（她躺在阿佛烈得床上，想打電話給安·莫里賽特）。

我該問她，她是否又想分手？她當然想。不過我想她這次不會回來了——她想解脫。上週五我放掉她，而週日我又發揮自己的角色，讓我們復合。但我覺得這次復合不像我當時以為的，全得由我決定。

3/20/60

我相信分散零碎的道德。

不買德國車就是團結的表現，是一種尊重的作為，對回憶的紀念。

菲利普不愛真相。對他來說，思考是為了捍衛他的意志，他的道德回應。他會先有結論，然後想出論點來支持他的結論。思考是一種意志，為了強化意志本身——這點不讓人意外。

班‧尼爾森【歷史學家暨社會學家】二月時說過：菲利普對真相沒興趣。

他不就常這麼說：我有興趣的是不說出真相。

＊

對艾琳來說，愛一個人就是去暴露他的真面目。對我來說，愛一個人是支持他，就算他說謊也一樣支持。

意志。我假定意志是一種獨立的能力，會切斷我對真相的承諾，使我選擇尊重意志（當我的意志＋理解相互衝突時），否定我的心智。

而它們如此常衝突。這就是我生命的基本情態，我最基礎的康德哲學觀。

無怪乎我的心智沉默不語＋遲鈍呆緩。我不相信我的心智，真的。

我經常拿意志來填補我所言（我經常說些言不由衷的話——或者沒有思考過自己的感覺就說出口）與所感覺之間的鴻溝。

因此，我以意志來處理我的婚姻。

以意志來處理大衛的監護權。

以意志來面對艾琳。

擬定方案：摧毀意志。

5/6/60

維根斯坦寫給其學生麥爾坎（Malcolm）信件中的陳腐言詞繼續餘波蕩漾。因為寫的人是他！

艾琳讓我知道，我有多允許 —— 鼓勵？—— 大衛對任何事物表達看法。（波士頓的魚比舊金山的魚更好、不該把窗簾放下來，等）

我厭煩有主見，我厭煩不斷說話。

8/8/60

我必須幫助艾琳提筆書寫。而且若我也能開始書寫，就不會繼續這種徒勞無功的舉動：坐在那裡望著艾琳，求她再次愛我。

*

愛很傷。愛一個人就像讓自己被剝皮，知道對方隨時會帶著你的那層皮一走了之。

8/14/60

【在札記中，以下字體是以英文的大寫寫成】：**我疲憊時不該做愛。我應該隨時知道自己是否疲憊，但我卻不知道。我欺騙自己，我不知道我的真正感覺。**

【稍後，蘇珊‧桑塔格補了一句】（依舊如此？）

12/18/60

⑴【易卜生的劇作（Ibsen's play）】《海達・嘉博勒》（*Hedda Gabler*）艾琳認同裡頭那個純潔的女性受害者（如同格里菲斯〔D. W. Griffith〕的電影《凋謝的花朵》〔*Broken Blossoms*〕），而我則認同那個「摧殘自己的婊子淑女」。

我喜歡的明星——蓓蒂・戴維絲（Bette Davis）、瓊・克勞馥（Joan Crawford）、凱瑟琳・赫本（Katharine Hepburn）、阿列蒂（Arletty）、艾達・盧皮諾（Ida Lupino）、威樂莉・霍布森（Valerie Hobson）——尤其是小時候的她。

這個女人跟其他人相比，才算真正的淑女。她高䠷、膚色黝黑、驕傲有自信。但她也緊張煩躁、沮喪厭倦。她言語惡毒，將男人耍得團團轉。

海達【・嘉博勒】是真正的被動。她想被囚禁。只要機會消失，她就不再留戀。她在四面八方撒網，讓自己被窒縛。

她年輕，所以她等著老去。她有結婚的本錢，所以她等著成婚。她有自我毀滅傾向，所以她等著看自己自戕。

她的專橫跋扈全是假面偽裝的。

⑵海達骨子裡很傳統，她聽到醜聞會顫抖。她所有叛逆的作為——譬如抽菸、持有手槍——全因為她以為身為*淑女*（身為她父親的女兒），她可以這麼做。

*

海達想要找到持續的理由（獎勵）讓自己活下去，但她無法自己得到這些理由。她輕視那些無法提供她理由的人。鄙夷是她對別人的慣有態度，然而她對自己的鄙夷更為甚之。

自我鄙夷和虛榮。脫離＋慣俗。

12/20/60

閱讀《給小贏家的碑文》（*Epitaph for a Small Winner*）【巴西小說家馬恰多‧德阿西斯（Machado de Assis）】，【多年後蘇珊‧桑塔格對這本書的英文再版寫了篇序言】；重讀【康拉德】《在西方目光之下》（*Under Western Eyes*）＋法國小說家蒙泰朗（Henry de Montherlant）

寫完小說【蘇珊‧桑塔格撰寫她的第一部小說。《恩人》（*Benefactor*），她把裡頭的主角取名為西波里特（Hippolyte），在這則日記中簡稱「H」[3]】以及一封來自海芮葉特的信？——或者寄給？

---

3 與蘇珊對海芮葉特的簡稱相同。

1961

3/3/61

藝術家波洛克（Jackson Pollock）：

「我有興趣的是表達我的情感，而非闡述。」

「我把我的第一幅畫扔在玻璃上，因為我已失去與畫的聯繫。」

「我努力不在畫中提升自己，因其有自己的生命。」

*

演員工作室

四三二號，第四四西街

（白色建築物）

介於第九和第十大道之間

一樓

*

X 的來源：

沒真正喜歡別人

或許我從未喜歡過任何人

4/13–14/61

偏頭痛：

1.「我太好，所以受傷。」

2.「我受傷，所以來安慰我。」

接著忍受某些令人失望或不合意的東西，毫無怨言

我壓抑的感覺滲漏了──緩緩地

憤怒也持續滲出

即便如此，也沒出現任何時刻該有的力道來支撐。我的憤怒沒有支柱，只得靠受他人吸引來釐清

我內心有兩種基本的需求爭執不休：

贊同他人

恐懼他人

我對他人的指責向來都是回應而非行動，是為了指責別人對我的指責！

我授權給別人來讓我否定自己，讓他們得以毫無顧忌地表達他們的感覺，成為他們要成為的樣子（因為「他們無法克制」）。我只會讓自己對這些事情憤怒：

背叛信任關係

拒絕幫我

4/14/61

我不是個好人。

每天這麼說二十次。

我不是個好人。對不起，我就是這樣。

我的指責不會傷到他們。

4/23/61

這樣說更好。

就這麼說吧：「你是什麼東西啊？」

4/23/61

情緒的問題，本質上就是宣洩的問題。

情緒是複雜的汙水處理系統。

每天得拉屎，否則就會堵塞。

得拉二十八年來解決二十八年的便祕。

情緒的便祕就是心理學家賴希（Reich）所說「性格盔甲」（character armor）的來源。

從哪裡開始？精神分析學派說：要從建立屎的存貨清單開始。在持續的注目下──最終會變得滑稽可笑──這些屎會分解。

*

宣洩是指吼叫嗎？要別人滾開？摔東西？最後那招是賈可柏・陶伯斯的老婆蘇珊最喜歡的一招。不過若那東西有意識地被理解為象徵性的東西，那就沒效果了。

我身為作家，面臨的問題是如何不讓自己完全站在外面（就像佛勞・安得斯〔Frau Anders〕），或者和西波里特（Hippolyte）一樣，站在裡面【兩者都是蘇珊・桑塔格小說《恩人》裡的人物】。

*

關於：恩斯特・卡西勒【（*Ernst Cassirer*）是具難民身分的哲學家暨哲

學歷史家。蘇珊‧桑塔格寫這段日記期間，他是在哥倫比亞大學執教】《象徵形式之哲學》（*The Philosophy of Symbolic Forms*）第二冊：感知空間（神化思考所假設的空間）vs. 科學的公制空間。

感知空間（perceptual space）是內容的空間——具有左＋右、上＋下之基本差異的空間。公制空間是純粹的、無色彩，甚至無起伏，空洞的。

現代人之所以感覺錯亂乃起因於我們以感知的方式來經歷空間，卻不再相信我們自己的感知——我們的經驗——是真實的。

沒有與當代理解方式（科學的；理性的）迥異的樸質心理狀態（空間、時間、認同、情緒感染等）。

「質樸」觀看與體驗的方式是人類的方式，亦即自然的方式。

科學的方式是人工的，是抽象化的產物。是我們無法相信，亦即無法經驗到的。

然而我們現在卻被教導／被要求相信自然的經驗＋感知模式是錯誤的，＋人工模式【我們從未真正經驗的模式】是真實的。結果導致某種感受力的精神分裂症。

科學是感受力被異化所呈現的形式。

【一九六一年有本札記裡只是記錄了蘇珊‧桑塔格看過的電影。這段期間她至多每隔四天就會去看電影，根據蘇珊‧桑塔格記載，更常的是每天至少看一部，偶爾兩、三部。以下就是三週內（從三月二十五日

到四月十六日）的代表性日記。】

三月二十五日【當代】藝術館（Museum【of Modern Art】）

【法國高蒙電影公司】（Gaumont），《七種罪孽與聖經經文》（*Sept péchés capitaux et l'écriture sainte*, c. 1900）

本·威爾遜（Ben Wilson），《律法之西》（*West of the Law*, c. 1927），由本·威爾遜及娜薇·嘉柏（Neva Gerber）主演

蘭伯特·西利爾（Lambert Hillyer），《勇氣搖籃》（*Cradle of Courage*, 1920）

威廉·哈特（Wm. S. Hart），"SF Crime"；《舉起手來》（*Hands Up*），雷蒙·葛立非斯（Raymond Griffith）主演

三月二十六日，大使戲院

約翰·休斯頓（John Huston），《花田錯》（*The Misfits*, 1961）。編劇：亞瑟·米勒（Arthur Miller），演員：瑪莉蓮夢露（Marilyn Monroe）飾演羅絲琳（Roslyn），克拉克·蓋博（Clark Gable）飾演杰（Gay），埃里·瓦拉赫（Eli Wallach）、蒙哥馬利·克利夫特（Montgomery Clift）、蒂瑪·瑞特（Thelma Ritter）

三月二十七日，米諾·拉森戲院（Minor Latham）

約瑟夫·馮·史登堡（Josef von Sternberg），《摩洛哥》（*Morocco*, 1930），演員：瑪琳·黛德麗（Marlene Dietrich）、

賈利・古柏（Gary Cooper）、亞道夫・曼裘（Adolphe Menjou）

三月二十九日，紐約客戲院（New Yorker）

威廉・威爾曼（William Wellman），《人民公敵》（*Public Enemy*, 1931），演員：詹姆士・凱格尼（James Cagney）飾演湯姆・鮑爾（Tom Powers）、愛德華・伍茲（Edward Woods）飾演麥特・道依爾（Matt Doyle）、珍・哈露（Jean Harlow）飾演葛雯（Gwen）、瓊・布朗德（Joan Blondell）飾演瑪咪（Mamie）、唐諾・庫克（Donald Cook）飾演湯姆的哥哥、賴斯立・分頓（Leslie Fenton）飾演納山鐵釘（"Nails" Nathan）

史丹利・庫柏力克（Stanley Kubrick），《光榮之路》（*Paths of Glory*, 1957），演員：寇克・道格拉斯（Kirk Douglas）飾演戴克斯上校（Col. Dax）、阿道夫・門吉歐（Adolphe Menjou）飾演將軍、喬治・麥克里迪（George Macready）飾演將軍、拉爾夫・米克（Ralph Meeker）、提姆西・凱利（Timothy Carey）、韋恩・莫里斯（Wayne Morris）飾演中將、艾米爾・梅爾（Emile Meyer）飾演牧師。

三月三十一日，紐約客戲院

英格瑪・柏格曼（Ingmar Bergman），《夏夜的微笑》（*Smiles of a Summer Night*, 1955），演員包括：厄拉・賈科布松（Ulla Jacobssen）、伊娃・達爾貝克（Eva Dahlbeck）、岡內爾・林

德布洛姆（Gunnar Björnstrand）

帕布斯特（G. W. Pabst），《最後的日子》（*The Last Ten Days*, 1956）

四月一日，【當代】藝術館

林・雷諾德（Lynn F. Reynolds），《荒野情天》（*Riders of the Purple Sage*, 1926），演員：湯姆・米克斯（Tom Mix）飾演雷西特（Lassiter）、華納・歐藍德（Warner Oland）

四月三日，紐約客戲院

何內・克萊爾（René Clair），《大調度》（*The Grand Maneuver*, 1956），演員：蜜雪兒・摩根（Michèle Morgan）、傑哈・菲利普（Gérard Philipe）、碧姬・芭杜（Brigitte Bardot）

【華納兄弟電影】（Warner Brothers），霍華・霍克斯（Howard Hawks），《夜長夢多》（*The Big Sleep*, 1946），演員：鮑嘉（Bogart）、巴寇（Bacall）

四月四日，紐約客戲院

雅克・貝克（Jacques Becker），《金盔》（*Casque d'or*, 1952），演員：克勞德・多芬（Claude Dauphin）、西蒙・西涅萊（Simone Signoret）、瑟吉・里吉亞尼（Serge Reggiani）

麥克・寇提茲（Michael Curtiz），《北非諜影》（*Casablanca*, 1942），演員：英格麗・褒曼（Ingrid Bergman）、亨佛萊・

鮑嘉（Humphrey Bogart）飾演瑞克（Rick）、保羅・亨里德（Paul Henreid）、克勞德・雷恩斯（Claude Rains）、康拉德・維德（Conrad Veidt）飾演史特勞斯上校（Maj. Strasser）、薛尼・格林史翠（Sydney Greenstreet）、彼得・羅爾（Peter Lorre）。

四月五日，阿波羅戲院（Apollo）

【尚・波依爾】（Jean Boyer），《為愛情迷》（*Crazy for Love*）。演員：碧姬・芭杜（Brigitte Bardot）、波維爾（Bourvil）

莫洛・鮑羅尼尼（Mauro Bolognini），《狂野之愛》（*Wild Love*），演員：安東尼爾・盧爾迪（Antonella Lualdi）、弗朗哥・因特蘭西（Franco Interlenghi）

四月六日，【當代】藝術館

弗瑞德力克・厄姆勒（Fridrikh Ermler），《帝國的片段》（*Fragment of an Empire*, 1929），演員：呂德密納・山由諾瓦（Lyudmila Semyonova）、葉科夫・古德金（Yakov Gudkin）

四月七日，紐約客戲院

勞倫斯・奧利弗（Laurence Olivier），《亨利五世》（*Henry V*, 1944），演員：奧利佛（Olivier）、艾爾梅爾（Aylmer）、真恩（Genn）、艾須森（Asherson）、紐頓（Newton）

雷內・克萊爾（René Clair），《鬼魂西行》（*The Ghost Goes*

West, 1936），演員：羅伯特・多納特（Robert Donat）、珍・派克（Jean Parker）、尤金・佩里特（Eugene Pallette）

四月十日，紐約客戲院

茂文・勒瓦（Mervyn LeRoy），《逃亡》（*I Am a Fugitive from a Chain Gang,* 1932），演員：保羅・穆尼（Paul Muni）飾演詹姆士・艾倫（James Allen），格倫達・法瑞爾（Glenda Farrell）、艾德華・艾利斯（Edward Ellis）、普雷斯頓・福斯特（Preston Foster）、海倫・文森（Helen Vinson）、諾埃爾・弗朗西斯（Noel Francis）

【華納兄弟】（Warner Brothers）約翰・休斯頓（John Huston），《馬爾他之鷹》（*The Maltese Falcon,* 194【1】），演員：亨佛萊・鮑嘉（Humphrey Bogart）、瑪麗・阿斯特（Mary Astor）、薛尼・格林史翠（Sydney Greenstreet）、彼得・羅爾（Peter Lorre）

四月十二日，第十六影城（Cinema 16）

麥可・布雷克伍德（Michael Blackwood），《百老匯快捷》（*Broadway Express*〔十八分鐘〕）

里察・普雷斯頓（Richard Preston），《黑與白諷刺劇》（*Black and White Burlesque*〔三分鐘〕）

大衛・麥爾斯（David Myers），《問我，別告訴我》（*Ask Me,*

重生

Don't Tell Me〔二十二分鐘〕）

泰倫斯・馬卡特尼—菲爾蓋特（Terence Macartney-Filgate），
《線之盡頭》（*End of the Line*〔三十分鐘〕）——加拿大片

雷夫・賀須翁（Ralph Hirshorn），《夏日之末》（*The End of Summer*〔十二分鐘〕）

四月十三日，布里克街的戲院（Bleecker St.）

帕布斯特（G. W. Pabst），《三便士歌劇》（*Die Dreigroschenoper,* 1931），演員：魯道夫・佛斯特（Rudolf Forster）飾演麥基・梅塞爾（Mackie Messer）、卡蘿拉拉・內荷爾（Carola Neher）飾演波莉（Polly）、弗里茲・拉斯普（Fritz Rasp）飾演皮區先生（Mr. Peachum）、薇蕾斯卡・吉爾特（Valeska Gert）飾演皮區太太（Mrs. Peachum）、蘿特・蓮娜（Lotte Lenya）飾演珍妮（Jenny）

印第安傳統集會的舞蹈 *Pow Wow*

四月十四日，電影資料館

《葛里費斯報告》（*The Griffith Report*〔USC〕）

普雷斯頓・斯特奇斯（Preston Sturges），《紅杏出牆》（*Unfaithfully Yours,* 1948），演員：雷克斯・哈里森（Rex Harrison）、琳達・達內爾（Linda Darnell）、魯迪・瓦利（Rudy Vallee）

四月十五日，哥倫比亞大學人文學會（Columbia Humanist Society）

普多夫金（V. Pudovkin），《亞洲風暴》（*Storm Over Asia*；《成吉思汗的後裔》〔*Heir to Genghis Khan*, 1928〕），演員：英吉諾夫（Inkijinov）

四月十六日，畢克曼戲院（Beekman）

米開朗基羅‧安東尼奧尼（Michelangelo Antonioni），《奇遇》（*L'avventura*, 1960），演員：莫妮卡‧維蒂（Monica Vitti）飾演克勞蒂亞（Claudia）、加布里列‧費茲帝（Gabriele Ferzetti）飾演山多羅（Sandro）、蕾雅‧馬薩利（Lea Massari）飾演安娜（Anna）、多米尼克‧布朗沙爾（Dominique Blanchar）飾演裘利亞（Giulia）、詹姆斯‧亞當斯（James Addams）飾演可拉多（Corrado）、雷茲諾‧里奇（Renzo Ricci）飾演安娜的父親、艾絲莫拉達‧魯絲波利（Esmeralda Ruspoli）飾演佩翠莉亞（Patrizia）、雷力歐‧魯塔季（Lelio Luttazzi）飾演雷夢多（Raimondo）、多洛西‧波里歐洛（Dorothy de Poliolo）飾演葛洛莉亞‧派金（Gloria Perkins）、喬歐瓦尼‧佩楚西（Giovanni Petrucci）飾演王子永（Young Prince）

5/1/61

我要艾琳超然地扮演醫生的角色，對我既能全新愛戀又能對我敞開心胸。

其實，這兩種要求相互牴觸。

＊

若不覺得對自己的行為負有責任，必然會厭惡遭受批評。這種人將自己的所有行為視為受迫；不是自發產生的。因此，所有的批評當然都是不公平、不公道。

一九六一年五月【沒更詳盡日期】

這本書是一道牆，我躲在牆後，讓自己不被看見也看不見。

電影也是牆，在它面前只有我和別人並肩而坐。而且電影不像書本，可在文化上轉變角色——書本是一道牆，一座堡壘，但也可以變成攻擊別人的彈藥——這些人就是在牆另一側，我日後會與之對談的人。

＊

城市的生活是房間式的生活，讓人或坐或躺的房間。個人的距離是由家具的排列與布置所決定。在客廳裡，和他人只能透過一件事來產生關聯（除了做愛外——例如進臥房）：坐著聊天。客廳的生活迫使我們不得不交談，讓我們無法進行遊戲與沉思

海芮葉特的結論：最好不要有家具

6/11/61

閱讀蓋文・藍柏特（Gavin Lambert）的《崩滑地域》（*The Slide Area*）

和福克納（Faulkner）的《八月之光》（*Light in August*）。兩種類型的通俗寫作

6/12/61

【電影導演羅杰・】瓦丁（Roger Vadim）的《危險關係》（*Les Liaisons Dangereuses*）恰如其分點出重點：要能絕對頭腦清楚，就得永遠積極主動——掌控、被動順從、無力感、都來自於面對自己的情感時表現得懦弱——所以害怕結果。

例子：一九五一年夏天，我害怕去美國運通時會當著菲利普的面遇見海芮葉特。我想見她，但一想到菲利普會發現她竟長得如此不吸引人，如此男人婆（如我所記得的模樣），我就畏縮！

我沒有勇氣去愛海芮葉特，或違逆菲利普。兩種狀況都讓我害怕。「我只能一次處理其中一種。」

（迄今仍是如此，hélas〔唉〕＋我認錯）

就是因為面對自己的感覺時我有這種懦弱和無知，所以才會在口語上背叛那些我所愛的人，拒絕說出我對他們的感覺。

*

頭腦清楚＝積極主動，不想當「好人」，也就是不期待自己被所有人喜歡

*

我很 pourrie【亦即糟糕】，害怕自己「不被允許做我想做的事」

我的想望不強烈——它害怕冒險；希望受到贊同

我仍不知道該如何獨處——就算在咖啡館坐上一小時。（現在的我獨處，卻在嘉瑪丁路〔rue Caumartin〕熱切等著芭比。這種完整的感覺如此罕見。）

要想寫作，我就得頭腦清醒，能夠獨處，即使艾琳和我在同一個房間內。

＊

我的那些小說【原文照登】不是存在於我腦袋中的想法。在我試圖擬定計畫，寫下與小說有關的筆記時才了解這一點。只有寫出來時它們才會存在；寫出來之前，我都是空白。就像在腦袋裡無法賽跑，得等著實際的槍聲一響才能起跑

＊

【根據推測，以下這則一九六一年春／夏期間但未載明日期的日記是蘇珊·桑塔格替她的小說所做的筆記，不過這本小說未有進一步發展。】

Donnée（主題）：

　(1)海達·嘉博勒（Hedda Gabler）類型的女人　　（禁止）
　(2)X（女性）　　　　　　　　　　　　　　"le Jour de relâche"
　　　　　　　　　　　　　　　　　　　　　（暫停公演）

⑶將舊屋廢墟當成美術館　　　　　　*Liaisons Dangereuses*

《危險關係》

(a) elle se veut être lucide（她希望更明白）

日本籍的愛人

(b) elle se veut être sensuoux【*sic*】（她想要訴諸美桿【原文照
登】）

想成為英語世界的法國小說家德拉克洛（Laclos）[1]

沒有這兩種狀況

(a) 勞倫斯式的狂熱大發現
(b) 令人厭惡的性（雜交）

酷

【以下未載詳細日期很可能與上則日記同一時間所寫】

伯克

反覆形式之原則：以新的偽裝來持續維持某一原則

＊

六月九日

凡登戲院（Vendôme），歌劇院大道（Ave de l'Opéra）：耶吉‧卡瓦萊

---

1 小說《危險關係》的作者。

洛威茲（Jerzy Kawalerowicz）的《天使之母親瓊安》（*Mère Jeanne des Anges*, 1961）。電影資料館（Cinemathèque）：史卓漢（Stroheim）的「愚妻」（Foolish Wives）。

六月十日

好萊塢影城，嘉馬丁路（rue Caumartin）：羅杰・瓦丁（Roger Vadim）的《危險關係》（*Les Liaisons Dangereuses*, 1960），演員：珍妮・夢露（Jeanne Moreau）、傑哈・菲利普（Gérard Philipe）、安娜特・瓦丁（Annette Vadim）

六月十二日

艾托爾製片廠（Studio L'Étoile），瓦格蘭大道（Ave. Wagram）：溝口健二（Kenji Mizoguchi）的《西鶴一代女》（*La Vie de O-Haru, Femme Galante*）

【以下是另一則同時期的日記，未載精確日期】

十一世紀的葡萄牙的哲學家國王杜阿特（Duarte）？

＊

Targum（塔古姆）＝聖經的阿拉姆語（Aramaic）譯本

Talmud（塔木德經）＝聖經與猶太教口傳律法（Mishnah）裡頭，有關猶太律法之討論與詮釋的百科全書

純粹律法的部分稱為「哈拉卡」（Halakhah），非律法的部分稱為「阿

加達」（Aggadah）

巴比倫人和巴勒斯坦人的塔木德經對西元前二世紀到西元五世紀之間的猶太市民生活提供相關訊息……

*

阿根廷作家波赫士（Jorge Luis Borges）的《迷宮》（*Le Labyrinthe*）

*

【這則日記記錄的是與兩位編輯的會面，應該是為了討論蘇珊‧桑塔格的小說《恩人》】

藍燈書屋（Random House）
PL 1-2600
傑森‧艾普斯坦（Jason Epstein）
喬歐‧福克斯（Joe Fox）
週三下午三點半
薰衣草胸花

*

購買

　　米歇爾‧雷里斯（Michel Leiris），《男人的年齡》（*L'Age d'Homme*）【這本書後來被劃掉，可能是蘇珊‧桑塔格買了之後刪除的。】

巴塔葉（George Bataille），《情色》（*L'érotisme*）

羅伯特・米契爾斯（Robert Michels），《性道德》（*Sexual Ethics*）

托倫斯（Torrance），《喀爾文的人論》（*Calvin's Doctrine of Man*, Lutterworth 出版）

哈納克（Harnack），《基督教的擴張【西元前三世紀】》（*The Expansion of Christianity*【*in the First Three Centuries*】）

布魯克斯・亞當斯（Brooks Adams），《社會革命之理論》（*The Theory of Social Revolutions*）

尚・瓦爾（Jean Wahl），《哲學之捍衛與擴張》（*Défense et élargissement de la philosophie*）

《詩之運用：克勞德》（*Le recours aux poètes: Claudel*，巴黎，一九五九年），二九二頁。

胡塞爾（Husserl，巴黎，一九五九年）兩卷

《胡塞爾逝後作品集：危機》（*L'ouvrage posthume de Husserl: La Krisis*，巴黎，一九五九年），十七頁。

*

凱樂瓦（R. Caillois），《詩藝》（*Art poétique*，巴黎，一九五八年）二〇二頁，第二版。

8/10/61

【八月的日記是在蘇珊・桑塔格到雅典旅行，整個八月待在伊德拉島（*Hydra*）所寫的。這本札記裡也概述記錄了蘇珊・桑塔格第一本小說《恩人》裡的人物、情節和段落，這些部分在札記中稱為「西波里特之告白」（*Confessions of Hippolyte*）。】

B.B. 不快樂的滿足

*

為什麼我在夢中會如此鄙夷自己？

我害怕我從未好好使用過自己的身體（我的夢境這麼告訴我⋯⋯）。

8/13/61

大衛從未友善地接近任何成人，除非他們先與他交談。

成人和大衛說話時，我常替大衛回答！！

*

我從不懂苦行主義。我總以為要拋棄感官知覺、拋棄活力才能達到苦行。我從未明白有一種形式的苦行──包括簡化個人需求，*以及*設法更積極地滿足需求──其實是更高度發展的感官知覺。我所了解的唯一一種感官知覺是需要奢侈的愛情＋舒適才能實現

*

想寫作，你必須讓自己成為（在所有的角色當中）你自己不喜歡的那種人

面對美國經濟，科學家所扮演的角色就像服裝界裡的女裝設計師——創造出過時落伍的標準，好讓去年的【原文照登】得以被拋棄

＊

書寫是一種很美的行為。它讓某些東西可以在日後帶給別人愉悅

8/16/61

【從札記的脈絡來看，以下這個句子所指的人很可能是艾琳・佛妮絲，但蘇珊・桑塔格沒說得很明顯。】

粗俗，就跟我母親一樣。熱愛權力、金錢、成就、名聲。

＊

當事情出錯或行不通時，我很少想到努力修補。我通常——想都沒想——採取一種方式：不去看待該事物的缺陷面。

艾琳正好相反，從她對打字機的反應就可見一斑。那臺打字機的「？」鍵歪掉，還有色帶只能朝某個方向鬆開，不過我照常用了整星期都不去管，而她昨天才使用，打了一行後，就想調整打字機——也真的動手做。她用一張紙將捲軸修理好，還找到能直接空兩行的方式——而我之前都靠手動——

重生

我透過交換名片和人接觸。你來自哪裡？喔，你認識某某人嗎？（若對方是男同志，就舉男同志為例子，若對方是作家，就搬出作家，若是教授，就抬出教授，之類的。）接著問，你讀過 —— ？你看過——？

8/23/61

艾琳說，這是她幾個月來第一次美妙的性高潮，但後來被我搞砸了。

她心不在焉、對我厭煩、沒耐心。

想起她幾天前提議的，她說我們回到紐約後她要自己租個房間，還說我們可以「常常」見面。

有腫瘤時，就得手術割除，她這麼說。我哭了。她握住我的手。不過她很快又會這麼說。

我今天對她說：「我愛妳。」她回答：「這和那有何關係？」

我今晚花了一個小時（那時她去港邊）自慰＋拿鏡子研究自己的陰穴。她回來後我把這事告訴她。她說：「妳有什麼發現嗎？」我回答：「沒有。」

*

深謀遠慮

出現好事物時別輕看，別理所當然以為接下來出現的也一定是好事。

*

停止閱讀，放下書本時，你必須把那頁做記號，以便重拾書本時能從相同的地方開始閱讀。同樣地，做愛時若停頓下來（去尿尿或脫衣服），也必須記住剛剛進行到的階段，以便稍後能由那裡開始進行。然後，你必須謹慎地觀看是否順利，因為有時候——就算只是中斷一下下——必須從頭開始。

*

艾琳：性是催眠。單調地維持某種節奏（但不是所有的節奏都是性節奏）。幾種連續檔速的節奏。

*

過去只是一場夢。

*

影像：沒有指揮的交響樂團、沒有導演的電影、沒有父親的夢境

8/24/61

絕口不對艾琳提起：

1. 菲利普

2. 我的童年、學校等

3. 母親

（將這些留給擔任排水溝角色的心理分析師吧，＋也別談論她）【這裡所說的「她」是指戴安娜・凱梅妮（*Diana Kemeny*），蘇珊・桑塔格上個春天開始看的心理分析師】

*

幾天前艾琳說：「對我來說，性向來就是宗教。」

*

在性愛裡沒有禮貌的餘地。禮貌（不體貼周到）只能用在雌雄同體的生物上。

【以下只標示「八月」】

【斯丹達爾早期的小說】《阿芒斯》（*Armance*）——比十九世紀小說的結構更散漫，但節奏較快，也較少視覺性，較少戲劇張力。

莫爾維特夫人（N.B. Mme de Malvert）認為說出兒子阿芒斯患有的「結核病」這個詞，會讓病情惡化（第一章）——彷彿「詞語會燃起感覺」，就像【斯丹達爾】另一部小說《帕爾馬修道院》（*La Chartreuse de Parme*；坐在馬車裡的桑塞維里諾〔Sanseverino〕）

*

短篇故事。

兩個具有相同性別和名字的人

其中一個因嫉妒（＞和蔑視）另一個而飽受痛苦折磨

兩種人生之映照：幼年、朋友、離婚、就業、辭職、心理分析師

9/12/61

【日期旁邊註明：搭火車，布拉格—巴黎】

1. 我的個性、愛好和標準沒有通則性的陳述——譬如「我絕不……」或「我不會……」

從幼年起加諸我身上的是行事標準，而非傾向或愛好——我是以這種方式被形塑的。

譬如：「我不會帶大衛去診所」或「我絕不會借錢給海芮葉特」——

愛好或特質不會將自己通則化；通常要在特定的具體狀況下才能彰顯其存在。就算沒被預期，它們也不會憤慨。

憤慨是好線索，可以藉此得知事情出差錯——

你不會說：「我從不在我的咖啡裡喝牛奶。」

憤慨、通則性的陳述必然會證實那些用來維持某種態度而做的努力。並非這種態度經常違背人的傾向愛好（雖然多

　　　　　　　　　　　　　　　重生

數狀況的確如此），而是其至少是一種沒被吸收而被「承受」，以責任、義務和規定形式而呈現的態度。當你發現不是所有人都認知到這種責任，＋你的努力似乎沒價值（因為不是所有人都跟你同樣努力），這時候你就會憤慨。

2. 關於金錢：【沒有進一步說明】

3. 保持乾淨——我的這個問題與性有關。沐浴完後我會覺得「準備好要做愛」，但經常沒這種機會；所以我開始抗拒洗澡——我害怕我的肌膚經常帶給我的那種感覺。（想起一件事——和丹妮一起去【芝加哥】的「近北區」〔Near North Side〕參加派對時，我對她說：沖澡——代表被要求離開。）

*

致命疾病之寓言：

三週前可用兩顆阿斯匹靈治癒；兩週前施以盤尼西林就足夠；上週開始得用氧氣罩；這週要截肢；下週病人死亡。上週開立盤尼西林的醫生很蠢！他不只沒能治癒病人，甚至加速病程？

9/14–9/15/61

1. 別重複嘮叨

2. 別想讓自己風趣

3. 少點微笑，少點話語。更重要的是微笑時要打從內心笑，

相信自己所言＋只說自己相信的話

4. 自己縫鈕扣（＋把自己嘴巴也縫起來）

5. 試著修補壞掉的東西

6. 每天洗澡，每十天洗頭。也要大衛這麼做

7. 思考為何自己會在看電影時咬指甲

8. 別嘲笑別人、別惡毒、別批評別人的外貌，等（這些都是
   粗鄙與無意義的行為）

9. 更節省一點（我目前這種太自在的花錢方式讓我不得不設
   法賺這麼多的錢）

【札記中未詳載日期】

艾琳說得對，我必須放棄一切，否則我就永遠只能擁有膽汁而沒有
血，只有皮膚而沒肌肉。

無所謂。思考死亡。別想「現身」。我太過任性：我對意志力毫無所
悉。

思考：「無所謂」。

想想布雷克。他的笑容不是為別人。

我不占有自己，我也不該想占有任何人；這行不通，因為我太笨拙。

別太常笑，要坐姿端正，每天洗澡。更重要的，「別妄言」。隨口說出
那些已出現在我舌後，隨時準備出口的句子。

　　　　　　　　　　　　　　　　　　　　重生

「別妄想」。

我應該做得比這些更多，這些對我來說一直很難做到。

小心那些你發現自己常說的話。

以在火車上那個法國女孩為例：

　　她說：「我的姊姊在那裡。」（指著那個睡姿不雅，有張圓臉
　　　　的少女）

　　我說：「喔，那是妳姊姊啊？」

　　她說：「對，我們兩個長得很不像，對不對？」

想想看，這些話她一定說過成千上百次，每說一次就會加深、強化、
確定這些話語背後的感覺。

【在這本札記的很後面部分發現這則標示一九六一年／九月／十五日的
日記，旁邊註明「en avion」（飛行）】

思考死亡，也思忖衡量我老想著「或許我今天會死」的念頭。

所有的計畫都可被模仿嘲笑。

「等等……我還沒結束……」

性愛不是計畫（與寫書、發展生涯、養育小孩不同）。性愛每天都會
耗損自己。沒有承諾、沒有目標、也沒什麼好延遲。性愛無法累積。

性愛唯一的好處在於讓死亡無法欺騙我們，一旦我們開始過著有性愛

的生活。性福美滿一年後死去，不會比三十年後才死更悲慘。

如此說來，只有那些可以反覆進行的行為才能免於嘗到死亡的苦澀滋味。

【以下日記未詳載日期，很可能是六年後插入這本札記中，很難區分到底是「1961」或「1967」。】

幾年前我發現閱讀讓我作嘔，那感覺就像狂飲後因宿醉而痛苦難受的酒鬼。每次在書店裡瀏覽一、兩小時，我就會呆滯、煩躁、沮喪。我不知道為何如此，但就是無法不閱讀。

——而且，狂讀（一次讀數本書）之後必須好好睡一覺，這種習慣更反應出我如酒鬼般的閱讀行為。以前狀況則相反，我在床邊放好幾本書——貪婪地閱讀，雖然不懂自己讀到了什麼。如此嗜讀是為了讓自己能入睡。

東西被買下，攜出店外後，會變得更好看——就算帶著那東西搭公車回家——是因為它們已開始被你深愛。

（譬如火車上那個法國小女孩包包裡放的塑膠洋娃娃）

「我喜歡那些能讓自己的感覺具體化的人。」

Ouverte（開放的）、aimable（和善的）、spontanée（自發的）

英國人缺乏溫暖，不在於良善美意層面，而在於肉體肌膚方面。

重生

【未載詳細日期】

卡謬（Camus）：

每次（我）臣服於自己的虛榮，每次為了「現身」而思而活，就會背叛……不需要為其他人表現自己，只需要為自己深愛的人這麼做。如此一來，表現自己就不是為了表現，而是為了給予。只在必要時才現身的人具有更大的力量。為達目的，就必須知道如何保衛自己的祕密。我因孤寂而受苦，但為了保有我的私密，我克服了孤寂的苦楚。今天，我知道沒有什麼比沒沒無聞地獨居更光榮。

書寫，我的深刻喜悅！

順應世界並享受世界——不過只在赤裸的時候這麼做。

*

「亨利‧貝拉曼基金會」（Henry Bellamann Foundation）＝每年
【給獎金】
依笛思‧桑索姆（Edith M. Sansom）
主任
康納瑞街（Conery St.）一五三四號
紐奧良

「杭丁頓‧哈特福基金會」（Huntington Hartford Foundation）
鄉間峽谷路（Rustic Canyon Rd.）二〇〇號
帕利薩德市（Pacific Palisades）

加州

創意寫作的獎學金

「尤金・薩克思頓紀念信託」（Eugene F. Saxton Memorial Trust）
兩千五百美元，沒有固定日期
由出版商「哈潑兄弟」（Harper & Bros）轉交
東四十九，三十三號

詩人「詹姆士・梅里爾基金會」（James Merrill Foundation）

（La Hune）【巴黎的書店】買書

米歇爾・萊里斯（Michel Leiris）的《貢德爾之衣索比亞人之財產與戲院》（*La Possession et ses aspects théâtraux chez les Éthiopiens de Gondar*, 1958）

「*L'Homme*, Cahiers d'Ethnologie, de Géographie et de Linguistique」（新系列）叢書第一卷，出版商：l'École Pratique des Hautes Études（第六部門）及「國家科學研究中心」（Centre National de la Recherche Scientifique）（人類學家李維一史陀〔Lévi-Strauss〕等編著）

普隆書店（Librairie Plon）
伽杭塞爾街（rue Garancière）八號
巴黎 6e

薛 弗 納（A. Schaeffner），「Pre 戲 院 」（Le Pré-Théâtre），
《複調音樂》（*Polyphonie*，巴黎第一大學出版一九四七─
一九四八年）第七至十四頁

讓邁爾（H. Jeanmaire），《戴奧尼索斯，酒神之崇拜歷史》
（*Dionysos, histoire du culte de Bacchus*，巴黎出版社 Payot，
一九五一年）

*

虛妄的上流社會身分：「感覺很差」

在句子中間，將主詞由虛矯的「人」變成比較自在的「他」

9/19/61

怪事發生在我身上了。昨天我想讀圖書目錄＋卻讀不下去，＋扔到一
旁。──我開始能分辨良莠了！

真的有神祕之謎（不只是不確定之謎）：這是清教徒的嚴謹心靈所無法
理解的。

譬如，聖人惹內的神性。

想和衣入睡這種念頭與沒洗澡有關。這種時候我就想這麼做。

變瘦：改變自我認同。

我們藉由改變自己的個人外貌來慶祝自己性格的轉變。

海芮葉特為什麼不這麼做？

為什麼一個人不能是基督教的正統信仰者，為什麼不能相信宗教只是
真理之媒介？這根本是否定其他文明所具有的人性。【以下未完成的句
子是被蘇珊‧桑塔格刪除了。】一旦你超越自己文明的界限，你

【札記中未載詳細日期】

寫信去訂

《左派研究》期刊（Studies on the Left），「古巴」專題等。
第五卷，第三期
八十五分美元
郵政信箱 2121
威斯康辛州，麥迪遜 5

波納帕德書店（Librairie Bonaparte）
戲院，電影

《安東尼‧亞陶與我們時代的劇場》（*Antonin Artaud et le
théâtre de notre temps*）雷諾—巴羅特劇團筆記

美國前衛電影導演肯尼斯‧安格（Kenneth Anger），《好萊塢
巴比倫》（*Hollywood Babylon*）

*

Pourquoi aurais-je túe cette femme？

　　　　　　　　　　　　　　　　　　　　　重生

我為何殺了那女人？

*

母親

「我已達到那階段，當⋯⋯」
「這些年來我已經變成⋯⋯」
「讓我們面對現實⋯⋯」

維斯康堤（Visconti），福特（Ford）
巴黎戲院（Théâtre de Paris）
布蘭切路（rue Blanche）十五號。八點半。

哥雅（Goya）畫展
加維雅畫廊（Galerie Gavea）
波艾蒂路（rue de la Boétie）四十五號
巴黎第八區
早上十點到十二點半
下午兩點到七點

12/3/61

我變得可以覺察感覺的「死角」──也就是言談之間毫無任何感覺（這非常不同於我之前莫名地厭惡說話）。

*

作家必須成為四種人：

    (1)難搞偏執的人

    (2)傻瓜

    (3)在乎風格者

    (4)文評家

第一種人提供內容，第二種人讓內容得以抒發出來，第三種人涉及品味，第四種人是智慧。

偉大的作家必須有這四種身分——不過即使只有第一和第二種身分也能當個好作家；因為此二最為重要。

12/9/61

害怕變老是因為認知到當下的生命並非自己想望的狀態。這種生命狀態等於濫用當下的生命。

1962

【以下兩則日記未詳載日期，很可能是一九六二年一月或二月所寫】

【小說家暨文評家】瑪麗・麥卡錫（Mary McCarthy）的笑容——一頭灰髮——穿著尋常的紅＋藍色印花套裝，具有參加俱樂部那些女人的八卦個性，可說栩栩如生地呈現了【她的小說】《那一群》（*The Group*）的風格。她對丈夫很好。

*

我透過寫作來定義自己——一種創造自我之舉——也是成為自己的過程——透過與自己、與我所欣賞的作家（不論在世或已逝），以及與我理想中的讀者之間的對話……

因為這帶給我愉悅（我是說寫作這種「活動」）。

我不確定我的作品提供了什麼效果。

個人的救贖——里爾克，《給年輕詩人的信》（*Letters to a Young Poet*）

1/7/62

猶太人的「代價問題」——

倖存是最終的價值，功績與受苦劃上等號，以作為手段

基督徒從猶太人【參見聖保羅事蹟】身上擷取受苦美德之價值的整個觀念（而非受苦之目的！）而兩者之差別在於基督教從未真正相信並活出這種觀念——除了早期的殉教烈士和修道士。在基督徒的經驗中，沒一種符合這種價值（而猶太人有過遭受迫害、集體屠殺和反猶太主義等經驗。）猶太人不只是嘴巴說說，而是在生命中活出這種觀念。

這就像出身於貴族之家的孩子，父母具有表親關係，而其父母的父母也是表親＋過去四十代皆如此，＋於是這個孩子患有白血病＋兩隻手都有六根手指＋梅毒。有人告訴他，「我想你會這樣是因為你父母是表親。」但他卻告訴其他人：「那人只是嫉妒我，因為我是血統純正的貴族。」

靈性＝神智清醒／心情寧靜

猶太人通常會談到自己的「權利」（而非自己想要的東西）。

一九六二年二月十二日那週

1. 禮貌（「請」、「謝謝」、「對不起」之類的）

不向對方讓步的方式

大衛已經學到這些：我和人相處時膽怯有禮的風格。

    B. 性愛過程中我動作笨拙時會說：「不好意思。」
    C. 我被傷害，被拒絕時會說：「你侮辱我。」

我母親對中國家庭的看法——

她一天到晚抱怨她沒——從爸爸、我和荼蒂斯身上——得到的東西是
「尊重」，而不是我們傷害她、不愛她。她在意的是我們「冒犯」她

造成我有一種逃避、拐彎抹角的傾向，不敢正面說出我的想望

我曾對艾琳說：「我寧可表現禮貌，也不想表現公平。」

2. 早熟的順從　應和

這樣一來潛藏的頑強才不會被碰觸到

我惡名昭彰的調情與勾引舉動有百分之八十起因於此

我很驕傲——很難表現出我以前受辱時會有的憤怒反應＞我所能做的
只是去睡覺

參見二月十四日的法院審判【這天菲利普・瑞夫爭取大衛監護權的官
司在曼哈頓法院開庭。結果菲利普・瑞夫被削減探視權。本則日記裡
的「雷斯特」是蘇珊・桑塔格的律師雷斯特・密格戴爾。】

我不會承認面對雷斯特時我覺得受羞辱，覺得沮喪。在電話中他好冷
淡，他一定不喜歡我——

我藉由提早表現謙卑來捍衛自己。在未受別人拒絕之前先拒絕（鄙夷）自己＋而且程度更甚。我藉此來削弱受傷的力道反應

3. 透過說話來毀掉原本好的東西（很自然，無意識地）

    A. 譬如，每次大衛表現得很可愛，露出笑容，記得歌詞時（這種狀況很少），就好好稱讚他

    B. 譬如，在大衛體驗到新情境時，跟他好好解釋——以事實來填滿他的心智

週日，恩斯特在摺紙天鵝，我告訴他【大衛】，這是日本的手工藝，叫折り紙（origami）……

4. **絕不要求解釋**

譬如，金錢——我認為金錢是庸俗的（這觀念來自母親）

金錢來自「某個地方」

不是我賺的，應得的。事實上可以沒有報酬的（但這樣一來多多少少不公平），所以不論數量多寡，任何的報酬都好

＊

我對自己的認識：

    (1)**我不會通則化**——只會一點一滴觀察——我不會操弄各種不同行為背後的基本價值。艾琳所說的每件事對我來說都是個別獨立的事實。

⑵我必須區分價值與態度。

神經質式的調整會造成／耽溺於某種價值，某種典範，會讓它自己茁壯，持續下去

我仍珍視我的母親（就像我珍視女星瓊・克勞馥，將之視為女士之類的），雖然我現在發現她有多不足，多麼錯誤

我不再神經兮兮後，會失去我的魅力嗎？

我對莫妮卡・維蒂（Monica Vitti）（【安東尼奧尼〔Antonioni〕電影】《奇遇》〔*L'avventura*〕裡的女星）欣賞和認同的理由，與我對于連・索海爾（Julien Sorel）【斯丹達爾小說《紅與黑》（*The Red and the Black*）裡的主角】欣賞的理由相反

*

實驗＋練習

　　1. 咀嚼

　　2. 感覺質地、物體

　　3. 檢查肩膀（別聳肩，放下肩）

　　4. 別蹺腳

　　5. 深呼吸

　　6. 別那麼常摸自己的臉

　　7. *每天洗澡*（過去六個月來已有很大進步）

重生

8. 審視自己週二晚上的自傲——激動——沮喪。賈可柏【‧陶伯斯】。【他成了】菲利普的代替品＋研討會。為我授課，成為他智識上的手淫對象

3/3/62

我母親教我的那幾套：

> ——有禮貌（「請」、「謝謝」、「不好意思」、「對不起」、「我可以……」）
> ——分心，就是不忠心
> ——「中國式家庭」

我不是我母親的孩子——我是她的主題（主題、同伴、朋友、夥伴。我犧牲我的童年——我的誠實天真——就為了取悅她）。我的「退縮」習性——讓我的活動和認同似乎都有點不真實——就是對我母親忠心的表現。我對知識的追求更強化了這種習性——這是我在服侍母親時還能讓自己脫離她的工具。

我想，根源在於恐懼——恐懼長大，彷彿一長大，就得宣告我必須離開，無法再受照顧。

我想，正是如此，我才會（完全）無法穩定下來，不管在性愛、工作，以及母親角色方面。因為我若穩定下來，就代表我是成人。

可是我甚至沒真正當過小孩！

我在床上表現不佳（情欲尚未「開竅」），是因為我不認為自己是個能在性愛上滿足別人的人──我不認為自己是自由不羈的。

我把自己視為「想努力」的人。我想努力取悅別人，當然不曾成功過。

我讓自己不幸，因為可以藉此向別人證明我很努力。在「我這麼棒，棒到讓自己受傷」背後意味著：「我努力讓自己表現優秀，你看不出來我有多努力嗎，請對我有點耐心。」

從這點來看，希望自己經常失敗──性愛方面除外──的念頭，讓我的天賦不斷受挫。於是我開始貶抑自己的成就（朋友同儕、小說、工作）。對我來說，這些成就變得很不真實。我覺得自己很假面，只會偽裝。

*

我誇張地說我很少戀愛，很少交到密友，為的是要說：「瞧，我可沒那麼常背叛你，除非那種相吸的感覺太強烈。我可不會為了不至於撼動我生命的普通感情來背叛你。」

我的對一夫一妻制的強迫性堅持是：

⑴複製了我與母親的關係──我不能背叛，否則妳就會離開我。

恐懼

⑵若我對你不忠實，就代表你對我不是那麼重要。

我會

　　驕傲地堅持恐懼下去

3/5/62

我將性愛置於情欲之下——在做愛的行為當下。

我害怕那種冷漠的性愛：我希望有人跟我說話，擁抱我。

海芮葉特帶來的創傷。

#1：粗暴惡意的性愛。讓我恐懼。

美國人認為性愛就是指劇烈呼吸（熱情）。他們只是嘴巴說說，而非真的這麼做。他們以為呼吸平緩＝較不熱情，較冷漠（艾琳）。

捷徑：別把性愛稱為性愛。稱它為探索（而不是體驗，不是愛的展現），探索另一個人的身體。每次都會學到一些新東西。

多數的美國人開始做愛的方式，就像閉著眼睛跳出窗戶。

將性愛當成認知上的行為，這種態度實際上可以有效地幫助我張開眼睛，抬頭專注地做愛——艾琳就很渴望能夠擁有（或者經常期望）能夠臣服於一種冥想式的性愛體驗——在這種狀態下，重點不在於竭盡展現激動熱情的性（沒有骨盆腔的痙攣，沒有急促呼吸，沒有呻吟浪語，等）。

我現在必須讓性愛變成認知行為＋認知感覺——以矯正失衡現象。

蘇珊‧陶伯斯說：性易受驚嚇。它是對刻意無知的理性化（別以外相來褻瀆它的神祕）。

9/3/62

我坐在河邊草地上，大衛正在跟一個波多黎各的男孩和男子玩球。

孤獨，孤獨，孤獨。腹語表演的玩偶沒有了主人。我腦袋枯竭，心好痛。哪裡有寧靜，何處是中心？

我所坐的草地上有七種草

【草的素描圖】

蒲公英、松鼠、小黃花，還有狗屎。

──我希望能孤獨，能知道孤獨可以滋養人──而非只是空等待。

我小說裡的主角西波里特（Hippolyte）說，有福氣就是指心靈能被某種東西占據，而不是被自己的不滿足盤據。

我昨晚夢見納漢‧葛雷澤【彼時，葛雷澤是蘇珊‧桑塔格在《評論》雜誌的同事】。他來跟我借我那件很美的黑洋裝，要給他女友穿去參加派對。我努力幫他找出這件衣服。他躺在一張簡陋的床上＋我坐在他旁邊撫摸他臉龐。他的肌膚白皙，但有幾叢像苔蘚般的黑鬚。我問他，他的臉怎麼這麼蒼白，＋還叫他去曬曬太陽。我希望他愛我，但他辦不到。

安壓迫我，瓊安沒這麼做。

我等著大衛以我所期待的方式上學、長大，變成大人。會消逝的只有我的生命！我服了三種刑期：我的童年、我的婚姻，我孩子的童年。

我必須改變生命才能活下去，而不是坐著等待。或許我應該放棄大衛。

9/7/62

【在札記中，這則日記放在一九六二年九月十五日之後】

佛洛依德筆下的所有英雄都是受壓迫的英雄（摩西、杜思妥也夫斯基、達文西）；對他來說，英雄正該如此。工作充滿樂趣，自我 vs. 邋遢的軀體。這就是菲利普被佛洛依德吸引的主要原因。大家總問我（譬如這個禮拜安就問過），對佛洛依德有興趣的人怎麼會出現菲利普的那些行為。我猜，可能沒人真正讀過佛洛依德吧。當然，他對人類動機有番精湛洞識——這點瑞夫教授當然沒有——不過，他（佛洛依德）是自斷手足的「英雄」當中的佼佼者。他創立的心理分析學派（頂多）是一種睥睨身體、直覺，與自然生命的高傲科學。

9/12/62

早熟的順從，應和，這樣一來潛藏的頑強才不會被碰觸到。我惡名昭彰的調情與勾引舉動有百分之八十起因於此。

9/15/62 1:15am

我很確定此刻艾琳正和別人躺在床上。我覺得自己的五臟六腑如被沸水淋燙。

昨晚我好焦慮，覺得自己要得肺炎了。墨西哥餐館＋墨西哥。艾琳昨天那封矯飾的信裡寫道：「我無法呼吸了。」

撕裂那件黃洋裝。

＊

女性的性欲有兩種類型：回應者＋始作者。所有的性愛既是主動（內在本身有動力）＋被動（臣服）。

女人因為害怕別人的看法──這並非女人的天性──使得多數女人在自己懂得渴求之前就先依賴被需求的角色。

整合、被整合的愛，我都必須抗拒。應該成為某人掌心中的緊繃張力，正如舞蹈教練所言。若自己軟趴趴，就無法被按摩。

試著把【和艾琳的】分手當成這種張力吧，如此一來我就可以獲得按摩也給予按摩……切斷「絕望啊──我被拒絕了」或者「去她的」這兩種輪替的念頭。

在這社會中，人必須選擇要給自己「餵食」【原本有「進去」兩字，但被刪除】什麼──身體會剝奪心智＋反之亦然。除非一開始就很幸運或聰明，可惜我既不幸運也不聰明。我希望自己的活力流向何處？書

本或性愛，事業或愛情，焦慮或感官享受？不可能兩者皆得。甚至別以為最後我自然地會得到這些。

在亨利‧詹姆士（Henry James）＋普魯斯特（Proust）的感性當中，有某種庸俗、齷齪、怯懦、反生命、勢利的東西。金錢的魅力，性愛的汙穢。

作家要不是外圍的（如荷馬、托爾斯泰）就是內在的（卡夫卡）。世界或瘋狂。荷馬＋托爾斯泰就像具象繪畫（Figurative Painting）——企圖透過崇高的善舉，超越價值判斷的方式來呈現世界。或者——發洩個人的瘋狂。第一種作家比較偉大。我大概只能當第二種作家。

9/20/62

心智是娼妓。

我的閱讀是一種儲存、累積，以積聚未來，填補目前的洞隙。性愛和飲食則是完全不同的動機——是為了本身的愉悅，只為了當下存在——無涉於過去＋未來。我對它們毫無所求，就連記憶也不妄求。

記憶是試煉。一個人想牢記的東西——雖然仍在體驗中——是腐敗的。

寫作源於另一種動機，與這些責難無關。寫作是一種履行，清償記憶的債務。

失去自主性的性幻想：

　　奴隸

身體檢查

妓女

強暴

【以下未詳載日期，僅標示一九六二年秋天】

……被嬰靈糾纏，它們未成形的器官想在她子宮裡一個月一個月地發展茁壯，然而，它們卻只能沾上衛生棉＋隨便地被沖進馬桶中。

【以下未詳載日期，僅標示一九六二年秋天】

書籍

俄利根（Origen），《駁斥克里索》（*Contra Celsum*）

丕賈爾（Pritchard），《近東古代文獻集》（*ANET*〔*Ancient Near Eastern Texts*〕）

~~摩根（Morgan），《印度之道》（The Hindu Way）~~

~~惠欽格（Huizinga），《中世紀的衰微》（The Waning of the Middle Ages）~~

~~諾斯羅普‧弗萊（Northrop Frye），《批判的剖析》（Anatomy of Criticism）~~

康福德（Cornford），《不成文哲學》（*The Unwritten Philosophy*）

珍・哈里森（Jane Harrison），《古希臘宗教的社會起源》
（*Themis: A Study of the Social Origins of the Greek Religion*）

喬治・湯姆森（George Thomson），《古希臘社會之研究》
（*Studies in Ancient Greek Society*〔【這本書應該是在】第十三
西街的共產主義書店購買的〕）

拉布拉斯（G. Le Bras），《【修女】之社會學研究》（*Études de
sociologie*〔*religieuse*〕，巴黎 PUF 出版）

羅伯特・莫瑞（Robert Murray）的《改革的政治後果》（*The
Political Consequences of the Reformation*）

吉朋（Gibbon），《羅馬帝國興亡史》（〔*The History of the*〕
Decline and Fall〔*of the Roman Empire*〕）

逖爾理屈（Tillich），《歷史之詮釋》（*The Interp*〔*retation*〕*of
History*）

10/16/62

【以下日記乃於札記的活頁中發現】

感傷。情緒的惰性。不是輕快愉悅的情緒——我就是感傷。我攀附著
我的情緒狀態，或者是它們糾纏我？

真希望我能認為：艾琳就是不把我當一回事。她在信中悍然斷拒我們
的親密感，帶著優越態度對我偶爾施恩般地碰觸。

沒一次說過「我想妳」，也沒一句肺腑之言。

我無從解釋起，除了認為她對我的感覺已經徹底瓦解，不痛不癢地消融無蹤。溝通管道封鎖中斷。

Tiemmi, tiemmi.（抱我，抱我。）【出自但丁（*Dante*）的《煉獄》（*Purgatorio*）第三十一篇：Poi, quando il cor virtù di fuor rendemmi, / la donna ch'io avea trovata sola / sopra me vidi, e dicea: 'Tiemmi, tiemmi!'，（隨後，心修補了我的外在感知，我發現那獨處的女人在我之上。我見到她，她說：「抱我，抱我。」）】

我想艾琳有鑰匙，只有她才有。我的情欲完全朝向她。嚴格來說，我現在知道不是這麼一回事，但我仍不相信任何其他人的存在。

我不相信她會回到我身邊。那些離開我的都不會再回來。

——我在信中對她撒了多大的謊啊！我要她相信我很平靜，仍充滿希望——這是我盼望她回來的最後魔法了。

1963

3/26/63

要愛真理甚於想當好人。

要問：「這人能誘發出我內心的某種良善嗎？」而不要問：「這人美麗、善良，有價值嗎？」

【以下這則日記僅載一九六三年四月，波多黎各。裡面包括從札記本裡撕下，被夾在一起的十張紙】

書籍是武器。我害怕（羞於）使用我的武器。

「女性小說家缺乏執行力」（【哥倫比亞大學英文系教授】史帝文‧馬庫斯幾晚前這麼說）──書寫是她們與自我的另一種關係。這種關係透過感性來蔓延。

我厭惡獨處，每當獨處我就覺得自己老了十歲。（變得膽小、徬徨、侷促、疑惑自己是否可以做這或做那而苦惱不已。）當我和別人在一起＋我能借用成人身分＋從別人那裡獲得自信。

此刻在旅館：——今早如何透過電話問時間、是否該帶浴巾到海灘、是否要兌現支票，等。

昨晚的兩個夢

> ——有個男人（我丈夫——他瘋了？）想自殺——將水管撬開——屋子裡淹水（水泥磚蓋的），我帶著孩子逃到山丘——他追來，騙我，把孩子帶到下面，兩人都死了。

> ——有個學生指責我（【上課乏味】等，他叫摩爾‧瓦爾？）我不懂為什麼他這麼討厭我。班上同學沒一個人站在我這邊。他吹口琴（很動聽）——我開始說話，要他別吹，但他不理會。我生氣＋走過去＋將口琴拿走，轉身回教室前方。他又拿出另一把，我告訴他，我要當掉他，然後他開始說話。

> 另一堂課（哥大）也有個搗亂分子。我正溫和地批評美國——突然所有學生拿出正方形小紙片＋開始燒起這些紙（我們所在是小視聽室）。寂靜無聲。我頓住。稍後我才發現這是一種宣示，一種訊號，一種不祥之兆。他們全都是（我估計約有五分之四）學生法西斯組織的成員。我被他們詛咒。

重生

剩下的夢境就是在辦公室準備和院長見面，跟他解釋。我看見費里斯，但他變成一個老婦——他（她）好忙，必須回家，不過我等待時他（她）陪著我。我告訴他，我真的好驚訝，教書這幾年來從沒發生過這種事——結果現在一天兩起。十六歲時我決定對——承認，但僅止於此。

*

我不懂為何要有這趟旅行，除非我期望處於不快樂當中也有好處可得——彷彿只要耗盡我人生的不快樂，＋剩下的就只有歡樂。我時時刻刻處於茫然困惑的悲慘狀態，沒有什麼可以稀釋這種感覺，或者讓我從這種狀態轉移出來。就像生病。我好希望帶著大衛同行。

艾琳和我之間最糟糕的問題在於我們那永無止盡的口語爭辯或解釋。每次的對話都造成新傷口——辯解＋反駁，解釋＋反解釋。正如我對電影的品味——喜歡新的傷口、新的牢騷。

世界知名的本田汽車創辦人本田宗一郎（Soichiro Honda）的名言：「追求速度是男人的權利。」

我夢想中的瘋狂狀態：能夠不再試圖和她聯繫。藉由瘋狂，免除這種痛苦。

自從來到這裡，我一直處在呆滯＋昏沉中——超過二十四小時。「真正的我」是無生氣的我。逃離的我有部分是為了不想與人接觸。那部分的我是蛞蝓，不斷昏睡，醒來時一直有飢餓的感覺。那個「我」不

愛洗澡或游泳，舞技奇差無比。那個「我」喜歡看電影，會咬自己指甲，以「蘇」來稱呼自己。

K【K 是蘇珊・桑塔格的朋友，這段期間曾短暫當過她的情人】誘發出我身上兩種截然不同的東西：活力（相較於她的無精打采），以及恐懼。恐懼她的慵懶會傳染給我。這兩種情緒都令人憎惡（彼此依賴，彼此餵養）。

和艾琳在一起時，為什麼我從不曾試著掌控全局？我的意思是很有意識地去掌控。不是隱瞞或逃避，而是讓我們之間變得更好。我從未這麼做！相反地，我任憑事情自行演變，甚至挑起會讓我們之間爆發爭執的對話。「阿佛烈得如何？妳在說什麼啊？」等。過了四年，我早該知道哪裡有地雷。我該知道的，但是我太懶，又有自我毀滅的傾向。

我厭惡操控，不想見到自己有意識地去掌控事物──這就是 X 的源頭。X＝渴望把自己放在別人的保護羽翼下。想得到這種保護所要先預付的代價就是：我必須表現得善良無助。

工作＝處於世界中

愛，被愛＝欣賞這世界（但不在當中）

不被愛，不愛＝發現這世界乏味無趣

「愛」是評價、偏寵的最高模式，但不是存在狀態

*

重生　　　　　　　　　　　　　　　　　　　　　　　366

【蘇珊‧桑塔格在此以斯拉夫語西里爾字母（*Cyrillic*）的拼法寫出列寧和史達林兩人的名字。】

*

【未載詳細日期，僅有「週日，夜」數語，不過顯然是在波多黎各那段期間的日記】

這兩天因艾琳而感受到的痛苦——這痛苦是什麼造成的？失落？挫折，或憎恨？是因為那個嗎？若是，它是唯一的原因嗎？我感覺她難以捉摸——無法讓我參透。她躲開我，逃避我——但我就是無法不渴望她。她對我的批評就像荊棘、銳箭、帶刺的利鉤。我痛苦地扭動，既想逃離＋又希望她拉住我，兩種情緒同時並存。

首先，我得冷靜。和阿佛烈得的事破壞了我們之間的氣氛，因為我放任事情這麼發展。如果我可以慷慨一些（＋別這麼貧乏），我就不會在乎——可能是因為我不在乎艾琳，或者因為我太在乎。

不管怎樣，我都不該在意。

而現在是什麼燒灼我？沒社交生活的羞恥吧。她每晚對我說，她要去工作，也就是說她要進城到社交俱樂部。

我恨艾琳的說話方式，我恨她一天到晚擬計畫＋只實現計畫的十分之一。我恨她在浴缸一泡就是一小時＋半小時。——不是因為我討厭人懶惰或濕答答，而是因為這和她的陽剛氣質＋緊張個性很不搭。我恨她堅持要我聽從她。

4/10/63

和兩個人同時交往，而不否定其中一個（讓她成為旁觀者）！為什麼我不能這樣？【蘇珊‧桑塔格思量的應該是她和艾琳‧佛妮絲及 K 的關係。】

歇斯底里──以問題來攻擊的咄咄逼人態度──來自何處？是亟欲聯繫的狗急跳牆之舉嗎？

我並非想阻止她們兩人碰頭，若她們真見面了，我反倒鬆口氣。但我卻竭盡所能不讓這狀況發生。

總是和另一個在一起──只有一個。從我的寫作就可看出這一點。絕不會三個人──

我好丟臉，好想躲起來。

【未載詳細日期，只標示一九六三年】

眼神──比性愛擁抱更親密（投入），因為眼神裡沒有抽離的空間；眼神的姿態很密實。

*

亨【利】‧詹【姆士】那種怪異的柔弱風格

*

渴望優柔寡斷造成的縱欲痛苦（每個痛苦都知道如何找到自己的樂

趣！）

*

「好玩」——美國人用來代替樂趣的說法。

8/8/63

害怕被獨自拋下
沒有安慰、溫暖、安心的保證——
冰冷世界——無計可施

我躺下時更焦慮
起身
洗個澡

失落，失落，失落
維持現狀，避免惡化的生活

我的內心好空洞

大衛走了後，會變得如何？

我想今晚就跳上火車，走得遠遠的：**逃開**

我害怕緊握，也害怕放手

繼續欺騙＞罪惡感＞焦慮

……

怎麼會搞到一切都出錯？我要如何讓自己從這一團混亂中抽身？

……做些事情吧

做些事情吧

做些事情吧

8/29/63

法文 vs. 英文

1. 由法文 métiers（專業、技藝）【譬如因應工作所需的各種工具、能力等】衍伸的字意並沒被通用語言所吸收

2. 法文的字較少（英文是暹邏語的孿生語言）——一切都有雙重意義

3. 法文的語彙較抽象，較少具體字句，尤其較少動詞（主動詞）

4. 敘述的風格

5. 較少用隱喻

6. 指涉當下感受狀態的詞彙較少

在法文中，一個字後面必須接著另一個字的狀況顯然多於英文——選擇性較少。

【以下日記未載詳細日期，極有可能是一九六三年九月所寫】

我的【小說】創作總是與疏離的主題有關──「我」和「它」。

承擔責任的問題──《恩人》就是以嘲笑角度來處理這個問題，裡頭主角西波里特沉著地宣稱會為自己的行為負責，不過他顯然比他自己承認地更加煩憂……

＊

《恩人》＋這兩個故事乃是對反社會之既成事實、其所造成之危險＋報償的冥思。

【尚】讓人羨慕。他沒迷失自己──他融入世界。

【再一次】因為永遠都是「我」vs.「它」

在我所書寫的故事當中沒有人，只有鬼魂。

【未載詳細日期，應該是一九六三年底】

我從早期童年就經歷到智識狂喜。但狂喜就是狂喜。

智識的「欠缺」就像性愛的匱乏。

國家圖書館出版品預行編目資料

重生：桑塔格日記 / 蘇珊. 桑塔格(Susan Sontag)
著; 郭寶蓮譯. -- 初版. -- 臺北市：麥田出版：家庭
傳媒城邦分公司發行, 2010.05-
　　冊；　　　公分. -- (桑塔格作品集；7)
譯自：Reborn : journals and notebooks, 1947-1963

ISBN 978-986-173-641-9(第1冊: 平裝)

874.6　　　　　　　　　　　　　99006447

城邦讀書花園
www.cite.com.tw

桑塔格作品集

重生——桑塔格日記第一部

作者——Susan Sontag
原書編輯——David Rieff
譯者——郭寶蓮
選書人——陳蕙慧
責任編輯——劉素芬、林毓瑜
封面設計——蔡南昇
編輯總監／劉麗真
總經理——陳逸瑛
發行人——涂玉雲
法律顧問——台英國際商務法律事務所　羅明通律師
出版者——麥田出版
104台北市中山區民生東路二段141號5樓
電話：（02）2500-7696　傳真：（02）2500-1966
blog：ryefield.pixnet.net/blog

發行——英屬蓋曼群島商家庭傳媒股份有限公司城邦分公司
台北市104民生東路二段141號11樓
書虫客服服務專線：（02）25007718 · （02）25007719
24小時傳真服務：（02）25001900 ·（02）25001991
服務時間：週一至週五09:30-12:00 · 13:30-17:00
郵撥帳號：19863813　　戶名：書虫股份有限公司
讀者服務信箱E-mail：service@readingclub.com.tw
歡迎光臨城邦讀書花園　網址：www.cite.com.tw

香港發行所——城邦（香港）出版集團有限公司
香港灣仔駱克道193號東超商業中心1樓
電話：（852）25086231　傳真：（852）25789337
E-mail：hkcite@biznetvigator.com

馬新發行所——城邦（馬新）出版集團【Cite(M)Sdn. Bhd.(458372U)】
11, Jalan 30D / 146, Desa Tasik, Sungai Besi,
57000 Kuala Lumpur, Malaysia.
電話：（603）90563833　傳真：（603）90562833

印刷：中原造像股份有限公司
總 經 銷／聯合發行股份有限公司
電話：（02）2917-8022　傳真：（02）2915-6275
初版一刷：2010年5月初版
定價：360元
ISBN：978-986-173-641-9

Printed in Taiwan
版權所有 · 翻印必究
本書如有缺頁、破損、
裝訂錯誤，請寄回更換。